「怯えることはないよ。
僕の名前は彙《たぐい》のアクロムド。
君を助けにきた」
クロムド
イリオルデに協力する
の一人。
して飛ばす奇怪な攻撃をするが、
その真価は……。
世界詞《せかいし》のキア
幼い森人《エルフ》の少女。
たった一言で天候や地形までも支配する
全能の詞術を放つ。

（結局、どれだけ待っても、
同じことなのかもしれないわね……）
初めてではない。裏切りも失望も、
初めてではない。
真っ白な永久凍土のように、ルクノカの世界は何一つとして変わらないままだ。
だが、いつでも信じたかったのだ。
冬に挑む勇気を持つ者がどこかにいるのかもしれないと。
最強を覆す可能性がどこかに残っているのだと。
無尽《むじん》無流《むりゅう》のサイアノプ
膨大なる数の武術を極めた粘獣《ウーズ》の武闘家。
“本物の魔王”の討伐に向かった伝説の
“最初の一行”に取り残された過去を持つ。

冬のルクノカ
実在を疑われていた最強の竜《ドラゴン》。
英雄殺しの伝説。
「飛んでいる以上、
完全な真上に合わせることはできん。
上手くは落とせんぞ」、
「必要ない。僕が調整する――」
方舟《はこぶね》のシンディカー
イリオルデに協力する魔王自称者の一人。
力術を極め、空への進出を渇望する
砂人《ズメウ》の老人。

「特別に、二人目も作って
あげましょうか？
クウロさん」
さざめきのヴィガ
ロスクレイの詞術支援を担いながら、
裏ではイリオルデに協力する魔王自称者。

「う、美しいィィ〜〜ッ……！
一つの世界があるッ！
やはり菌魔《ファンギ》は素晴らしいッ！」
地群《ちぐん》のユーキス
イリオルデに協力する魔王自称者の一人。
個人で軍勢すら生産可能な生術士。

異修羅 VII

決凍終極点

珪素
ILLUSTRATION
クレタ

あらすじ STORY

地平の全てを恐怖させた世界の敵、“本物の魔王”を何者かが倒した。
その勇者は、未だ、その名も実在も知れぬままである。
“本物の魔王”による恐怖は、唐突な終わりを迎えた。

しかし、魔王の時代が生み出した英雄はこの世界に残り続けている。

全生命共通の敵である魔王がいなくなった今、
単独で世界を変えうるほどの力をもつ彼らが欲望のままに動きだし、
さらなる戦乱の時代を呼び込んでしまうかもしれない。

人族を統一し、唯一の王国となった黄都にとって、
彼らの存在は潜在的な脅威と化していた。
英雄は、もはや滅びをもたらす修羅である。

新たな時代を平和なものにするためには、
次世代の脅威となるものを排除し、
民の希望の導となる“本物の勇者”を決める必要があった。

そこで、黄都の政治を執り行う黄都二十九官らは、
この地平から種族を問わず、頂点の能力を極めた修羅達を集め、
勝ち進んだ一名が“本物の勇者”となる上覧試合の開催を
計るのだった――。

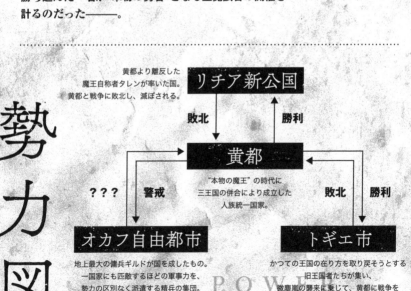

勢力図 POWER RELATIONSHIPS

“本物の魔王”の時代に
三王国の併合により成立した
人族統一国家。

警戒
敗北
勝利
オカフ自由都市
地上最大の傭兵ギルドが国を成したもの。
一国家にも匹敵するほどの軍事力を、
勢力の区別なく派遣する精兵の集団。
トギエ市
かつての王国の在り方を取り戻そうとする
旧王国者たちが集い、
微塵嵐の襲来に乗じて、黄都に戦争を
しかけるも敗北する。

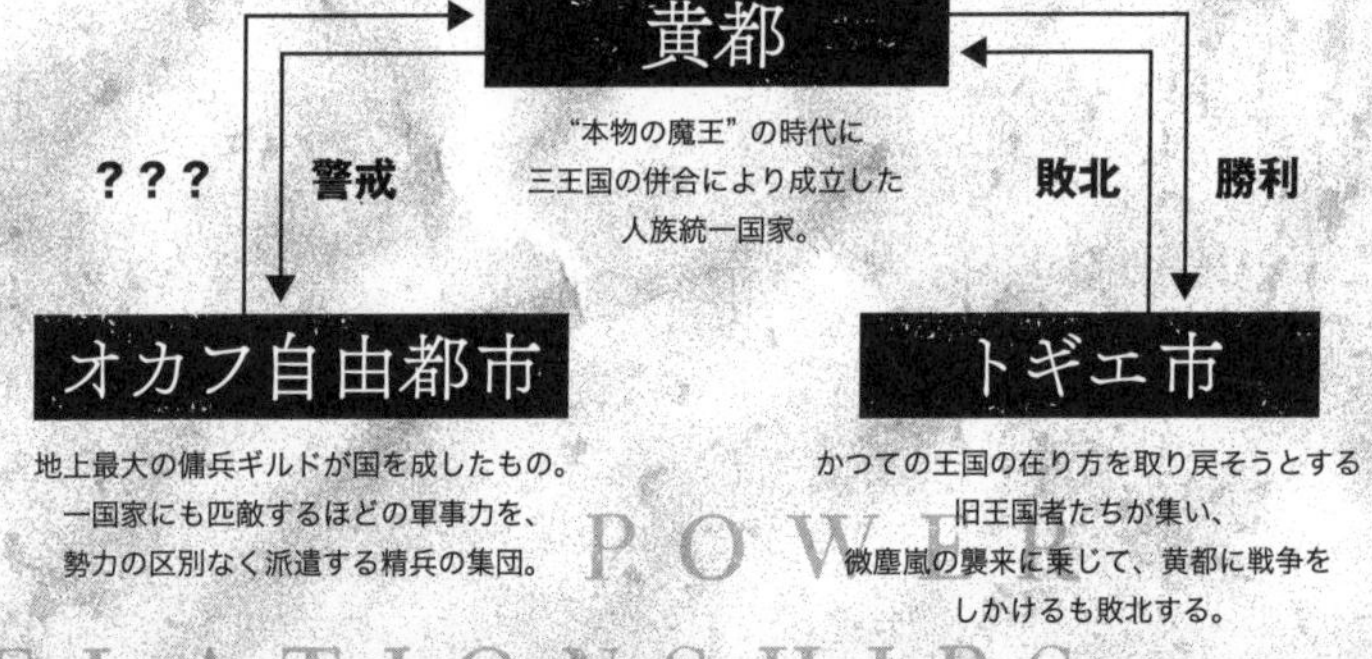

黄都より離反した
魔王自称者タレンが率いた国。
黄都と戦争に敗北し、滅ぼされる。
リチア新公国
敗北
勝利

用語説明

GLOSSARY

◈詞術《しじゅつ》

①巨人《ギガント》の体の構造など物理的に成立しないはずの生物や現象を許容し成立させる世界の法則。
②発言者の種族や言語体系を問わず、言葉に込められた意思が聞き手へと伝わる現象。
③また、その現象を用いて対象に"頼む"ことにより自然現象を歪曲する術の総称。
いわゆる魔法のようなもの。力術、熱術、工術、生術の四系統が中心となっているが
例外となる系統の使い手もいる。作用させるには対象に慣れ親しんでいる必要があるが、
実力のある詞術使いだとある程度カバーすることができる。

力術《りきじゅつ》

方向性を持った力や速さ、いわゆる
運動量を対象に与える術。

工術《こうじゅつ》

対象の形を変える術。

熱術《ねつじゅつ》

熱量、電荷、光といった、方向性を
持たないエネルギーを対象に与える術。

生術《せいじゅつ》

対象の性質を変える術。

◈客人《まろうど》

常識から大きく逸脱した能力を持っているがために、"彼方"と呼ばれる異世界から
転移させられてきた存在。客人は詞術を使うことができない。

◈魔剣《まけん》・魔具《まぐ》

強力な能力を宿した剣や道具。客人と同様に強力な力を宿すがために、
異世界より転移させられてきた器物もある。

◈黄都《こうと》二十九官《にじゅうきゅうかん》

黄都の政治を執り行うトップ。卿が文官で、将が武官。
二十九官内での年功や数字による上下関係はない。

◈魔王自称者《まおうじしょうしゃ》

三王国の"正なる王"ではない"魔なる王"たちの総称。王を自称せずとも大きな力をもち
黄都を脅かす行動をとるものを、黄都が魔王自称者と認定し討伐対象とする場合もある。

◈六合上覧《りくごうじょうらん》

"本物の勇者"を決めるトーナメント。一対一の戦いで最後まで勝ち進んだものが
"本物の勇者"であることになる。出場には黄都二十九官のうち一名の擁立が必要となる。

六合上覧
擁立者
静寂なるハルゲント
冬のルクノカ
凍術士　竜
擁立者
鎹のヒドウ
星馳せアルス
冒険者　鳥竜
擁立者
鉄貫羽影のミジアル
おぞましきトロア
魔剣士　山人
擁立者
蝋花のクウェル
無尽無流のサイアノプ
格闘家　粘獣
奈落の巣網のゼルジルガ
道化　砂人
擁立者
千里鏡のエヌ
窮知の箱のメステルエクシル
生術士／工術士　機魔／造人
擁立者
円卓のケイテ
魔法のツー
狂戦士
擁立者
先触れのフリンスダ
通り禍のクゼ
聖騎士　人間
擁立者
暮鐘のノフトク

擁立者
赤い紙箋のエレア
擁立者
弾火源のハーディ
擁立者
光量牢のユカ
絶対なるロスクレイ
騎士　人間
世界詞のキア
詞術士　森人
柳の剣のソウジロウ
剣豪　人間
移り気なオゾネズマ
医者　混獣
不言のウハク
神官　大鬼
千一匹目のジギタ・ゾギ
戦術家　小鬼
音斬りシャルク
槍兵　骸魔
地平咆メレ
弓手　巨人
擁立者
憂いの風のノーフェルト
擁立者
荒野の轍のダント
擁立者
遊糸のヒャッカ
擁立者
空雷のカヨン

黄都二十九官

第一卿
基図のグラス
初老に差し掛かる年齢の男性。

二十九官の会議を取り仕切る議長を担う。

六合上覧においては派閥に属さず中立を貫く。

第二将
絶対なるロスクレイ
英雄として絶対の信頼を集める男性。

自らを擁立し六合上覧に出場。

二十九官の最大派閥のリーダー。

第三卿
速き墨ジェルキ
鋭利な印象の文官然とした眼鏡の男性。

六合上覧を企画した。

ロスクレイ派閥に所属する。

第四卿
円卓のケイテ
窮知の箱のメステルエクシルの擁立者であり、軸のキヤズナの教え子。

黄都から指名手配を受け、追われる身となる。

第五官
空席
黄都の財政界に強大な影響力を誇った老獪なる黒幕、異相の冊のイリオルデの席であった。

彼が追放された現在、空席となっている。

第六将
静寂なるハルゲント
無能と馬鹿にされながらも権力を求める男性。派閥には属さない。魔王自称者となった旧友・星馳せアルスを討つ。

冬のルクノカの擁立者だった。

第七卿
先触れのフリンスダ
金銀の装飾に身を包んだ肥満体の女性。

医療部門を統括する。

財力のみを信ずる現実主義者。

魔法のツーの擁立者。

第八卿
文伝てシェイネク
多くの文字の解読と記述が可能な男性。

第一卿　基図のグラスの実質的な書記。

グラスと同じく中立を貫く。

第九将
鏨のヤニーギズ
針金のような体格と乱杭歯の男性。

ロスクレイ派閥に所属する。

第十将
蝋花のクウェル
長い前髪に眼が隠れている女性。

無尽無流のサイアノプの擁立者。

常に怯えており、気が弱い。

血人《ダンピール》であり、二十九官の中でも最高の身体能力を持つ。

第十一卿
暮鐘のノフトク
温和な印象を与える年老いた男性。

通り禍のクゼの擁立者。

教団部門を統括する。現在はオカフ自由都市に捕縛されている。

第十二将
白織サブフォム
鉄面で顔を覆った男性。

かつて魔王自称者モリオと刃を交え、現在は療養中。

第十三卿
千里鏡のエヌ
髪を全て後ろに撫で付けた貴族の男性。奈落の巣網のゼルジルガの擁立者。黒曜リナリスの手駒だが、従鬼《コープス》ではなく自らの意思で黄都を裏切っている。

第十四将
光暈牢のユカ
丸々と肥った純朴な男性。

野心というものが全くない。

国家公安部門を統括する。

移り気なオゾネズマの擁立者。

第十五将
淵藪のハイゼスタ
皮肉めいた笑みを浮かべる壮年の男性。
怪物じみた筋力を持ち、密かにケイテ派閥に協力していたが、黒曜の瞳に操られ殺害された。

第十六将
憂いの風のノーフェルト
異常長身の男性。
不言のウハクの擁立者。
クゼと同じ教団の救貧院出身。
クゼとナスティークに殺害された。

第十七卿
赤い紙箋のエレア
娼婦の家系から成り上がった、若く美しい女性。諜報部門を統括する。六合上覧において不正を行ったとして、斬殺された。

第十八卿
片割月のクエワイ
高い計算能力を持つ、若く陰気な男性。
ハーディ派閥に所属する。

第十九卿
遊糸のヒャッカ
農業部門を統括する小柄な男性。
二十九官という地位にふさわしくなるため気を張っている。
音斬りシャルクの擁立者。

第二十卿
鎹のヒドウ
傲慢な御曹司であると同時に才覚と人望を備えた男性。
星馳せアルスの擁立者。
アルスを勝たせないために擁立していた。

第二十一将
紫紺の泡のツツリ
白髪交じりの髪を後ろでまとめた女性。
ハーディ派閥に所属する。

第二十二将
鉄貫羽影のミジアル
若干十六歳にして二十九官となった男性。
物怖じをしない気質。
おぞましきトロアの擁立者。

第二十三官
空席
黄都から独立したリチア新公国を率いる歴戦の女傑、警めのタレンの席であった。
彼女が離反した現在、空席となっている。

第二十四将
荒野の轍のダント
生真面目な気質の男性。
女王派であり、ロスクレイ派閥に反感を抱いている。
千一匹目のジギタ・ゾギの擁立者。

第二十五将
空雷のカヨン
女性のような口調で話す隻腕の男性。
地平咆メレの擁立者。

第二十六卿
囁かれしミーカ
四角い印象を与える厳しい女性。
六合上覧の審判を務める。

第二十七将
弾火源のハーディ
戦争を本心から好む老いた男性。
柳の剣のソウジロウの擁立者。
軍部の最大派閥を従える重鎮。
ロスクレイ派閥の最大対抗馬と目される。

第二十八卿
整列のアンテル
暗い色眼鏡をかけた褐色肌の男性。
ロスクレイ派閥に所属する。

第二十九官
空席

CONTENTS

十節　六合上覧Ⅳ

ISHURA

AUTHOR: KEISO
ILLUSTRATION: KURETA

十節

六合上覧 Ⅳ

一　砂の迷宮

二十数年前。当代最強たる〝最初の一行〟の七名が魔王へと挑み、残酷に敗れ果てた。

この世界に生きる者達にとっての最後の希望が潰《つい》えた時こそが、長く続く〝本物の魔王〟の恐怖の時代が真に始まった時だったのかもしれない。

人族《じんぞく》の文明圏から遠く離れたゴカシェ砂海《さかい》に僅《わず》か十名あまりの狼鬼《リカント》が集い、新たな集落を築きつつあったのも、この時期である。

その狼鬼《リカント》達はただの群れではなく、流派に近しい。〝最初の一行〟の一名、彼岸《ひがん》のネフトを師と仰ぐ修道僧――ゼーエフ群《ぐん》と呼ばれる戦闘集団であった。

この恐るべき修道僧達の修行目的を知る者は少ない。その結成当時、狼鬼《リカント》に交じって一匹の矮《わい》小《しょう》な粘獣《ウーズ》がそこにいたと知る者となれば、さらに限られる。

この時の集落にはまだ、寺院の体をも成さぬ石の祠《ほこら》と、水を組み上げる井戸しか存在しない。

祠の中央で座禅を組み微動だにせぬ、老いて枯れ果てた狼鬼《リカント》がいた。

狼鬼《リカント》が、その前に傅《かしず》いている。この狼鬼《リカント》は、ゼーエフ群を率いる師範であったが。

「――ここまでが、御不在中に起こった物事でございます。御屋形《おやかた》様」

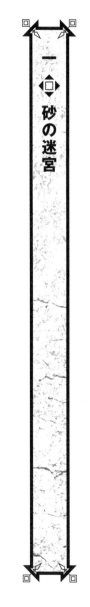

「クゥ、クゥ……そうか。サイアノプは、集落を出たか……」

枯れた狼鬼《リカント》は、開祖だ。彼岸《ひがん》のネフトという。

他の全員が死に、あるいは死にも等しい末路を辿《たど》った〝最初の一行〟にあって、〝彼岸《ひがん》〟という二つ目の名を持った彼は、皮肉にも生還を果たしたのだった。

不死なる戦士のネフトの敗北は、弟子の誰しもに絶望と衝撃を与えたが、それでもネフトは、これまでと変わらず修行を続けるよう厳命した。

座禅の姿勢は、二日前にゼーエフ群へと帰り着いてから、そうしている。いかなる修行の成果によるものか――生命を感じさせぬほど、静止していた。砂嵐が吹こうとも、虫が止まろうとも、呼吸に伴うごく僅かな揺れすらない。

表情だけが、愉快そうに笑っていた。

「あの未熟者が……この砂漠の只中《ただなか》を進んで、砂の迷宮に到達したと？」

「……生きていたことすら、奇跡としか」

傅く師範が答えた。

「御屋形《おやかた》様を追い、砂海の外を目指すものと思っていた我らの不覚。……〝最初の一行〟の、魔王討伐失敗の報《しら》せを受けた翌日でした。サイアノプは東門を抜け、砂漠の奥へと向かっており……砂の迷宮であれを発見した時には、粘獣《ウーズ》の身で砂漠を横断したために、熱と乾燥で半死半生の有様。復路を連れ帰れば落命しかねぬ故、食料と水を与えてその場に残しました」

「あれが、自身の口で残ると言ったのだな」

「……は」

「ならば何も言うまい。今も食料を運んでいるのであれば、次からは止《や》めよ。所詮、貴様らの修行の時を削るほどのことではない」

「しかし御屋形様《おやかた》……御屋形様《おやかた》が、サイアノプを生かすようにと」

「くどい」

〝本物の魔王〟へと挑んだ伝説の七名とされる〝最初の一行〟には、知られざる八匹目がいた。それがサイアノプという名の粘獣《ウーズ》である。

戦う力はない。粘獣《ウーズ》にしては賢く、流暢《りゅうちょう》に言葉を操ることができる。それだけの仲間だった。

そんなサイアノプは他の七名とよく交流し、よく喋《しゃべ》り、自分にできる仕事を懸命にこなした。

ごく普通の若者が、異端の少女が、慕われる賢者が、人喰《く》いの鬼が、異世界の〝客人《まろうど》〟が、かつての魔王すら集った〝最初の一行〟が、最後の戦いに至るまで空中分解せずにいられたのは、全員の精神的な支柱となった天《てん》のフラリクは無論のこと、緩衝材として彼らを仲立ちしたサイアノプの功績に他ならない――と、ネフトは考えている。

他の六名も、心は同じだっただろう。生還の保証がない魔王との決戦にあたって、戦闘能力を持たぬ彼を一行から追放することは、全員の総意だった。

無害に等しいとはいえ、獣族《じゅうぞく》である。ネフトの率いるゼーエフ群がその身柄を引き受けることにした。慕う仲間達の後をサイアノプが追わぬように。仮に全員が敗北したとしても、サイアノプが〝本物の魔王〟に挑むことのないように。

「あのサイアノプが……クゥ、クゥ……脆弱《ぜいじゃく》な粘獣《ウーズ》が、力尽きることなく砂の迷宮へと辿り着いたこと……よもや、ただの偶然とは思うまい」

「……。最短の道筋を向かわねば……僅かでも迷えば、あるいは我らの地図を読み解き損ねれば、間違いなく死していたかと」

「初めから命を棄てる心積もりの者に、その決意は出せぬ」

ネフトは静かに、しかし断定的に告げた。

「そのような者を……赤子の如《ごと》く世話を焼き、甘やかすのか？　……糧は己の力で得させよ。孤独に生きることを選んだならば、孤独にさせよ……」

サイアノプが自ら戦う力を求めるのであれば、このゼーエフ群で修行を課すのも良いと思っていた。だが彼はネフトが導くまでもなく、全く異なる道を、自ら選んだのだろう。

——狼鬼《リカント》では読み解けぬままに終わった、莫大な知識の宝を蔵した砂の迷宮。〝彼方《かなた》〟から流れ着いた異形の〝図書館〟でしか成し得ぬ研鑽《けんさん》の形があるのだとしたら。

「我らは、我らの修行を積むのだ。我らゼーエフの目指すべき高みは何か」

「……は。個の技にて、御屋形《おやかた》様の高みを越えること。……そして……そして。〝本物の魔王〟を……次なる機会こそ、我らの手で討ち果たすことに……ございます」

「よい」

彼岸《ひがん》のネフトは負けた。だが魔王と戦う前からネフトに付き従っていた狼鬼《リカント》達には、今も戦い続ける意思がある。ネフトのように、恐怖に折れてはいない。

ネフトの技の真髄を継承した誰かが、いずれ〝本物の魔王〟を討つ。それは十年か、百年か、千年の時がかかるかもしれない。王国が滅亡して、人族《じんぞく》がこの大陸から消え去った後かもしれない。この意思を受け継ぐ者が全て絶えるほうが、きっと早いかもしれない。

それでも――いずれは、誰かが。

〝最初の一行〟が敗北した今、残された希望があるのだとすれば、それだけだった。

「儂《わし》を越える者を待つ」

〝本物の魔王〟は、不死に近しいネフトをまさしく殺した。帰還して以降のネフトが一切の動作を止《と》めているのは、もはやそうせざるを得ないためだ――砂漠の雫《しずく》の如き生命力の残滓《ざんし》を、十年以上の単位でかき集めて、たった一度、全力の闘いができる程度の余命しか残っていないだろう。

長い時を経て、魔王に挑まんとする〝最初の一行〟の後継者が現れたその時。ネフトは一度だけ戦うつもりでいる。その者の最強を証明し、継承を完全に終えるために。

〝本物の魔王〟に勝つことはできなかった。なればこそネフトは、己を越える者を送り出す義務がある。そうすることでようやく、生まれた意味を全うすることができる。

狼鬼《リカント》達はさらに集い、時を経て強くなる。このゼーエフ群は、そのための流派だ。

「……御屋形《おやかた》様。一つ……サイアノプが申していたことが」

「伝えよ」

「――いつか御屋形《おやかた》様に追いつけるまで強くなる、と」

「クゥ、クゥ……」

座禅を組んだままのネフトは、肩が震えることもない。だが、表情だけで心底から笑った。

サイアノプも、きっと何かをしてくれると、信じてみてもいい。

彼も紛れもない、〝最初の一行〟の一匹なのだから。

「せめて越えると言わんか。未熟者めが……」

◆

堆積した砂に半ば埋もれた〝図書館〟は、サイアノプが〝最初の一行〟とともにした旅の中でも目《ま》の当たりにしたことのなかった、この世のどのような建築様式とも異なる建造物であった。

建物自体が〝彼方《かなた》〟から放逐された――魔具や〝客人《まろうど》〟と比してすら例外の存在である。

それでもこの地に到達した当初のサイアノプにとっては、ただ日差しと風を遮る構造があるというだけのことのほうが、余程重要だったかもしれない。

特に書架のある部屋は重く頑丈な扉で仕切られており、日差しを通す窓もなかったため、この砂漠の只中でも獣に怯えることなく過ごせるように見えた。

幸運にも今は雨季にあたり、〝図書館〟からそう遠くない岩場に河川が流れている。当分生きていけるだけの水は、こうした書庫に貯蔵しておくこともできるだろう。食料については、生息している草や虫の中から、食べられるものを一つずつ特定していくしかない。

（……僕にできることは、いつでも一つずつだ）

狼鬼《リカント》の群れを離れて砂漠の奥に籠もることに、それだけの価値があるだろうか。

サイアノプにはまだ、それすらも分かっていない。

だが粘獣《ウーズ》である自分が、ネフトの弟子達と同じようなことをするべきではないと思った。

彼らは狼鬼《リカント》で、自分は粘獣《ウーズ》だ。たとえ彼岸《ひがん》のネフトの技を極めることができたとしても、それは狼鬼《リカント》の体格や能力に合わせて作られた技だ。サイアノプでは、ネフトより強くなることはできないだろう。

だからサイアノプは、肉体ではなく知識をこそ鍛えなければならない。

（僕は文字が読める。〝彼方《かなた》〟の文字は、まだ分からないけど――）

〝最初の一行〟と旅する中で、星図《せいず》のロムゾから教わって、教団文字を読めるようになった。それは旅の中で得た確かな自信の一つとして、サイアノプの中で根付いている。他の粘獣《ウーズ》にはできないことが、サイアノプはできるようになった。

（一つずつ、やるんだ）

初めて見る形の文字は模写をして、その莫大な種類を記録していく。注釈図の多い本は何でもひとまとめにして、ある物体を示す文字に共通するものがないかを調査する。文字だと思っていたものが、そうではなかったと分かる時もある。全く意味のない単語や、こちらの世界に対応する概念がない言葉があることも分かってくる。

今は星図《せいず》のロムゾもいない。粘獣《ウーズ》の教師になってくれる者など、他にはいなかった。

気の遠くなるような解読作業を、サイアノプは一つずつしかできない。

（だけどいつだって、一つだけはできる。いつだって……）

サイアノプが取り組み続けている限り、それはゼロではない。

水のある時期には貯蔵する水を不断で運び、食べるものは毎日探し続けなければならず、飢えた獣と遭遇した時や、蛇竜《ワーム》が地中を進む地響きを感じた時には、迷わず逃げなければならない。

だがそうでない時には、ひたすら書物に集中した。

〝彼方《かなた》〟で辞書と呼ばれる書物を一冊読み解くために、サイアノプは二年の月日を要した。

最も大きな学びは、辞書による知識ではなく、経験による気付きであった。

（――僕にも、戦う術《すべ》が必要だった）

解読に集中し続けたこの二年で、サイアノプは数限りない命の危機に脅かされた。

そうした危機をサイアノプ自身の知恵や機転で切り抜けることも確かにあったが、多くはただの幸運に過ぎなかったことも理解している。

〝最初の一行〟に並ぶためには、もっと、遥かな時をかけて学び続けなければならない。

莫大な時の中で遭遇する全ての危機を、これまでの二年と同じような幸運で回避し続けることができるだろうか？　それは、きっと不可能であろう。

戦うための術は、この砂漠で長く生き延びるために何よりも必要なものだった。

（集落に残っていれば）

押し殺していた後悔が溢れそうになる。

（僕の身の丈に合わなくとも、ネフトの技を継いでいたなら……）

ゼーエフ群に戻り、一から修行を始めるべきだろうか。あるいは読み解くことのできた辞書を手がかりに、果てなき〝図書館〟の知識を修める意志を貫徹すべきだろうか。

少なくとも、この二つを同時にできるとは思えなかった。

サイアノプにはいつも、一つずつしかできない。

（……学び続ける。戦いの知恵だって、きっとどこかにあるはずだ）

それがサイアノプの旅路の、最初の大きな岐路だった。

◆

仮足を伸ばすと同時に、力を込めて収縮させる。

粘獣《ウーズ》のサイアノプにとっては矛盾する身体操作であるが、人族《じんぞく》の技を再現するには、そのような動作をも練習しなければならない。それも、繰り返し。

技の名を呟《つぶや》く。

「〝正拳《せいけん》〟」

小さな瓦礫《がれき》の欠片《かけら》を、ある程度弾《はじ》き飛ばす威力はある。

戦闘の役には立たない。あのイジックやルメリーだって、もっとまともな打撃ができたことだろう。それでも、毒虫を追い払う程度のことはできるようになった。踏み込みを再現するための体重移動は、岩場を飛び渡る際に少しは応用できるかもしれない。

「大丈夫だ。僕は強くなっている」

いつからか、サイアノプは考えた思考をはっきりと口に出すようになっていた。

サイアノプが〝最初の一行〟に入った最初のきっかけは、他の粘獣《ウーズ》とは違って、言葉を流暢に喋ることができたからだ。言葉を発することがなければ、その最初の強さまで失われてしまう。

「次は〝前蹴《まえげ》り〟……」

〝図書館〟の数限りない書物の中には、〝彼方《かなた》〟の武術を記した書物も存在した。

それらは当然のように人間《ミニア》の身体構造を前提とするものであり、ゼーエフ群の技と全く同様に、サイアノプにとって最適な技とは程遠いものだ。

（ネフトと別の道は、まだ見つかっていない。それでも……）

鍛錬を続ける。不格好な、他の種族の技の模倣だとしても、最低限生き延びていく力のために。

それと並行して、本来の目的である書物の解読も貪欲に進めている――しかし。

その頃になると、解読作業にも未知の危険がつきまといはじめた。

ある文節に差し掛かるとふと目眩《めまい》がして、目覚めると日が暮れていたことがあった。特定のページに触れるだけで、刺すような痛みを与えてくる書物があった。自分以外の生き物など入り込む余地のない書庫でありながら、一冊だけ異常なまでに虫がたかる書物を発見したこともあった。

肉体と精神の不調が、サイアノプを蝕《むしば》みつつあった。

――〝彼方《かなた》〟を追放された〝図書館〟はそれ自体が有形無形の異常性の集積である。

館内の書物を解読し理解しようとする試みは、知識とともに得体の知れない毒物を体内に流し込んでいくに等しい行為であった。

果てのない飢餓感を与える本。解読する者を食い千切ろうとする本。薬物の如き依存性を与える本。何者かの声が囁《ささや》き続ける本。

「……無意味なのか？」

書物に埋もれながら、サイアノプは言わぬよう努めていたはずの恐れを口に出した。

世界が灼《や》けるように暑い日だった。

「結局は、何をしたところで……」

五年の月日が経過していた。孤独な鍛錬を続けたサイアノプは、もはや野生動物に遅れを取ることはなく、経験と知識で危機を乗り越えられるようになった。

生き延びる意志。戦闘を制する強さ。学び続ける知性。それは鍛えることのできる力だ。

それらの力は、少なくともサイアノプを苦しめる〝図書館〟の異常性の前には、無意味だった。

修行を重ねるほどに、真に巨大な力を悟っていくように思う。

結局のところ――サイアノプも、それどころか〝最初の一行〟や〝本物の魔王〟でさえ、心持つ生物では届くことのない、もっと巨大な何かに翻弄されているだけなのではないだろうか？

サイアノプがまだ生きているのは、幸運にも、致命的な本を読んでいないからなのだろう。

幸運にも粘獣《ウーズ》としては比較的賢く生まれついて、幸運にも〝本物の魔王〟との決戦から生かして返され、幸運にも干からびることなく〝図書館〟に辿り着き……そしてそのような幸運は、いつか張り詰めた糸が切れるように終わる。サイアノプはどこかで死ぬのだ。

それは武力の不足を悟った時と全く同じようでいて、抗《あらが》う術のない恐れだ。

（……もう終わりにするべきだ。僕如きがいくら積み重ねたところで、〝本物の魔王〟には勝ち目すらない。たとえ僕が倒さなくとも――）

しかしその思考は、半ば反射的に終了した。

サイアノプの仮足は床を蹴って跳躍し、書架の死角へと飛び込むと同時に打撃を放った。

彼以外の何者かがそこにいたのだ――意思ある、邪悪な何かの気配。

「……」

打撃を突き込んだ先は、虚空である。

〝図書館〟の書物が引き起こしている、何者かの視線、何者かの足音、何者かの匂い――それらが像を結び、まるで何かがそこに立っていたかのように感じさせていただけだ。

だがサイアノプの感覚は、その正拳《せいけん》は、形なき存在を確かに捉えたように思えた。

「成長している……僕は……」

それは、霹靂《へきれき》のような気付きだった。

かつて〝最初の一行〟と旅をしていた時には、自分で戦うことなど想像すらできなかった。形なき敵を認識し、倒すなど、ネフトやロムゾでなければ不可能だと断じていただろう。

けれどもしかしたら、サイアノプにもできるのかもしれない。

「そうだ……書に呪われるというなら、もっと呪われればいい。〝図書館〟の一つや二つを倒せないままで、〝本物の魔王〟を倒せるものか。……休みはしない。一つずつ、やるんだ」

――それ以降、サイアノプの生活には一つの目標が生まれた。

〝図書館〟の呪いが形を成したような〝影〟を捉え、それを乗り越えるということ。

書物の解読を進める時や、砂漠へと出て食物を採取する時――食事や休眠を取る時ですら、常に意識の一部を鋭敏に働かせていた。

そうすると、自分だけしかいないと考えていた広大な〝図書館〟のどこかに、実際に何者かが現れていることが分かる。悪意のような狂気のような、支離滅裂な何かが。それに戦いを挑む。

〝影〟に実体はなく、すぐにかき消えて、目で捉えることすらできないが、それでも尋常ならぬ修行を重ねることで、いずれ殴ることができるのではないかと思う。

一年ほど、そのようなことを続けていると、いつしか〝影〟も、反応らしきものを見せるようになった。とはいえ、言葉を発したわけでも、意思疎通ができるようになったわけでもない。

サイアノプの攻撃に対し、反撃のようなものをするようになったのだ。

そもそも実体のない相手が反撃の動作をする――というのも矛盾した話だが、サイアノプには、その〝影〟の動きに付随する揺らぎや呼吸を確かに認識できた。むしろ、それらを知覚できる域に達したからこそ、〝影〟が反撃を合わせていると理解できるようになった、と表現するほうが正しいのかもしれない。

〝影〟がこの〝図書館〟に集積された知識や呪いの化身のようなものだとするなら、〝彼方《かなた》〟の武術の動きに応じることも可能なのだろう。サイアノプにとって〝影〟は〝本物の魔王〟を討つための仮想敵であったが、言葉を交わすことのない師のような存在でもあったかもしれない。

――長きにわたる砂の迷宮での孤独な暮らしは、修道僧の苦行以上にサイアノプの本能を研ぎ澄ませていた。書物から解読するだけだった見様見真似《みまね》の〝彼方《かなた》〟の武術は、数限りない反復練習によって独自の技へと昇華していた。途方もない呪いと知識に耐え続けた体は、もはや一体の粘獣《ウーズ》の域に収まらぬ生命体へと進化しはじめていた。

時が過ぎていく。十年。十五年。

サイアノプは、〝影〟と戦い続けた。〝影〟は時にはその大きさや形態を変えて、時には無数に増殖し、時にはサイアノプの知らぬ技をも用いた。実体のない拳はサイアノプを傷つけることもないが、打ち合いに負け〝影〟に触れられるたび、サイアノプは死を実感した。

修行が道半ばで終わることへの恐怖が、常にあった。

ただでさえ無双の武術を極めた彼岸《ひがん》のネフトが、なぜ生命を操る秘技をも修めていたのか。

(恐怖の正体は分かっている。……克服するべきだ)

自己再生の生術《せいじゅつ》を鍛えはじめたのはこの頃からであった。こればかりは〝彼方《かなた》〟の書物には記されていない知識であるから、ネフトの記憶と独学に頼るしかなかった。それでも、練習台になる詞《し》術《じゅつ》の対象はいつでも最も近くにある。

「もっとだ。僕はもっと強くなるぞ、ネフト。君達はまだ……〝最初の一行〟の強さは、こ、の、程、度、ではなかったはずだ――」

サイアノプがかつて悟ったことは、誤りだった。

克服のできない真に巨大な力など、彼の想像よりもずっと少ないのだ。

あらゆる感覚を極めれば、書物が見せる悪夢や幻影の中であっても、普段と同じように動くことができるようになる。自らの身体を十全に支配すれば、たかが粘獣《ウーズ》であっても蛇竜《ワーム》を仕留めることができる。戦い、鍛え、極め続ければ、いつか〝最初の一行〟を越えて、〝本物の魔王〟を倒すことができる。その日が訪れるまで、サイアノプの戦いが終わることはない。

◆

サイアノプが砂の迷宮に籠もってから、二十一年の時が経過していた。

〝本物の魔王〟は死んだ。その魔王を討った勇者を明らかにする王城試合が、この世界最大の都市、黄都《こうと》で行われるのだという。六合上覧《りくごうじょうらん》という名は、まだ名付けられていない。

王国の歴史上でも類を見ない規模の王城試合は、名目上は身分や種族の別なく勇者自称者を募っていた——しかし、既にこの段階で、数多くの名だたる英雄や〝客人《まろうど》〟が、二十九官によって擁立されている。彼らを凌駕《りょうが》する実力を持ち、出場資格を得られる無名の参戦者は極めて少数と目されていた。

故に審査役の兵士達は、城下劇庭園を訪れたサイアノプのことを、参戦希望者とすら認識しなかったのだろう。

「先輩。粘獣《ウーズ》ですよこれ。こんなよく喋るの、俺初めて見ました」

若い男の兵士が、物珍しそうに女の兵士を呼んだ。

「粘獣《ウーズ》か……故郷の水辺にはよくいたものだ。通常は群れでいる種族だからな。夕方になると夕陽の色が中にこもって、なかなか面白い」

黄都《こうと》では粘獣《ウーズ》に市民権はないが、積極的に駆除されることもない。無害だからだ。

「……もう一度説明が必要か？」

うんざりしたように、サイアノプは呟く。

この日だけでも既に三度ほど同じようなやり取りが発生し、うち二度は、あまり穏当な結末を迎えていない。

「僕は〝最初の一行〟の彼岸《ひがん》のネフトを打ち倒した、武闘家だ。三名の鑑定人から証明を受けた証拠品もある。王城試合の参戦候補者として認めてもらいたい」

ゼーエフ群を発《た》つにあたって、サイアノプは彼岸《ひがん》のネフトの双斧《そうふ》の片割れを持たされていた。

確かな物証がある以上は、サイアノプの見た目や種族がどうであれ、人族《じんぞく》もその力を認めざるを得ないと考えていたが——

「……ねえ先輩。思うんですが、こんな仕事必要あります？　どうしようもない奴《やつ》しか来ないじゃないですか。勇者の引き立て役なんざ、どうせお偉方が勝手に集めてくるでしょう」

「仕事は仕事だ。気を緩めるな。確かに無礼で品のない連中ばかりだがな、そういう連中を遠慮なく叩《たた》き直せるのが普段の仕事と違う。悪くはないぞ」

「ヘッ、なるほど！　昨日やった奴は随分長く入院するみたいですよ。あの野郎、先輩が女だからって舐《な》めくさりやがって——」

「早々に審査をしろ。それとも、貴様らの戯言《ざれごと》を全て聞く必要があるのか？」

「ああ？」

男の兵士は、僅かに苛立《いらだ》ったように見えた。明らかに問題外の粘獣《ウーズ》のほかに審査希望者がいなかったことで、しばらく休憩ができるとでも考えていたのかもしれない。

「おい粘獣《ウーズ》。頭おかしいのか？　お前みたいなのはな」

兵士は、台に置かれたネフトの斧《おの》を蹴り飛ばそうとした。

その蹴りが止まる。

「――運が良かったな」

サイアノプが、兵士の軸足のふくらはぎに接触していた。

一呼吸にも満たぬ蹴りの動作の、どの時点で懐に滑り込んでいたのかすら分からない。

だがその箇所にサイアノプが触れているだけで、もうそれ以上、兵士は蹴り足を動かすことができなくなっている。片足だけで立った不安定な姿勢のまま――体を引き戻すことも、倒れることもできないのだ。

「ネフトの斧を蹴っていれば、貴様の背骨を散らしていた」

「おッ、かはっ、ゲホッ……!?」

兵士の苦痛の声は、足元のサイアノプが痛点を刺激しているためではない。

蹴りを放った状態のまま、筋肉の力だけでこの姿勢を維持させられてしまっているためだ。立っているだけで、自分自身の力が骨格と神経を苛《さいな》んでいる。

「何をしている……ッ」

隣の女兵士が剣を抜こうとした時、平手が飛んでその抜剣を停止させた。

男兵士の打撃である。

粘獣《ウーズ》に姿勢を固定された男兵士が、その瞬間だけ、悶《もだ》えるような反射で体をよじって、女兵士の手へ、正確に手の甲を命中させたのだ。

「剣を抜いても構わないが……今ではなく、審査でそうしないのはなぜだ。王城試合公募の触れ込みには、身分種族の区別をつけぬとあるが」

「せ、先輩ッ、こ、これッ、俺の意志じゃあ、なくて」

「僕は少なくとも三度ここを訪れているが、公募条件は変わっていないはずだな？」

片足だけで立ち、左腕を大きく伸ばした滑稽《こっけい》な姿勢で、男兵士は動かない。

男兵士の左手が柄を塞いでいるせいで、女兵士も剣を抜くことができずにいる。

「粘獣《ウーズ》……お前がこれをしているのか……」

「僕以外に誰がいる。眼前で、技を見せてやっている」

サイアノプが男兵士の足元から離れるだけで、兵士は重心を崩し、頭から倒れた。

「ごはっ!?」

「……ならば直接味わうのも良い経験になるだろう。そちらの女。やるか」

「……っ」

「やらぬが、候補に入れるつもりはないか」

ネフトの斧を拾う。二人ともが全身全霊を賭した〝最初の一行〟との戦いが、この国では何の証明にもならない。

「……」

「明日も来る。二十一年待ったのだ。労でもない」

「――あ、あの」

第三者の声が、背後から割って入った。

とはいえ――それは、割って入ったと認識できないほど小さな声だったが。誰かの会話の背景で、控えめに虫が鳴いたかのような、女の声である。

厚い前髪で顔を隠した女が、劇庭園前に訪れていた。

ひどく弱々しい、自信のない態度の女だ。武器も持っていない。

「あの……そこの、粘獣《ウーズ》さん。い、今、『そちらの女』……と言いましたよね……？」

「そうだ」

「……それはもしかして、私のことなのでは。わ、私も……女です」

「……」

粘獣《ウーズ》との戦いを逃げた女兵士を庇《かば》って、そう言っているのだと分かった。

サイアノプは答えた。

「ああ。貴様の見立てた通りだ。僕は貴様と立ち会いたい」

彼女は単に、一般公募の勇者候補者を視察するべく通りかかったに過ぎなかった。

それでも、サイアノプが彼女と出会ったことは偶然ではない。

人族《じんぞく》が支配する世界であるこの黄都《こうと》であろうと……どこであろうと、二十一年ぶりの王国であろうと、必ず、彼女のような者がいると信じて出てきた。

名を黄都《こうと》第十将、蠟花《ろうか》のクウェルという。

◆

六合上覧《りくごうじょうらん》の第一試合が終了した夜の広場である。

勇者候補として参戦したサイアノプは、この試合でおぞましきトロアを破った。

半身が斬り落とされ、生術《せいじゅつ》による全再生を実行した当日の夜ですら、サイアノプが修行を怠ることはない。むしろこの日の戦闘を新たな経験として刻み込むべく、鍛錬の流れを組み立てていく。

擁立者のクウェルは、サイアノプから五歩ほどの距離を取った地点に立っている。

風は穏やかで、空気が澄んだ夜だ。

これほど夜が更けていても、広場前の道路に定間隔で立ち並ぶ街灯や、黄都《こうと》の建物の窓のいくつかにはまだ光が灯《とも》ったままだ。

だが、静けさだけは他の都市と同じだ。普段ならば喧騒《けんそう》に紛れてしまうような、さく、さく、という芝生《しばふ》を踏み込む音が、はっきりと聞こえていた。

そのほとんどは、クウェルが巨大な戦斧《せんふ》を振るうごとに響く。成人男性でも持ち上げるのがやっとの重量武器を、怪物的な速度で振り回しているというのに、とても静かな足音だった。

斧を受ける側に立つサイアノプは、それ以上に静かだ。そもそも、動作の回数が少ない。縦の斬撃《ざんげき》。大きく円を描いて、斧の刃がサイアノプの斜め後方から迫る。刃が通り過ぎたが、動いていないはずのサイアノプは紙一重の距離で回避している。

重い戦斧はその勢いのまま円運動を続け、地面を掠《かす》る。使い手のクウェルが体を僅かに倒すと、運動は大きなうねりとなって、今度は横薙《よこな》ぎに変わる。急激に変化する、雷の如き斬撃。

だがその威力も、サイアノプは指二本分の後退で殺してしまう。正面から戦斧を弾《はじ》くまでもなく、人族《じんぞく》にしてみれば一歩未満の動作で受け流し続けている——

対するクウェルもそれで攻撃を終えることはない。武器を摑《つか》まれぬよう、相手に飛び込む隙を与えぬように、さらに次の動きへと移行していく。

一手の誤りが死を招く攻防を、呼吸をするように自然にできる。

ともに鍛錬を繰り返した結果として、両者は互いが互いの技に慣れていた。

「ど……どうですか、サイアノプさん」

「……悪くない。あと二、三日もこの具合で練習すれば、元の調子には戻りそうだ」

それはかつて彼岸《ひがん》のネフトと戦闘した以来の重傷ということを意味しているが、おぞましきトロアの魔剣を受け、一度死線を潜《くぐ》った上での回復期間と考えれば、むしろ短すぎるほどだろう。

この驚異的な再生速度は、それに相当する代償を支払っていることをも意味している——一度の再生につき五年の細胞寿命。全再生の生術《せいじゅつ》は、行使するほどサイアノプに残された時間を削っていくものだった。

「貴様の調子はどうだ」

「は、はい……教えられたことは……全てできているとは、思いませんけれど」

汗を拭って、クウェルははにかむように笑む。

「サイアノプさんと手合わせしていると、やれるような気がします」

「手本がいれば、その技は伝わる」

サイアノプは狂気の半ばに現れる〝影〟と戦い、二十一年をかけて技を極めた。

生きた者の技であろうと、書物の知識であろうと……あるいは幻想であろうと、最初に道を踏み出し、何かを始めようとする時には、その行き先を指し示す手本が必要だ。

「……おぞましきトロアは若かった。良い手本がいたのだろうな」

クウェルの目にも動作が見えるように、ゆっくりと仮足を伸ばし、正拳《せいけん》を放つ。

ごく手加減した、型通りの動きではあったが、クウェルは戦斧の柄の中程を使って、寸前で防いだ。動き出しの速さには、まだそれほど差がある。

攻めへの集中力は大したものだが、受けにはまだ甘さがあるのかもしれない。

「あ、あの……それなら……サイアノプさんは、どうして私なんかの手本になってくれるんですか……？」

「僕とて得られるものはある。それに命が尽きるまで、他にしたいことも思いつかん」

「……六合上覧《りくごうじょうらん》で……死ぬ、つもりなんですね」

「……」

ネフトとの戦闘で一度。トロアとの戦闘で一度。そして残る三試合で一度ずつ全再生の生術《せいじゅつ》を使うのだとすれば、サイアノプの命は二年と持たぬだろう。

六合上覧《りくごうじょうらん》の頂点で〝最初の一行〟の最強を証明した時、サイアノプの旅も終わる。

「わ、私にできることはありませんか」

「ない。これは僕の生き方の問題だからだ」

「……あの。あの！　サイアノプさん！」

戦斧の動きが止まっていた。

クウェルは、どうにかして言葉を絞り出そうとしているように見えた。それだけで鍛錬の動きが中断してしまうほど、話すことに慣れていないのだろう。

「……そういう気持ちは、分かるんです。わ、私は……その、これまで生きてて、ずっと強さしか価値がなくて……だから、命と引き換えにだって証明したい、って気持ちは……分かります」

地面に視線を彷徨《さまよ》わせながら、言葉を探している。

「で……でも……そう。惜しいんです……。サイアノプさんほど強い方の技が、誰にも伝わらないまま、終わってしまっていいのかって……」

「答える前に、問いたいことがある。――クウェル」

出会った時からの疑問があった。

問えば礼を失すると考えこれまで尋ねずにいたが、蠟花《ろうか》のクウェルという人物を見極めるためには、避けては通れない疑問である。

「強さを追い求めることが貴様の生き方ならば、なぜ体を鍛えなかった」

「あっ、そ……そ、それは、その……」

「――技の話ではない。どのような体質かは知らんが……その細身でこれだけの膂力《りょりょく》があるのならば、体をより太く鍛えさえすれば、戦術の幅も広がる。筋肉の鍛錬は常に可能なことだ。なぜそうしていない」

クウェルの体は細い。縦幅も横幅も、戦士ですらない町娘とほぼ区別がつかない。

背丈に至っては、猫背である分むしろ低く見えるほどだ。

「……わ、私も……できるなら、立派な体が欲しかったです。男に生まれたかったと思ったことも……あります。だけど、せ、精一杯鍛えても……私は……これ以上になれなくて……」

「貴様は人間《ミニア》だろう。ならば鍛えられぬことはない」

「は、はい。あっ……けれど、その……違うんです。げ、厳密な話だと……その」

「……」

サイアノプは口を挟まず、彼女の次の言葉を待つ。

短い付き合いからの見立てに過ぎないが、クウェル自身、こうした身の上を根気強く聞いてもらった経験が少ないのだろう。

「……血鬼《ヴァンパイア》をご存知ですよね。〝本物の魔王〟の前は、王国にとってすごく大きな脅威で……今は数も、とても少なくなってしまった種族なんですけど……」

「生態は知っている。貴様がそれか」

「ほ、本当なら……そうなる、はずだったのかも」

風が芝生を撫《な》でる音。夜の合間から届く虫の鳴き声。

クウェルは曖昧に笑った。

「――血人《ダンピール》、というらしいです。生まれてくる時、体は作り変えられても……すごく稀《まれ》に、血鬼《ヴァンパイア》の病原が無毒化していて……か、感染への抗体ができてしまった、変種だって……」

血鬼《ヴァンパイア》のウイルスに感染した人間《ミニア》が子を産めば、それは人間《ミニア》を素体とする血鬼《ヴァンパイア》である。自らウイルスを作り出す骨髄や血液を除けばほぼ人間《ミニア》と変わりのない生物とも言えるが、彼らは発生の時点で多くの遺伝的変異を発症している。

同族への接触を容易《たやす》くする、均整の取れた美貌と、強靱《きょうじん》な肉体。血鬼《ヴァンパイア》のウイルスは、自らの蔓延に有利な性質を宿主へと与え、その性質を維持し続けることができるのだという。

「肉体が血鬼《ヴァンパイア》そのものだというなら、生まれついた体型の均整も変わりはしないか。貴様のその異常な膂力にも、漸《よう》く得心がいった」

「……」

血鬼《ヴァンパイア》の肉体は細胞の段階で綿密に設計されていて、後天的な鍛錬を必要としない。

それはウイルスの働きであるから、融通も効かない。生まれつき完璧に構築された肉体からの逸脱を、細胞が許さないのだ。

「だ、だから私はきっと……鍛えても無駄で、ずっと……生まれつき強くて……技を努力しても、もしかしたらそれは私の力でもなくて……」

「全ての血人《ダンピール》が貴様の域に達することができるわけでもあるまい」

「……そう。でしょうか……。思うんです。私……私が、もしも人間《ミニア》だったら……どうだったのかな、って」

この場にただ一人の血人《ダンピール》は、小月を見上げる。

どこかの地方では、太陽と対極にある月こそが血鬼《ヴァンパイア》の象徴なのだという。

「同じ鍛錬をしたら……どうだっただろう。もっと体を大きくできて……今の私を、越えられたんでしょうか。それとも……私の鍛錬なんて、人間《ミニア》の皆と比べたら、やっぱり大したことはなくて……こんなところにも、辿り着けなかったのかも……」

「——クウェル」

サイアノプは諭すように言葉を投げた。

「僕は、粘獣《ウーズ》だ」

サイアノプもまた、クウェルと同様に種族の枷《かせ》を背負っている。

生まれながらに強くあることと、生まれながらに弱くあること。

武の頂を目指す者にとって、そのどちらが幸運であっただろう。

それはきっと、誰にも計り知れることではない。

「えへ……えへへ。そうですよね……。サイアノプさんは、粘獣《ウーズ》だ……」

「貴様は強くなる。生まれの強さに驕《おご》らず、高みを目指し続ける意思がある。僕がここまで至れた

理由も、恐らくは貴様と同じような意思だからだ」

この六合上覧《りくごうじょうらん》を戦い切って、サイアノプは死ぬのだろう。それだけで良い。

だがトロアを倒した今になって、初めにはなかった雑念も生まれていた。

「クウェル。貴様に僕の技を伝えてみたい」

「……！」

今日は随分、鍛錬の手を休めてしまった。

けれどもまだ時間はある。限られた時間だとしても、十分に。

「まだやるか、クウェル」

「はい」

前髪の隙間から覗《のぞ》く大きな瞳で、クウェルは笑った。

種族や身分に曇ることなく、純粋な強さを信ずることのできる目。

——どこであろうと、二十一年ぶりの王国であろうと、必ず、彼女のような者がいると信じていたからこそ、サイアノプは出てきた。

「私は、あなたと立ち会いたいです」

二◇旧ハジマ将軍邸

黄都《こうと》西部の閑静な農村地帯の一角に、アウル王時代からの古い邸宅がある。

鎹《かすがい》のヒドウは数年前の時点でその家を買い上げていたが、この家に暮らしはじめたのは六合《りくごうじょう》上覧《らん》の第一回戦が全て終了し、魔王自称者アルスの黄都《こうと》襲撃の事後処理を終えた頃からだった。日が昇った後に目覚め、小作人を気紛れに呼びつけては球技に興じて、一摑みの硬貨をポケットに入れて商業区へ足を運び、夜も更けてから帰る。

そのような暮らしができるようになった、ということである。

若き第二十卿として多忙を極めていたヒドウは、黄都《こうと》二十九官を更迭された。

彼が勇者候補として擁立した星馳《ほしは》せアルスが暴走し、黄都《こうと》に対して甚大な被害をもたらしたためだ。それが試合敗退後の出来事だったとしても、事件の責任を取らないわけにはいかない。

今のヒドウは、どこにでもいるような貴族の次男坊である。

「こうやって、ボールが投げられるくらいの年頃で辞められてよかったよ」

小作人と球技に興じながら、ヒドウはそう嘯《うそぶ》いたりもする。

「あのまま官庁にいたんじゃ、ジジイになっても同じことしかやらせてくれないからな」

そうした暮らしが、数日続いた。長く続いたわけではない。

――その日は来客があった。ヒドウは球技遊びを終えて帰ってきたところだった。

「鎹《かすがい》のヒドウ。随分久しぶりだ……」

老人は、邸宅の応接間に当然のように座っている。

招き入れたわけではない。来訪の連絡も一切なかった。だというのに、その老人の節くれだった指先と落ち窪んだ眼窩《がんか》は、まるで死んでからも長い間そこに座り続けていた屍《しかばね》のようだ。

長椅子の後ろには四人の従者が立っていて、全員が森人《エルフ》だった。

他人種の奴隷を従えることは、現在の法律では禁じられている。もっともその罪をもってこの老人を逮捕できる者も、黄都《こうと》にはいないのだろう。

「あの若造が、本当に大きくなった。感慨深いものだ……」

「そいつはどうも。イリオルデ」

忌々しく思いながらも、ヒドウは老人の対面に座った。本来はこちらが来客用の席だ。

……元第五卿、異相《いそう》の冊《ふみ》のイリオルデという。六合上覧《りくごうじょうらん》の開催直前になって黄都《こうと》議会を追放された、貴族界の怪物。ロスクレイやジェルキが先んじて対処していなかったなら、このイリオルデがケイテやハーディ以上の巨大な派閥を動かし、六合上覧《りくごうじょうらん》を脅かしていたことは間違いない。

そんな男が、同じく黄都《こうと》議会を追放された自分に接触を図っている。

「あんたも大きくなったみたいだ――態度がな。挨拶なしで人の家に迷い込むくらいにボケちまったのか？　この別荘の住所だって、あんたに教えた覚えはないぜ」

「く、く。寂しい老人を、そう邪険にするものではない……。君と私は、今となっては同じ立場だろうに」

「あいにく、俺はあんたと違って寂しくないんでね」

「星馳《ほしは》せアルスの一件には、私も心を痛めている」

「嘘つけ」

「そう思わない者の方が薄情ではないかね。誰よりも黄都《こうと》市民の安全のために心を砕き、アルスの脅威に備え続け……そして事実、犠牲を最小限に留《とど》めた功労者に他ならないというのに、誰も君の功績を認めず、あまつさえ全ての責任を被《かぶ》せて追放した……」

皺《しわ》に覆われた表情は、至って穏やかに見える。

しかし相手がイリオルデである限り、表情から心理を推し量るほど危険なことはない。第五卿時代のイリオルデを知る二十九官は、誰でもそれを熟知している。

「彼らは、私を追いやった時から何も変わってはいないな。旧態依然に凝り固まった、権威主義と責任転嫁……若き才能などは当然に握り潰される。赤《あか》い紙箋《しせん》のエレアの話、私も聞いたぞ。まったく嘆かわしいものだ……心からそう思う」

「もう一度言うぞ。俺はあんたみたいに……不正を摑まれるヘマをして更迭されたわけじゃない。あんたの言ってることは、とんでもない見当違いだ」

ヒドウは警戒を解かず、しかしふてぶてしく答えた。

「六合上覧《りくごうじょうらん》で本当に勝つ方法を知ってるか、イリオルデ？　負ける前に降りるんだよ。……アルスが動き出した時から、俺の方もこういう落とし所にしてやろうと思っていた。これで俺の名前を担ごうとする輩《やから》なんて、黄都《こうと》には出てこねえ。俺は、一抜けだ」

星馳《ほしは》せアルスか冬《ふゆ》のルクノカ——第二試合でぶつけ合わせた最強の竜族《りゅうぞく》の生き残りを、さらに魔王自称者に仕立てることで排除するロスクレイ陣営の計略には、最初から責任を負う役割が必要だった。

しかし鎹《かすがい》のヒドウは、その役割こそを狙っていた。生まれつき優秀だった彼は、生涯責任とは無縁でいられる平穏を欲していたのだから。

「く、く。やはり聡い。惜しいな、ヒドウ……その先見の明があるならば、これから黄都《こうと》に起こることも分かるはずだろう」

「だから、何の話だ。知ったことじゃねえな」

「……勇者候補の一名が乱心し、黄都《こうと》を蹂躙《じゅうりん》した。それが起こってしまった以上、民も遅かれ早かれ、気付くことになる」

ただ一名の勇者を定めるべく集った、地平最強の十六名。

民は知ってしまった。一名の修羅が牙を剝《む》いたのならば、それに対抗し得る者は同様の修羅でしかあり得ない。そしてその戦いは決して対岸から眺めていられる災害などではなく、民自身の生活を脅かしかねないということを。

「第四試合で……真の英雄、絶対《ぜったい》なるロスクレイを再起不能にまで追い込んだ、世界詞《せかいし》のキア。そして第六試合……。衆目で公然と不正を行い、円卓《えんたく》のケイテ、軸《じく》のキヤズナとともに忽然《こつぜん》と姿を消した、窮知《きゅうち》の箱《はこ》のメステルエクシル。いずれもまだ発見されてはいないな」

「……」

「どう思う。民からすれば、身震いする脅威ではないかね……。加えて、千一匹目《せんいちひきめ》のジギタ・ゾギが敗退した以上、これまで大人しくしていた小鬼《ゴブリン》ども……さらにはオカフの傭兵どもが、どのように動いたものか。荒野《こうや》の轍《わだち》のダントでは、きっと彼らの動きを抑え切れはしないだろう」

「よく調べているようだな。ご苦労なことだ」

「まだまだ。君達の抱える不安要素は、この程度ではなかろう……」

イリオルデは軽く咳《せ》き込み、従者の差し出した水筒に口をつけた。

「先日、ジェルキが公表していたな。城下劇庭園に、多くの従鬼《コープス》が紛れていたと」

「……ああ。本当に血鬼《ヴァンパイア》だったようだな。結局、どこまで感染が広がってやがる……」

〝見えない軍〟。その正体不明の集団の正体も、眼前のこの男であるという説がある。

一体以上の血鬼《ヴァンパイア》が動いていることだけは確かだ。だが、肝心のその血鬼《ヴァンパイア》がいかなる組織の思惑で動いているのか――〝黒曜の瞳〟の残党という説が正しいのだとしても、戦時中の〝黒曜の瞳〟は、常に他の組織の指令を実行する諜報ギルドだったのだ。

(奈落《ならく》の巣網《すあみ》のゼルジルガは〝黒曜の瞳〟だ。エヌが何か知ってなきゃおかしい。あいつが今どこで何をしているのかは知らされてねえが……)

「まったく、恐ろしいな、ヒドウ。既に根絶されたと思われた病が、六合上覧《りくごうじょうらん》に紛れて……我々に牙を剝くその時を、今か今かと待ち受けている……。その上、旧王国主義者もきな臭い動きを見せているとは聞くではないか……」

黄都《こうと》に対する反乱を企てていた、第四卿ケイテ及び魔王自称者キヤズナ。

六合上覧《りくごうじょうらん》に乗じて黄都《こうと》に食い込んだ不穏分子、小鬼《ゴブリン》及びオカフ自由都市。

正体不明の血鬼《ヴァンパイア》が率いると推測される〝見えない軍〟。

さらには、未だ対策を打てぬ全能の脅威、世界詞《せかいし》のキア。

「……これでは、動くつもりなどなかったこの私とて……動かざるを得まい。まだ、まだ……次々と脅威は現れるだろう。君達の知らぬ兵器が。消えたかと思えた魔王自称者が……あるいは、勇者候補の如き逸脱者とて動くやもしれぬ……」

（……何を言ってる）

これまで語っていた脅威の話ではない。

イリオルデは具体的な何かについて言っている。

だが、そんな情報を、なぜヒドウにわざわざ教える必要があるのか？

「関係ない。あんたにも俺にも、関係のないことだ」

「く、く。年を取ると……聞こえてくる声も大きくなるものでね、ヒドウ。私も平穏を望んでいるというのに、誰かがこの老体に話を持ち込んでくる……。何かよい知恵はないか。私の力でどうにかできないものかと。何の力も持たぬ私には、まったくもって難儀なことだ……なあヒドウ……」

「第一回戦の間……あんたは何をしていた？」

イリオルデは動いている。それも六合上覧《りくごうじょうらん》の中で起こった事件の数々について――黄都《こうと》が情報統制している事柄までも鋭敏に把握した上で、備えている。

今になって慌てて動き出した者ではないことは確かだ。

だがイリオルデ自身が名前を出していれば、ロスクレイ達は必ずその挙動を捉えていたはずだ。

ならば彼の手駒となって公然と動いていた者が、この六合上覧《りくごうじょうらん》の参加者の中にいる……

「……あんた、誰を……裏から動かしていた？」

「さて。さして重要な物事ではあるまい……」

ヒドウの脳裏で、いくつかの事実が線で繋がる。

黄都《こうと》議会の現状の改革と転覆を目論み、そして追放された影の傑物が、その実政局の操作を行っていたのだとすれば……

（……ハーディか？　六合上覧《りくごうじょうらん》に乗じて、ロスクレイ派閥に公然と反旗を翻した。奴に最初から勝算をもたらす後ろ盾があったとしたら……軍閥の首魁《しゅかい》と、貴族階級の黒幕。こいつらが手を組んでいるなら、確かに勝ち目がある奴なんていない……）

黄都《こうと》の軍部の長にして第二十七将。弾火源《だんかげん》のハーディは、絶対《ぜったい》なるロスクレイに続く第二の巨大派閥を率いる男でもある。

そして彼の擁立する柳《やなぎ》の剣《つるぎ》のソウジロウは、次の試合でロスクレイと戦うことになるはずだ。

直接対決を控え、背後に控えていたイリオルデも姿を現したのだとしたら。

「――要点を違《たが》えてはならんよ、ヒドウ。いずれ黄都《こうと》は大きく揺れる。君が数多《あまた》の策を重ね、身を挺《てい》して責任を被ったアルスの一件よりも大きな……とても、大きな混乱が訪れるだろう。その時に、議会はどうするかな……」

「何が言いたい」

「再び責任を被せる者が必要だな……？　多くの魔王自称者がそうであったように……あるいは、〝本物の魔王〟がそうであったように。何者かが悪を引き受けなければ、民は決して納得することはない……」

枯れ木のような指は、ゆるやかにヒドウを指差した。

「それは例えば、組織にとって切り捨てても問題のない者。既に烙印《らくいん》を押された者……そうは思わないか。君や、私のような」

「……ハ。随分と……幼稚な脅しだな。イリオルデ」

笑いながらも、ヒドウのこめかみには冷や汗が流れた。

ない、と否定することはできない。悠々自適の隠居など、絵空事めいた強がりに過ぎないというのは、自分でも分かっていたことだ。

六合上覧《りくごうじょうらん》が、このまま何事もなく終わるはずがないのだ。イリオルデの言うように、黄都《こうと》で巨大な政変が起こったとして——その首謀者としてヒドウの名を挙げれば事態が収まるのであれば、ロスクレイやジェルキは確かにそうするかもしれない。

彼らの能力を信頼すればこそ、あり得ないとは言えない。

「どうだね、ヒドウ……。背負う者を、我々敗者ではなく、彼らの側にすることができるとしたら。もう一度だけ、頑張ってみる気はないかな」

「もう一度言うぞ。俺はあんたとは違う。またぞろ陰謀ごっこに引きずり込まれるのは、ごめんだ」

「私は君の才能を評価している。君が加わってくれれば必ず勝てるだろう……」

「今までの話、ロスクレイに全部伝えてもいいか？　……さっさと帰ってくれ」

――くだらない。全て、悪い冗談だ。

ヒドウは無能でいたかった。これ以上誰かのために奔走したくはなかった。たとえ未来に破局が見えていようと、そのようなものに関わりたくなかったから、こうして政争の場から降りたのだ。

「……悩みばかり増やす暮らしは、たくさんだ」

「そうか。悪かった。では私は帰るとしよう……」

イリオルデは壁や従者の腕に掴まりながら、ゆっくりと席を立つ。

その立ち上がり方に、ヒドウは嫌悪を覚えた。生への執着。これほどの高齢にあっても、異相《いそう》の冊《ふみ》のイリオルデは生き続けることを諦めていない。

「そうだ……もう一つ、君にとって残念な報せがあるな、ヒドウ」

「……あんたが帰ってくれるだけで十分釣り合いが取れるよ。なんだ」

「アルス襲撃の責任を負ったということは、多くの市民が君を恨んでいるということになる……議会を追放されたとなれば、大した護衛もついてはいないな。ともなれば……不慮の事故が起こったとして、犯人の捜査も難しくなるかもしれない……」

森人《エルフ》の従者が、応接室の奥の扉の鍵を開けた。普段は使っていなかった部屋である。

扉の奥で、大きな影が動いた気がした。ヒドウは眉を顰《ひそ》めた。

「……おい、それ……」

扉が開いた途端、その部屋からは中年の男が飛び込んできた。

ヒドウがまったく見たこともない、貧民のような、薄汚い男だった。

陶器か何かが割れる音がした。男は汚れた靴でテーブルを踏み越え、ナイフを振り上げてヒドウへと斬りかかった。

ヒドウは間一髪で長椅子のクッションを振り上げて、突き込まれた刃を防いだ。

「か、鎹《かすがい》の、ヒドウ！」

「んだよお前はァッ⁉」

腕をねじり、クッションに食い込んだ刃物をもぎ取りながら叫んだが、声は裏返っていたに違いなかった。男の太い腕がヒドウのマフラーを掴む。首を掴もうとしたのだ。

「ど、けッ！」

ヒドウは力任せにもがき、乱暴に蹴り飛ばす。距離が離れた。それでも男は血走った目のまま、不格好な突進のため起き上がった。

今度は、横に躱《かわ》すことができた。男は突進の勢いで壁の絵画に衝突し、額縁の一部が砕けてその額を切った。

(なんなんだ。なんだ、こいつは)

ここは自分の家だ。どうして急に、こんな不審者が入り込んでいる。

いや、そもそも――

イリオルデは、来訪の連絡もなくこの邸宅に侵入していた。鍵はどうした。使用人の誰かが入れたとしか思えない。イリオルデの影響力を思えば、あり得ない話ではなかった。

襲撃者の男は、荒い息を吐きながら立ち上がろうとする。

「フーッ、フ……フゥッ、殺してやる、こ、殺してやる……」

まともな戦闘訓練を受けた戦士ではないことは明らかだ。

ヒドウは引きつった笑いを浮かべた。答えに思い当たってしまったからだ。

「……冗談だろ？」

「返せっ、ゴボッ、私の家族を……お前……お前のせいで……ッ！」

男は、部屋の隅の帽子掛けを槍のように抱えようとした。まともな武器になるとは思えなかったが、それが却《かえ》って、男の制御不能の殺意を思わせるようだった。

「俺の……俺のせいだって？」

ちゃんと考えろ。〝星馳《ほしは》せ〟のせいだろうが。あれを予測できた奴がいるっていうのか。

こういう意味の分からない無能の相手はもううんざりで、叩き殺してやりたくなる。

帽子掛けを振り回して、男が殴りかかる。

ヒドウも拳を振りかぶった。

「あああああァァッ！」

「ウバッ！」

男はのけぞって倒れた。顔面に硬いボールが直撃したためだった。

ヒドウは、球技遊びから帰ってきたところだ——ポケットの中にボールが入っていた。

ボールは二度床を弾んで、ヒドウの足元に転がってきた。

「ハハ、ハハハハハ……」

ヒドウの額からは冷や汗が滝のように流れていたが、心底楽しそうに笑っているものがいた。

イリオルデだ。

「ハハハハ……ハハハハ…………ああ、とてもいい。とても必死だ……」

「この野郎……」

「まだ若いというのに……望むことはないだとか。後ろ指を指されても構わないだとか。まるで……悟ったようなことを言うのは、よくない。悟っていないのだから。命を狙われれば……この程度の貧民が相手であっても……」

倒れた男を、イリオルデは杖《つえ》で突いた。襲撃者の男は呻《うめ》き、立ち上がろうとしたが、イリオルデの護衛が即座に関節を押さえつけて拘束する。

「……必死にならざるを得なくなる」

「お前が……仕掛けたことだろ」

イリオルデ達が、ヒドウに恨みを持つ——恐らくは東外郭二条か五条の市民の生き残りをここまで連れてきて、ヒドウが帰ってくるまで、応接室の奥の部屋に閉じ込めていた。

状況からはそうとしか考えられない。誰もがそう判断する。

「偶然だとも。偶然。く、く。我々は……不運にも、不埒《ふらち》な侵入者に気づけなかった。君も、私も。

だが、二度とこのようなことが起こらないよう……ともに協力することもできる」

「幼稚な脅しだ」

「そう。私は幼稚でね」

森人《エルフ》の護衛が、当然のように銃を抜いた。

ヒドウは息を呑《の》んだ。逃げる。物陰。それらの思考が頭に走ったが、足はまるで追いついていなかった。殺されると感じた。

銃声。

護衛は、足元で拘束していた男の頭を銃撃した。二度目の銃声が続いた。

一発目で既に、貧民の男の頭部は熟れすぎた果実のように弾けていた。果肉のような内容物の中に、種のように白い、頭蓋骨の欠片があった。

「…………」

「く、く。ハハハハハハ……ハハハ」

イリオルデは笑った。愉快そうに。

「――無論、冗談だとも。安心してくれたまえ、ヒドウ」

「こ、殺し……やがったな……」

ヒドウの邸宅内で、殺人をした。

しかもイリオルデは連絡なくここを来訪している。記録に残ってもいないだろう。

何らかの釈明が必要になる――少なくともヒドウの平穏な生活を乱すような釈明が。

「では、また会おう。鎹《かすがい》のヒドウ」

日が沈んでいた。イリオルデが立ち去ったその後も、ヒドウは暗闇の応接間の長椅子に座り込んで、頭を抱えていた。

「……くそっ……」

全てに無関心でいられる平穏が欲しい。

〝本物の魔王〟がもたらした恐怖が、真に収束してほしい。

いつになればそれが訪れるのか。永遠に終わることはないのか。

「どいつもこいつも……！　俺を、巻き込むんじゃねえよ……！」

ただ一人の勇者を決める戦いには、この世界に生きる限り、無関係ではいられないのだ。

生と死が荒れ狂う運命へと、巻き込まれていく。

誰であろうと。

三　ガィワ用水路前

「おーい、そっちはいたか？」

「いや、いねえ！　店先の袋やら木箱に隠れてるんじゃねえか？　小さいガキだからな」

「なんかバカらしくなってきましたよ。疲れたし。もう帰りません？」

水路沿いの狭い路地に、ならず者達の声が響いている。

誰かを追っているようだが、声に緊張感はなかった。牧歌的とすら言えるかもしれない。

（本当にあたしを捕まえたいなら）

と、キアは思う。

男達の話す内容はよく聞こえた。彼らが話しているすぐ傍《そば》の角《かど》で座っているからだ。

ただ、詞術《しじゅつ》で姿を消してはいたが。

（……もっと必死になったほうがいいのに。呆れちゃうわね）

世界詞《せかいし》のキアは僅か十四歳にして、黄都《こうと》から異例の指名手配を受けている――第四試合において絶対《ぜったい》なるロスクレイを死の寸前まで追い込んだ、全能の詞術《しじゅつ》士だからだ。

だが、こうして懸賞金で釣られたならず者達を動かそうとも、どんなに凄腕の探偵や狩人《かりゅうど》を雇おうとも、それこそ黄都《こうと》軍が世界最大の兵力全てを動員しようとも、キアが捕まることはあり得ない。

程度の低い相手はこうして姿を消すだけでも十分にやり過ごせるし、逃げるとしても壁を抜けることや空を飛ぶことだってできる。食物を作り出せるから餓えることもないし、それどころか風呂に入ることも、寝床を作ることもできてしまう。

正面から戦うのであれば、敵の勝ち目はさらに絶望的だ。試合場でのロスクレイみたいなおかしなことが起こらない限り、全能の詞術《しじゅつ》を使うキアに、他の誰かが勝てるわけがないのだから。

（だって、あたしは無敵なんだから……）

ならず者達の声が遠ざかっていくが、一時的なものだ。今日はこの近辺で姿を現さないようにしたほうがいいかもしれない。

——全てを実現できる存在であるはずの彼女は、しかし迷っていた。

彼女には目的がある。第四試合の後にはぐれた赤《あか》い紙箋《しせん》のエレアの汚名を雪《そそ》ぐことだ。

あの試合で真に不正を働いていたのはロスクレイであり、追われるべきはキアではない。

しかし全能の詞術《しじゅつ》を操れるとして、望ましい結果を導くためには、ど、の、よ、う、な、手順を踏むことが正しいのだろうか？

（例えば法律の……一番偉い人が決めれば、皆はロスクレイが悪いって分かってくれるの？　黄都《こうと》二十九官の顔だって私は知らない。誰が決めれば、エレアは許されて……分かってもらうためには、私はどうやって話をすればいいんだろう……）

説得する必要はないのかもしれない。絶対的な力がある以上、誰にだって言うことを聞かせることができるはずだと、キアは思っている。

だが、自分がそうしていることを想像するたび、第四試合でのロスクレイの無惨な姿が脳裏に浮かぶ。究極の暴力を伴っての交渉ができるのだとしても、相手がロスクレイと同じように折れない者であった時……キアという一人の少女は、またしても何もできないのではないか。

（……セフィトだ）

絡み合った堂々巡りの問いは、そうしていつも、最も単純な結論に至る。

（黄都《こうと》で一番偉いのは、女王だもの。政治とか法律の……すごく偉い人より、女王のほうが偉いに決まってるわ。それに、セフィトなら――）

セフィトの顔を思い出す。花みたいに白くて、綺麗な子だった。

女王とはいえ十一歳の幼い少女だ。イズノック王立高等学舎で、一緒に勉強したこともある。仲が良かったとはとても言えない、微妙な関係ではあったが。

（あたしが……詞術《しじゅつ》で脅さなくたって、話ができる。できる……かもしれない。今度会ったら、ちゃんと仲良くしようと思ってたんだから……）

六合上覧《りくごうじょうらん》に横行する不正は、彼女も決して望んではいないだろう。

セフィトに個人的に接触して、キアとエレアが置かれている現状を理解してもらい、何らかのかたちで今の黄都《こうと》に働きかけてもらうしかない。キアの認識では、それが一番現実的な考えに思える。

だが、その案にしても問題はある。自分が指名手配の――悪党として周知されている今の状況で、いつ、どのようにセフィトと接触すれば、話を聞いてもらえるだろうか……

「やっぱりガキはこっちの路地だッ！　見落としがあったんじゃねーのか！」

ドタドタという足音を立てて戻ってきた男達が、路地に積まれた木箱を崩したり、無遠慮に住宅の中を覗いたりする。行き交う市民は、非難の眼差《まなざ》しを送るだけだ。

「もういいだろ……従鬼《コープス》狩りでもやってた方が金になる」

「それこそ何体見つかるか分かったもんじゃねえよ。懸賞金だって大したことないだろ」

「ああ、知らないんですか先輩？　従鬼《コープス》は一体捕まえれば増やせるから、やり方次第で……」

（本当に、ろくでもない……）

溜息《ためいき》をつく。こういう連中を見ると、あの灰境《かいきょう》ジヴラートを思い出してしまって、とても気分が悪くなる。そのたびに、キアの中でまともではないやり方への忌避感も大きくなっていくような気がするのだ。

指名手配は冤罪《えんざい》とはいえ、キアに多少なりとも責任のあることで、誰かが迷惑を被《こうむ》り続けるであろうことも嫌だった。

だから、少し大人しくさせる程度でいい。

しかし息を吸い込んでから、少し迷った。

（【眠って】……だと、通行の邪魔になっちゃうかしら）

「不埒《ふらち》な輩だね」

「え」

詞術《しじゅつ》の代わりに、驚きの声が口から漏れた。

羽根つきの赤い帽子を被った青年が、キアの隣に佇んでいる。首から下は貫頭衣《かんとうい》めいた外套《がいとう》に覆われていて、よくわからない。

顔立ちは若く端正だったが、どこか不自然な表情に見えた。

「怯えることはないよ。僕の名前は彙《たぐい》のアクロムド。君を助けにきた」

姿を消しているキアの隣で喋っているから、傍目からはただ独り言を呟いているようにすら見える。本当に話しかけているのだろうか。

それ以前に――

（なに？　この人……）

そもそもキアにこんな知り合いはいないし、ここにキアが隠れていることを確信して話しかけているのも意味が分からない。

確かに、キアは今視覚的に姿を消しているだけだ。呼吸音や匂いのようなごく僅かな情報で、彼女の位置を認識しているのだろうか。

アクロムドは、路地一つ離れた場所で捜索を続けている、三人のならず者に狙いを定める。

「ふー……」

脱力するような呼吸とともに、その体がぐらりと傾いだ。

案山子《かかし》が倒れるような、奇妙な動きだった。

――バチン、という破裂音が、キアの位置にまで届く。

「あっ……」

姿を隠していることも忘れて、キアは息を呑んだ。

ならず者の一人の頭部が、飛び散っていた。その消失した頭部の向こう――壁に突き刺さっているものは、人間《ミニア》の腕だ。超高速で飛来した腕が、男の頭部を粉微塵《みじん》に砕いたのだ。

(誰の)

動作の余韻で、すぐ隣に立つアクロムドの外套が翻っている。その中には、あるべき右腕がない。この男だ。なぜなのか、どんな益がある技術なのかは全く想像もつかないことだが――

彼は生身の腕を切り飛ばして、路地一つ離れた距離にいる男を殺してみせたのだ。

「うわあッ!? なんだこりゃあ!」

「ひえっ、死、死んで……」

銃声すらなく殺された仲間に、残る二人の男達は遅れて気付き、その死体に駆け寄ろうとする。

戦場であれば、恐らくそんな迂闊《うかつ》な行動は取らなかったはずだ。

だがここは、白昼の黄都《こうと》だ。どこよりも安全なはずの地上最大の都市で、誰かが理由もなく自分達を殺そうとしているなど、彼らのような人種ですら、想像が及ばない。

壁に突き刺さっていた右腕が、パチン、と、バネ仕掛けのように跳ねるのを見た。

死体を注視している二人の男は気付かない。ゆるやかな放物線を描いて落ちた右腕は、近いほうの男の後頭部へと落ちて、首筋を摑む。

「つ、ぐ……ぐウウウウッ」

「……ッ、やめてよ!」

キアは思わず立ち上がっていた。

隠蔽の詞術《しじゅつ》を解いて、アクロムドへと叫ぶ。そもそも姿を隠している意味もないのだ。

「あなた、自分が何やってるか分かってるの!?」

「……？　だから、君を追い回す悪党を始末してあげてるんじゃないか。何か気に障ったかな」

「気に……障るに決まってるでしょ!?　あんな雑魚《ざこ》を殺して恩人面されるのって、一番腹が立つわ！　すぐにやめさせなさいよ！」

横目で、向こうにいる男の様子を見る。首を締め上げられて、手足をばたつかせて暴れている。

「早く！」

「うん。分かった」

アクロムドは、釈然としない様子で腕を――左腕だけを上げた。

男に食らいついていた右腕も、それと同時に力を失う。

「気分を害してしまったことは謝るよ。その……常識がなくてすまない。僕は本当に、君と仲良くなりたかったんだ。黄都《こうと》軍から追われているなら、手助けできると思う……」

「絶ッッ対いらないわ。何それ？　あんたこそ黄都《こうと》軍に逮捕されなさいよ」

「申し訳ない。うーん……僕は正直……君を追い回している悪党を殺したことについては、むしろ称賛されるとすら思っていて……それがよろしくなかったとすると、どうにか埋め合わせを考えたいな……」

「二度とあたしに近づかないで。気味が悪いから」

「うーん……努力しよう」

悪態をつきながらも、キアはアクロムドの右肩が気になって仕方がなかった。

義手の類ではない。間違いなく生身の切断面があるように見えた。あんな攻撃手段があったとして、二度目以降はどうするつもりだったのか。アクロムドは人間《ミニア》のような見た目をしているが、切り離された腕を動かせるのはどういう理屈なのだろうか。

全能の詞術《しじゅつ》を持つキアですら、あんな攻撃はやりたくない。

「おい！　あのガキ……！」

無事だった方のならず者が、倒れているもう一人を揺さぶりながら叫んでいる。

「目ェ覚ませ！　キアがいた！　兄貴の頭を吹っ飛ばしやがったのも、多分あいつだ！」

「なんなの、どいつもこいつも……」

この区画からも逃げるしかない。

悔しさと怒りが、キアの胸の内で絵の具のようにぐちゃぐちゃに溶けていく。キアは一度だって殺したことはない。殺さないようにしてあげているのに。

「【消して】【流れて】」

詞術《しじゅつ》を呟き、まだ隣に佇《たたず》んでいるアクロムドにも、遅れて命じる。

「ついてこないでよ。絶対」

「分かった。けど、どうすれば仲良くなれるかな？」

「……」

キアは答えず、すぐさまその場から消えた。透明化と、大地の高速流動。どれほどの手練であろうと、キアを追跡できる者は存在しない。

（逃げて、隠れて……こんなことばっかり）

店員や同年代の子供と最後に話したのは、どれだけ前のことだっただろう。

無論——全能の力は、そのようなものを必要としない。必要な品々はなんでも作り出すことができるし、友達の力に頼らずともいい。

けれど絵の具のようにぐちゃぐちゃに混ざっていく感情の中で、一つの色だけが、いつまでも溶け切らずに残ってしまう。

（……誰かと会いたい。エレアと、また話したい。故郷に帰って、あたしは……）

全能の力ならば、そんな思いすらも消してしまうことができるのだろうか。

◆

キアが逃げ去った後の路地で、彙《たぐい》のアクロムドは立ち尽くしていた。

世界詞《せかいし》のキアを黄都《こうと》に先んじて確保することが彼の任務だが、彼女を追跡するつもりもない。

そう頼まれたからだ。

「力づくで連れていくのではなく、友好的な関係を築いて仲間になってもらう……方針そのものは間違っていないはずなんだ。だから僕の態度に何か問題があったはず——」

「そこからどけッデク野郎！　あのガキはどっちに逃げやがった……！」

ならず者がアクロムドを突き飛ばす。息も絶《た》え絶《だ》えの相方を引きずるようにしている。

それをしたのはアクロムドだが、最初の腕の射出が認識できない速度だったためか、頭に血がのぼっているためか、まだその事実には気づいていないようであった。

「そうか、君達に追いかけてもらえばいいんだな」

「何をブツブツ言ってやがる。殺すぞ」

「いや、僕が追いかけると嫌われるだろうから……」

アクロムドの左腕が霞《かす》む。

虫を叩き潰したような、パチッ、という軽い音が遅れて響いた。

「ごぼ」

ならず者二人の喉からは、声とも叫びともつかない、鈍い音が漏れた。

深く斬り裂かれた傷口から、血液が一気に溢れた音である。

アクロムドは平手のような形にした左手を振り抜き終わっている。白昼の市街の只中、誰にも手口を見せぬ一閃《いっせん》で、二人を同時に始末していた。

「僕の代わりに頼まれてくれるかな」

「……」

「……」

往来の市民は、異常な現象が起こっていることに気付いていない。

明らかに即死した二人の男が、倒れていないのだ。立っていた方の男どころか、肩を貸されて足を引きずっていた方の男すらも、自らの体重を支えて、未だ立ち続けている。

二人の喉の傷からの出血も、ほぼ止まっていた。最初に溢れた分の出血を、アクロムドは大きいスカーフで丁寧に拭った。

「さあ、行っていいよ」

二人のならず者は、キアが去った方角へと歩き出した。ぎこちない歩みはまるで、何者かに無理やり操られている人形の動きのようでもある。

自分の指の血を拭いながら、アクロムドは呟く。

笑っていたが、どこか不自然な笑顔だった。

「どうすれば皆に好かれることができるんだろうな」

六合上覧《りくごうじょうらん》全試合の半数が終わり、誰しもが次なる行動を迫られている。

潜伏を続けていた知られざる怪人達もまた、例外ではない。

四 ◇ 秘匿療養所

瞼《まぶた》を開けたくはなかった。

意味がないから、という理由もある。

戒心《かいしん》のクウロは、目を閉じていても周囲の光景をはっきりと知覚することができた。

だが、もう瞼を開ける気力は残っていない。

〝黒曜の瞳〟に裏切られ、大切な友のキュネーやトロア、ミジアル――彼らを危機に晒《さら》してしまったことに、クウロ自身が焼かれ死の淵《ふち》を彷徨ったこと以上の、無力感を覚えていた。

クウロを死の淵に追いやったのは、クラスター弾による絨毯《じゅうたん》爆撃だ。恐らくは第八試合で実行に移した作戦に万全を期すべく、操作されたメステルエクシルが、診療所ごと爆撃した。

クウロには本当に、〝黒曜の瞳〟と敵対する意志すらなかった。

それでも〝黒曜の瞳〟は、万全を期すためだけにそうしたのだ。

天敵となり得るクウロの目に、何も見せないために。

もううんざりだった。

(目覚めなければ、何も見なくて済む)

寝かされているのは、それなりに上等な病棟用のベッドだ。

全身は、顔面に至るまでほぼ全て包帯で覆われている。生術《せいじゅつ》による再生特有の匂いと、分厚く塗られた軟膏《なんこう》の感触。深い火傷《やけど》の熱と痛みがあった。

すぐ近くには窓があって、水差し用の小さなテーブルがある。隣の部屋と廊下に出る扉が二つ。

そして部屋の奥の大きな机に向かって、記録を書きつけている女がいた。三十代前半のような外見だが、実年齢はもう少し上だろう。長く伸びた髪はどこか緑がかった炭色で、身長は成人男性程度に高い。文字で記録を残しているということは、看護師ではなく医師。それも貴族に近い立場の者だろう。声帯の発達度合いにも、やはり生術士《せいじゅつし》の特徴が見て取れた。

目を閉じたままでも、生まれ持った天眼《てんがん》が情報を知覚してしまう。

クウロのベッドを一瞥《いちべつ》して、女は口を開いた。

「意識が戻ってますね？　クウロさん」

「……」

「ふふ。起きていると、眠っている時よりも唾液の分泌量が増えますからね～？　喉が嚥下《えんげ》する動きをするんですよ」

話しながら、女はベッドの傍らに近づいてくる。

「でも〝黒曜の瞳〟なら、もちろんそういう反応を隠してしまう技だってあるんでしょうね？」

「……ここはどこだ」

目を閉じたまま、クウロは尋ねた。

少なくとも、トロアがいた診療所ではないはずだ。メステルエクシルの爆撃で消滅したからだ。クウロはトロア達を逃した後、焼夷弾《しょういだん》で撒《ま》き散《ち》らされた炎と熱の間隙に滑り込むように、井戸の中へと飛び込んで、こうして命を拾った。

だが少なくとも、皮膚移植を含む最先端の技術医療と、極めて優秀な生術《せいじゅつ》医療をすぐに施されなければ、高確率でそのまま死んでいたであろうことも分かっている。

「場所は言えません」

「あんたの名前は……」

瞼を開くと、穏やかな笑顔を浮かべた女と目が合った。

包帯に覆われたクウロ自身は、怪物のような姿をしている。

「さざめきのヴィガといいます」

「……ヴィガ。ロスクレイの……詞術《しじゅつ》支援をしている女だな」

ロスクレイ陣営の戦力については、ミジアルを通じていくらか聞き及んではいる。

工術《こうじゅつ》による直剣生成を担う、骨《ほね》の番《つがい》のオノペラル。

生術《せいじゅつ》による身体強化を担う、血泉《けっせん》のエキレージ。

力術《りきじゅつ》による動作補助を担う、整列《せいれつ》のアンテル。

そして熱術《ねつじゅつ》による電流発生を担う、さざめきのヴィガ。

彼が受けている詞術《しじゅつ》支援の話は、勇者候補にとってはもはや公然の秘密だ。

「俺は、ごほっ」

長く喋ろうとすると、喉が焼けつくように痛かった。

咳き込み、ヴィガが差し出してきた水を取って飲み込む。

「……俺は、ロスクレイ陣営に、回収されたのか？」

「さあ、どうでしょう～？」

「違う……らしいな」

クウロの天眼に嘘は通用しない。

問いかけに対する反応を観察するだけで、その人物が正直に答えているかどうか、隠したいことがあるかどうかを判別することができてしまう。

ヴィガはロスクレイの支援を担っていながら、ロスクレイ陣営とは異なる思惑で動いている者ということになる。

「……。できれば、あんたから喋ってくれ。けほっ、隠し立ては無意味だ……」

「異相《いそう》の冊《ふみ》のイリオルデ、という名前をご存知ですか？」

クウロは小さく頷く。黄都《こうと》上層部に隠然たる影響力を持つ、中央王国時代からの怪物だ。黒曜《こくよう》レハートが健在だった頃は、〝黒曜の瞳〟も彼からの依頼を多く受けていたという。

（……以前俺がいたトギエ市にしたところでそうだ。破城《はじょう》のギルネスの名前があったとて、一つの街の占拠があそこまで容易く可能だったのは、巨大な支援者が背後にいた以外に考えられない。……黄都《こうと》と敵対していてそれが可能なのは、異相《いそう》の冊《ふみ》のイリオルデくらいのものだろう）

「私達は、イリオルデ様のご支援を受けている者達……と言えばいいでしょうか？　クウロさんの治療を手配したのも、イリオルデ様なんですよ～」

トロアの治療に付き添っている間、クウロも黄都《こうと》の情勢に関する話は聞き逃さないよう心がけていたが、六合上覧《りくごうじょうらん》が始まってからというもの、イリオルデは目立った行動を見せていないはずだ。

そうする必要もなかったのか……あるいは既に動いていたのか。

「つまりあんたは……ロスクレイを裏切っている……」

「さあ？　裏切っているんでしょうか？　どうでしょうね～？」

「それで……俺を回収して、何をさせるつもりだ……」

「要求の前に、一つだけお伝えします。おぞましきトロアさんは死にました」

「……ッ！」

立ち上がろうとしたが、皮膚に走る激痛がそれを阻んだ。

「……死んだだと!?　ゲホッ、そんなはずがない！」

あの時、クウロは命がけでトロアを逃したはずだ――否。たとえクウロがそのようなことをしなかったとしても、相手がメステルエクシルや微塵嵐《みじんあらし》だったとしても、あの最強の魔剣使いが死ぬはずがない。

「クウロさんがここに運び込まれた翌日でしょうかね～？　トロアさんはマリ荒野《こうや》に向かって、地下で休眠状態にあった星馳《ほしは》せアルスに戦いを挑んだんです。現場に居合わせたサイアノプさんの証言があったとのことで、確かな情報だと思いますよ？」

「し、死体は……確認したのか」

「いいえ？　けれど、トロアさんと戦闘した後、星馳《ほしは》せアルスはこの黄都《こうと》に襲来して、市街に甚大な被害を与えました。トロアさんは死体も残らないかたちで消滅したと結論付けられていますね。なにしろ、地走《じばし》りやヒレンジンゲンの光《ひかり》の魔剣《まけん》……そういう魔具はいっぱいありますから」

「嘘だ……」

瞼を強く瞑る。顔の皮膚が引きつって、火傷の痛みは悶えそうなほどだったが、それでも、瞼を閉じていたかった。それがクウロの天眼にとって、まったく無意味なことだとしても。

「全て、黄都《こうと》の正式な調査結果として報告されていることです。嘘か本当か、私の反応を見てみればお分かりなんじゃないですか？」

「…………」

なぜ、そのようなことをしたのか。

彼が無敵だと信じていたからこそ、あの時ミジアルとキュネーを託した。それが分かっていてなお……穏やかな幸福を知っていてなお、星馳《ほしは》せアルスへの復讐《ふくしゅう》こそが、おぞましきトロアの中でもっとも巨大なものだったというのか。

目の前にいるなら、問い詰めてやりたい。だが未来すら見通す全知の天眼も、この場にいない――ましてや死んでしまった者の心は、読み取れない。

「さて」

ヴィガは変わらず微笑みを浮かべたまま、両手を軽く合わせた。

「ご理解いただけたところで、イリオルデ様からの依頼をお伝えしますね～？　この六合上覧《りくごうじょうらん》の開催にあたって……ロスクレイ様の改革派が敵対分子の粛清をはじめ多くの不正行為をなさっていることは、既にご存知かと思います。なので、私達の陣営も身を守る必要が出てきました」

「俺に……また、殺し屋を、させるつもりか」

「ええ！　もちろん、十分な報酬はお支払いするとのことです。それに私達の組織力なら——ミジアルさんやキュネーちゃんを、ロスクレイ様の手から守ることもお約束できますからね〜」

「……外道め」

この女が最初にトロアの死をクウロに伝えたのは、そういう意図だ。

トロアの死後、他のどの陣営よりも先に、このイリオルデ陣営がキュネー達を囲い込んだ。そして、いつでも始末することができるのだろう。

「そんなに強いのに、勿体《もったい》ないですよね〜？」

片頬に手を当てて、ヴィガは心底不思議そうに言った。

「嫌なら……今すぐ私を殺して、黄都《こうと》を出たっていいんですよ？　ミジアルさんは全然あなたと関係ない人ですし……キュネーちゃんなんて、その気になればいくらでも作れちゃうのに」

「……作れる？」

得体の知れない、重い不快感があった。所属は判明した。だがヴィガ当人は何者なのか。

最初から、この女は本当のことしか言っていない。

「ああ、そういえばご存知ないんでしたね？」

——整列《せいれつ》のアンテル。骨《ほね》の番《つがい》のオノペラル。血泉《けっせん》のエキレージ。

ロスクレイの詞術《しじゅつ》支援を担う他の三人には、はっきりとした社会的な地位がある。

整列《せいれつ》のアンテルは、黄都《こうと》第二十八卿。実直な官僚として知られている。

骨《ほね》の番《つがい》のオノペラルは、イズノック王立高等学舎の高名な教授である。

血泉《けっせん》のエキレージは、軍属から登用された叩き上げの王室主治補佐だ。

では、残るさざめきのヴィガ——この女は。

明らかに生術《せいじゅつ》を専門としながら、熱術《ねつじゅつ》による支援のみに徹していた。真の適性を隠す必要がある立場だったということになる。

「キュネーちゃんは私が作ったんですよ」

「……」

キュネーのような造人《ホムンクルス》が自然発生することはあり得ない。

絶大な力を持つ誰かが、その命を生成しない限り。

「魔王……自称者……！」

「特別に、二人目も作ってあげましょうか？　クウロさん」

さざめきのヴィガは笑った。それ以外の表情が存在しないのかもしれなかった。

五　国防研究院

黄都《こうと》の中央を流れるティム大水路の一部には、人知れず敷設された暗渠《あんきょ》が存在する。

その敷設工事は都市計画時点で記録に残らぬよう密かに発注されていた。しかし、工事はあくまでも堂々と行われていて、施工を担った職人達すらそれを正式な公共工事だと信じていた。疑う者がいないために発覚しない。

暗渠によって水道を引いているのは、研究施設には大量の水が必要だからだ。

船の積荷を搬入する倉庫群にちょうど紛れるかのように、その施設は存在している。

——国防研究院、と呼ぶ者もいる。まるで黄都《こうと》にそのような研究機関があるかのような……民間人が偶然耳にした程度では違和感を持つことのできないような名だった。

巨大な貨物が頻繁に出し入れされていたとしても、不自然には見えない。倉庫街に日々行き交う莫大な貨物の一つ一つを全て把握している者などいないためだ。賄賂や根回しによって、船からの積み下ろし検査を行う役人や、施設への立ち入り検査を行う役人の目からも逃れていた。

六合上覧《りくごうじょうらん》が開始されて以来、この施設の動きはさらに活発になりつつある。

この日も、新たな積荷が運び込まれていた。

「こいつがこの前話してた、キヤズナの機魔《ゴーレム》の最新型だ」

貨車の傍らに立っている中年の女は、紫紺《しこん》の泡《あわ》のツツリという。ほとんど白い髪を首の後ろでまとめていて、表情には快活というよりも馴《な》れ馴《な》れしい雰囲気があった。

表の顔は、黄都《こうと》第二十一将でもある。その立場にありながら、彼女はこの非合法の研究機関を頻繁に訪れていた。

「飛行機魔《クラフトゴーレム》っていうらしい――脚は随分貧弱だが、物資を搭載して飛べるんだってさ。この金属プロペラを回転させて上昇するんだろうな。尻尾《しっぽ》の先についてる小さいプロペラは何だろ？」

「偶力を打ち消す」

作業場の片隅から答えが返る。

砂人《ズメウ》の老人だ。肌は完全に黒く、大柄で筋肉質な体躯《たいく》は、トカゲに近い尋常の砂人《ズメウ》とは異なり、鰐《わに》の如き印象を抱かせるものだった。

「巨大なプロペラを回転させれば、反作用によって機体側はその逆方向に回転するような偶力を受ける。だからもう一つのプロペラを回転させて、偶力を打ち消す……」

「いやあ、さすがシンディカー先生は詳しいね」

「航空力学どころか物理学の初歩だ。嘆かわしい……」

シンディカーと呼ばれた砂人《ズメウ》は、しっかりした足取りで飛行機魔《クラフトゴーレム》へと近付き、機体に触れた。

「構造材が重い。飛行できる重量には思えんな」

「キヤズナの機魔《ゴーレム》だからね。飛行を補助する力術《りきじゅつ》を使えるようになっているか、あるいはその類の魔具を組み込んでるかってところのはずだ。分解して確認してみる？」

「フン。貴様に組み直しができるのか？」

「フフ！　あたしも魔族《まぞく》はさっぱりだよ」

ツツリは肩をすくめた。方舟《はこぶね》のシンディカーは偏屈な老人だが、この国防研究院においては、まだ付き合いやすい方の人族《じんぞく》ではある。

「本来、我々は……こんな不自然な力に頼ることなく、空に進出すべきなのだ。適切な翼と適切な推進力さえあれば、革靴でも空を飛べる。それが分かって四十年近くにもなるのに、まだ人族《じんぞく》は……あの大空を手中に収められていない」

「わかるよ。自動車はようやく普及のしはじめってところだけど、航空機ばかりはな。カネを出す奴がいなかった」

〝彼方《かなた》〟の人間《ミニア》は、無限に広がる空を掌握して久しいのだという。自在かつ高速で飛行する航空機で輸送網を構築するどころか、その先――星の重力を脱した宇宙にすら進出している。

この世界の歴史は違う。かつては、今よりも遥かに多い鳥竜《ワイバーン》が空への道を阻んでいた。

その鳥竜《ワイバーン》の数も、〝本物の魔王〟の恐怖が広まると凄まじい勢いで減っていった。代わりに、終わらない戦乱に費やされる戦費は、航空開発予算よりも優先されるようになった。

「――だからリチアなどに脅かされたのだ。先人の理論に基づき……生産体制を整え、航空機を運用する空軍を編成できていれば……鳥竜兵《ワイバーン》などに遅れをとることはなかった……！」

「わかるわかる。黄都《こうと》への愚痴は十分聞いたよ！　航空機もホントに最高だ。……で、飛行機魔《クラフトゴーレム》はどうすんの？　あたしだって夕ダで持ってきたわけじゃないんだ」

「……試運転がしたい。理論上の航空機と動き方も違ってくるだろうが、一度動かしさえすれば、わしの方で力術《りきじゅつ》を合わせることはできる。重要なのは、飛べること。撃てること。この二つだ」

「人目につかない、広いところを確保しなきゃな。第九試合には間に合いそう？」

「なんでも、実証するまでは分からん。だが」

シンディカーは、飛行機魔《クラフトゴーレム》の隣――これまで整備していた長大な機械砲身に片手を置いた。

「この〝霆笛《ていてき》〟を真上からブチ込めるのなら、たとえ竜《ドラゴン》だって仕留めてみせる」

魔王自称者、方舟《はこぶね》のシンディカー。

理論に基づく自由自在の飛行制御。そして弾体の超加速すら可能とする、人族《じんぞく》最高峰の力術《りきじゅつ》士。

瞳には狂気の色が灯っている。時代に幾度阻まれたとしても、魔王自称者として扱われたとしても……ただひたすらに未知なる空を追い求める、信念という名の狂気だった。

（羨ましいもんだ）

紫紺《しこん》の泡《あわ》のツツリは、そんな熱狂を持ち合わせていない。

だから彼らのような存在を羨ましく思うし、突き放して眺めてしまうのだろう。

◆

片割月《かたわれづき》のクエワイには、信念というものがない。

自分が二十九官になっているのはなにかの間違いなのではないかと考えることがある。

対人能力に生来の難があった彼は、自分が組織を動かす長になれるはずがないと認識していた。工夫や努力で殻を破ることができる者もいるだろうが、少なくともクエワイにはそれができるとは思えず、それ以上に、するつもりがなかった。

確かにクエワイは、複雑な計算問題が与えられればそれをすぐさま解くことができるし、一度見た人や文書のことをいつまでも覚えていることができる。だがそれは現場の官僚に求められるような能力であって、二十九官がそのような才能を持っているのは違う、とも思う。

それなのに今の立ち位置にいるのは、信念がなかったからだ。

自分が第十八卿に推薦された時、どちらでもいいか、と感じたのを覚えている。

当時、異相《いそう》の冊《ふみ》のイリオルデの噂はいくつか知っていたが、彼の陣営に誘われた時も、どちらでもいいか、と考えていた。

人の複雑な思考が絡み合う政治的判断はクエワイの脳の処理能力を越えていて、自分のような者が悩んで結論を出しても、半分の確率でどちらかの選択を即断しても、結局のところ同じようなものではないかと思う。

そうした面倒事はツツリのようなお節介に任せて、もっと単純な数字や文字と付き合うほうが、遥かに自分の性に合っている。だからこうして、国防研究院にいるのかもしれなかった。

「クエワイさん。大変美しい。見てください」

「はあ」

クエワイは気の抜けた返事とともに、地べたで身悶えする男を見下ろしていた。

巨大な温室は、室内農園のように土が露出していた。人目をはばからずそこを転げ回っていたので、若い男の白衣は酷い有様だ。伸び放題の髪には草が絡んでいた。

とはいえこの男は、何らかの病気で悶え苦しんでいるわけではない……ある意味では病気なのかもしれないが。

「う、美しいィィ〜〜ッ……！　一つの世界があるッ！　生と死の円環！　循環の調和が完璧な自然的象徴的芸術作品としてここに具現化している！　しかもこの群体には固有の意思すらあるのです！　わかりますかクエワイ卿！」

「ユーキスさん土をはね飛ばすのはご遠慮いただけますか」

「アーッ失礼！　しかしこの成功は私にとってあまりにも絶対的感動的な美しさで、思考で制御可能な余地もなく！　当然の肉体反応としてこのようになってしまうのです！　申し訳ない！」

二日前まで大温室を満たしていた植物群は、クエワイが見る限りその殆《ほとん》どが枯死していた。

全ての養分が使いつくされ、その中央に、ユーキスの示す生物群が存在している――

それは異形にして多種多様の、菌類の子実体《しじったい》だ。あるものは人間《ミニア》の身長を越える柄を伸ばし、あるものは沸き立つ泡の如き傘を持ち、あるものは真昼の今でも明瞭な光を放っている。

「ユーキスさんこれは意味のある試みなのでしょうか。獣族《じゅうぞく》の死骸や貴重な資材をかき集めた結果珍しいキノコを生やしただけのようにしか見えませんが」

「無論！　無論無論無論無論ですとも！　人類全てにとって意味ある成功であると確信しています！

そう、二つ目の名をつけなければ！　今すぐ！　り、理論上ですが既にネクテジオには自意識が発生してしまっている！　ああああああ――こ、刻食腐原《こくしょくふげん》！　クエワイ卿、刻食腐原《こくしょくふげん》ネクテジオというのはいかがでしょうか！」

この生命体は、刻食腐原《こくしょくふげん》ネクテジオ、という名になったらしい。

屍魔《レヴナント》でも、骸魔《スケルトン》でも、機魔《ゴーレム》でもない。このユーキスが初めて実用化した、菌魔《ファンギ》という新種の魔族《まぞく》なのだという。

「どうでもいいですがユーキスさんが十分量の魔族《まぞく》を提供できなければ国防研究院は予算提供を打ち切らざるを得ません。兵士二千に相当する制御可能な魔族《まぞく》が要求仕様だったのですがそちらの方は問題ないのでしょうか」

「ああ――ああ、ああ。兵力。兵力程度ならば、すぐ揃《そろ》いますよ」

ユーキスはゆらりと立ち上がった。口元を三日月のように吊《つ》り上《あ》げて笑う。

「隣の実験棟はご覧になりましたか？　二千？　ご提供分の資源で、予定期日までに六千体は収穫可能です。以前お見せした菌魔《ファンギ》兵と同様、ごく単純な突撃指令しか理解しませんがね」

――魔王自称者、地群《ちぐん》のユーキス。色彩《しきさい》のイジック亡き今、個人の能力で軍勢を生産可能な生《せい》術《じゅつ》士は、真理《しんり》の蓋《ふた》のクラフニルと、この地群《ちぐん》のユーキスの二人だけだ。

「アッ！　それよりもクエワイ卿、ヒヒヒヒヒ！　ネクテジオ完成を祝って踊りませんか！　今日は大変喜ばしい日です！　美しい……笑顔になってしまうんですよね！　洞性頻脈《どうせいひんみゃく》による血圧低下で死んでしまう！」

踊るというよりもカエルじみて奇妙に飛び跳ねるユーキスの姿は、気味の悪い新種の生命体のようでもあった。

クエワイはその様子を冷めた眼差しで見つめていることしかできない。決して嫌悪しているのではなく、本当に異常行動の意味を見いだせないためである。

（戦力が揃ってしまった――やはり私達が黄都《こうと》を転覆させるのか）

昂揚《こうよう》でも諦観でもなく、淡々と、その事実を思っている。

こうした非合法な研究を支援し、黄都《こうと》への反逆を企てる行為すら、正しいかどうかではなく、どちらが勝ち残るかという問題に単純化してしまう。クエワイがイリオルデ陣営を選んだのも、こちら側の勝率が高いと判断したからに過ぎない。

ハーディ主導の軍部離反に加えて、六千の菌魔兵《ファンギ》。ロスクレイら改革派の兵力想定を覆すには十分な戦力であろう。

彼らは動けなかったのではない。動かなかったのだ。

六合上覧《りくごうじょうらん》が進行する限り、黄都《こうと》が総力を投入しなければならない状況が、どこかで必ず発生することを予測していた。そして星馳《ほしは》せアルスの黄都《こうと》襲撃で、黄都《こうと》の対応能力の底を把握した。

そしてイリオルデ達は、魔具の暴走に突き動かされて襲来した星馳《ほしは》せアルスとは違う。黄都《こうと》がどれだけの勇者候補を制御しようと、どれだけの魔剣魔具の切り札を保有していようと、それらの防衛手段の手配が間に合わぬ速度で黄都《こうと》の機能中枢を狙い撃つことができる、理性持つ軍勢だ。

（決行の日が近づいている）

満を持して動き出した以上、彼らは迅速に事を進めるだろう。

それはクエワイにも理解できる、ごく単純なことだ。

◆

入り組んだ旧市街の隙間に位置するような、中央王国時代の商店跡。その住居空間の一室で、千《せん》里鏡《りきょう》のエヌは夜の訪れを待っていた。

紳士然とした佇まいでありながら、常に目を見開いているような、奇妙な顔つきの男である。

奈落《ならく》の巣網《すあみ》のゼルジルガの擁立者にして、黄都《こうと》第十三卿。

少なくとも今のところは、その肩書きが変わっているわけではないはずだ。

「指名手配こそ行われていないが、黄都《こうと》は秘密裏に私を捕らえようとしているだろう。そうでなくとも、第八試合開始の直前に擁立者の一人が姿を消したとなれば怪しまれるところだが……」

まるで薄暗闇の中に何者かがいることを確信しているかのように、エヌは呟いている。

その態度には、逃亡者特有の怯えも焦りも見えない。

「……君達の立場なら、私の今後の行動を妨害するという考えもあるだろう。あまり時間は残っていない。もしも私を処分するなら早めにしたほうがいいと思うがね」

六合上覧《りくごうじょうらん》の裏から謀略の糸を巡らせ、第六試合および第八試合をかき乱した〝見えない軍〟。

その実態は、血鬼《ヴァンパイア》と従鬼《コープス》からなる諜報ギルド、〝黒曜の瞳〟である。本来血鬼《ヴァンパイア》を討伐する立場にあったはずの千里鏡《せんりきょう》のエヌは、自らの意思で黄都《こうと》を裏切り、彼女らを利用しようと画策していた。

「……」

窓に何か、小石のようなものがぶつかった音があった。

「見つかったか――」

次の瞬間、逆方向の扉が蹴破られている。

洪水が流れ込むかのように、大量の影が踏み込み、エヌを包囲した。

武装した黄都《こうと》兵だった。無駄口を叩くこともなく、弓や、短槍の切っ先を向ける。

エヌは椅子から立ち上がることすらしなかった。彼自身はある程度格闘の心得もあったが、訓練された部隊単位の兵が相手では、言うまでもなく、抵抗の余地などない。

「――千里鏡《せんりきょう》のエヌ殿。ご同行願いたい」

「構わないがね。容疑は？」

「城下劇庭園での従鬼《コープス》大量発生に関する事情聴取です」

「それにしては、随分と物々しいことだ……」

目を見開いたまま、にこりともせずに呟く。

彼らがどこまで知らされているかは分からないが、これだけの部隊が編成されている以上、相手がただの逃亡した文官ではないということは察しているはずだ。

他の敵が潜んでいる可能性へ警戒を怠っておらず、誰か一人が撃破されてもすぐさまエヌを討ち取ることができるよう包囲しているのかもしれない。

だが、それでも甘い。

「おい。その声」

兵士は、エヌの発する声にかすかな雑音が混じっていることに気付いたのだろう。

その瞬間、エヌの体は爆発した。石造りの商店跡ごと破壊しかねない勢いの爆炎が、兵士達全員を焼き尽くした。


小高い丘の上で、エヌは旧市街の合間に立ち上る黒煙を確認した。

「軸《じく》のキャヤズナとはまた違う機魔《ゴーレム》の扱いをする。人形作りが得意なのかね？」

「工術士《こうじゅつ》であれば、ある程度は。キヤズナには人体への愛着というものがありません。あるいは、その点が弱点かもしれぬと思った時もありましたがな」

エヌの隣に立つ老人は、今しがたの風で落ちた帽子を拾った。丘の上にまで届いた爆風の余波のようでもあったが、ただの風に過ぎなかったかもしれない。

一方でエヌは、片手に抱えていた小型ラヂオを切断する。ごく単純な策ではあったが、エヌ本人が喋っていると一瞬でも思い込ませることができればよかった。

「あの部隊は、エヌ殿を発見したことを突入前に報告したことでしょう。これでエヌ殿も諸共爆死したと考えてくれるのならば、あの人形を作った甲斐《かい》があったというものです」

「なるほど。私にはまだ利用価値があるということか——ミルージィ君」

老紳士の名を、棺《ひつぎ》の布告《ふこく》のミルージィという。微塵嵐《みじんあらし》襲来前に行われたメステルエクシルの戦闘性能試験において、軸《じく》のキャヤズナと対決した魔王自称者であった。かつては、そのキャヤズナに次ぐ実力を持つ機魔使《ゴーレム》いと呼ばれたこともある。

エヌは〝黒曜の瞳〟の協力者ではあったが、完全な信頼を受けているわけではない。本来の工作員が一斉に潜伏している現在は、ミルージィがエヌの監視者の役割を担っている。

「いや……私自身というより、国防研究院への伝手《つて》として残しておく価値があるといったところかな。いかに〝黒曜の瞳〟といえど、国防研究院の機密を探るとなれば、端物を従鬼《コープス》化するだけで為せるような仕事ではない……黄都《こうと》中枢がそうであるようにね」

「──私は命じられたようにしているまでですよ。あなたもこれまで通り、我々を利用していただければいいのです」

（我々か）

ミルージィは至って正常に見える。だがその実、彼も〝黒曜の瞳〟の従鬼《コープス》に他ならない。血鬼《ヴァンパイア》の支配能力を発展させた黒曜《こくよう》リナリスの技は、まるで脳細胞を全て解体して、全く違う構造で一から組み上げ直してしまうかのような、神域の精神操作だ。

（敵対者であったミルージィすら意のままに動く手駒に変え……一方で、元から所属する暗殺者は本心から君の人格に忠誠を誓っている。多岐に渡る支配の才能をこれほど高い水準で全て兼ね備えている生物は……リナリス。君以外に見たことがない）

だからこそ、その力が欲しいと願う。新たな世界を造るために。

「やあ。待たせてしまったね。千里鏡《せんりきょう》のエヌ」

二人の後ろから、丘に現れた者があった。

いかにも流れ者といった風体の、薄汚い初老の男である。

「えーと、そちらは棺《ひつぎ》の布告《ふこく》のミルージィかな。話は聞いているよ。君ほどの人が僕達と仲良くしてくれるのは、僕個人としてもとても喜ばしい」

「それは重畳です。では、あなたが彙《たぐい》のアクロムド様――と考えても？」

「以前、私と会った時とは見た目が違っているね、アクロムド君」

「……。そうか。人間《ミニア》は外見が違うと同一性の証明が必要になってくるのか。困ったな。国防研究院の通行印は持ってるけど、こんなのは僕自身の証明とは何も関係ないもんな」

アクロムドと呼ばれた流れ者は、顎に手を当てて悩みはじめる。エヌが指摘する。

「そうではなく、歩き方だ。擬態にはまだまだ研鑽《けんさん》の余地があるようだね」

「歩き方には注意しているんだ。本当に……」

アクロムドは苦笑した。

様々な勢力の監視をかい潜ってエヌとこうして接触できているように、様々な外見や身分を取れるアクロムドは優秀な連絡員ではあったが、〝黒曜の瞳〟の手口を見た後では、やはり粗が目立つ。新兵器の難点というべきだろうか。

「ふむ。とはいえ、君の仕事は歩くことではないのだからね。期待させてもらおう」

「それはそうだ。エヌも、これからは僕らのために仕事をしてくれるんだろう？　つまり、仲良くできるということだ」

――第十三卿エヌは、高い能力を持ちながら、野心を持たぬ奇人であると評されている。

しかし彼は、黄都《こうと》の開発計画を実直に主導しながら、この都市にイリオルデ陣営の拠点を建設していた。血鬼《ヴァンパイア》駆除の作戦を引き受けながら、今や希少になった血鬼《ヴァンパイア》の試料を国防研究院へと提供していた。そして六合上覧《りくごうじょうらん》の試合に乗じて、不確定要素であったケイテ陣営を黄都《こうと》と〝黒曜の瞳〟に排除させた。

黄都《こうと》を裏切り、〝黒曜の瞳〟に命を握られ、これから何が起こるのだとしても、それを見たいという願いに突き動かされている。不和や戦乱のない、確かな統制の世界を。

それは形こそ違えど、かつて戦った円卓《えんたく》のケイテと同じ、未来への希望には違いない。

「行こうか。ミルージィ君。国防研究院と合流する」

「ええ。まったく、これからが楽しみですな」

――国防研究院という組織がある。

国防という名を冠してはいるが、黄都《こうと》政府はそのような組織を公式に認可してはいない。活動目的は、国防でもなく、研究でもない。

その名称は、ある種の符牒《ふちょう》であった。表舞台に現れることのなかった裏の怪物を集約した、黄都《こうと》転覆のための機関を意味している。

異相《いそう》の冊《ふみ》のイリオルデの陣営規模は、まさしく軍勢に他ならない。

黄都《こうと》二十九官四名。

弾火源《だんかげん》のハーディ。紫紺《しこん》の泡《あわ》のツツリ。片割月《かたわれづき》のクエワイ。千里鏡《せんりきょう》のエヌ。

生体兵器二種。

彙《たぐい》のアクロムド。刻食腐原《こくしょくふげん》ネクテジオ。

魔王自称者四名。

さざめきのヴィガ。方舟《はこぶね》のシンディカー。地群《ちぐん》のユーキス。棺《ひつぎ》の布告《ふこく》のミルージィ。


この世界には強者がいる。

彼らは互いに対等な条件で……持てる全ての力を尽くし、それを見る観客に熱狂を与えるような、華麗にして壮絶なる死闘を見せることがあるかもしれない。

それは強者同士の戦いの、一つの形だ。

言うまでもなく、六合上覧《りくごうじょうらん》はそうではない。

その勝負が真に生死を決するのならば、そこに観客の目線などは介在しない。

これは全ての力と知、技巧と策謀、暴威と政治を尽くす、真業《しんごう》の戦いである。


これより始まる四つの試合に、正常に成立した試合は一つも存在しない。

第二回戦は、六合上覧《りくごうじょうらん》の全期間において、最も多くの犠牲を出した戦いになる。

六 ◇ 没却

第一回戦の全八試合が終わり、同時に襲来した星馳《ほしは》せアルスは総力戦の結果撃墜された。

その後の作戦方針を定めるためのロスクレイ陣営の会議は、前回と同様に、何の変哲もない市民公会堂の会議室で極秘に行われた。

「ご心配をおかけしました。それでは、始めましょうか」

絶対《ぜったい》なるロスクレイは、左右対称の完璧な微笑みを作った。

集中的な生術《せいじゅつ》治療の甲斐もあり、自分の足で歩き会議に出席できる程度には回復しているが、それで全力の戦闘を行えるほどではない。

第一回戦の全試合が終了して後、第九試合の開催まで日程を大きく開けているのは、表向き魔王自称者アルスの戦災処理及び血鬼《ヴァンパイア》検疫対応のためということになっていたが、第十試合で再び戦う絶対《ぜったい》なるロスクレイが、万全の復帰を遂げるための時間稼ぎという意味合いもある。

「……ノフトクは来ないようだな」

禿頭《とくとう》の老人が、不機嫌そうに呟く。

黄都《こうと》王室主治補佐にして生術《せいじゅつ》支援担当、血泉《けっせん》のエキレージである。

「ノフトクはもう死んだようなものでしょォ。それにあの人は、会議に来ても来なくてもあんまり変わらないじゃないですか」

細長い手足を持つ乱杭歯《らんぐいば》の男は、第九将ヤニーギズだ。詞術《しじゅつ》支援こそ担うことはないが、ロスクレイの副官として行動している。

本来ならばこの場に、暮鐘《ぼしょう》のノフトクという老人もいた。黄都《こうと》第十一卿にして教団部門管轄であり、自らが擁立する通り禍《とおりか》のクゼの監視と制御を担当する人物であった。今や正気を失った彼は、オカフ自由都市に拉致同然に移送されており、その安否すら定かではない。

「そのノフトクの拉致監禁容疑で……オカフを叩くことはできないのか。奴らの経済活動は凍結し、勢力の分断にも成功しているのだろう。愚直に取り決めを守り続ける道理はない……叩ける段階で叩いてしまえばいい」

「今、軍を動かすことはできません」

第三卿、速《はや》き墨《すみ》ジェルキが答えた。

薄い眼鏡《めがね》をかけた、鋭利かつ酷薄な印象の文官である。

「黄都《こうと》西外郭教会襲撃事件をノフトクが指示した証拠を、黄昏潜《たそがれもぐ》りユキハルに確保されてしまっているためです」

暮鐘《ぼしょう》のノフトクは通り禍《とおりか》のクゼを六合上覧《りくごうじょうらん》の盤面から排除すべく動いた。〝日の大樹〟を使嗾《しそう》して〝教団〟の救貧院を襲撃し、クゼにとっての人質を確保するという作戦であったが、その目論見は失敗し、記者の〝客人《まろうど》〟——黄昏潜《たそがれもぐ》りユキハルに事件の証拠を撮影されてしまっている。

「彼らがノフトクの身柄を公然と押さえにきたのは、こちらがノフトク奪還やクゼの出場資格停止に動いた場合、事件の内情を明るみにできるという意思表明と考えています」

「……不正行為はノフトクの独断ということになる。大した問題ではあるまい、ジェルキ……」

「オカフ攻略の優先度は以前ほど高いわけではありません。エキレージ主治補佐の仰《おっしゃ》る通り、オカフの収入源である傭兵業は現在停止しており、都市としての収入は〝灰髪の子供〟個人の財力に依存している状態です。オカフ自由都市に関しては……この状態を維持し続けていれば、いずれ国庫が枯渇すると見ています」

千一匹目《せんいちひきめ》のジギタ・ゾギの参戦と引き換えに傭兵業停止の条件を呑ませた時点で、オカフ自由都市の攻略は事実上完了したといえる——少なくとも六合上覧《りくごうじょうらん》が終了するよりも早く、経済的に無力化されるはずだ。

そして今や、〝灰髪の子供〟の黄都《こうと》侵略の足がかりであったジギタ・ゾギも敗退した。

「また、今の状況で大規模に動くことも得策ではありません。弾火源《だんかげん》のハーディ。異相《いそう》の冊《ふみ》のイリオルデ。〝見えない軍〟。軸《じく》のキヤズナ。旧王国主義者……星馳《ほしは》せアルスによって政治機能が大打撃を被ったこの機を狙い、以上の勢力のいずれかが行動を起こす可能性は極めて高いと予測します。黄都《こうと》の防衛に引き続き全力を尽くさなければ、我らの敗北は必至です」

ジェルキの予測を聞いて、ヤニーギズは肩をすくめて笑った。

「ヒヒ！　まったく、六合上覧《りくごうじょうらん》が始まってからこういうことが起こらないように、私達がリチアやらトギエ市やらを苦労して潰してきたんですがねェ……いくら頑張ったって、完璧にはいかない。

嫌なもんですなァ」

ジェルキは発言したヤニーギズを横目で一瞥して、エキレージへと視線を戻した。

「オカフへの攻撃を行わない理由は以上です。ノフトクはむしろ交渉材料として、クゼやオゾネズマをこちらに引き入れる可能性を残した方がいいでしょう」

「……フン。ノフトクも同志だろうに、非情なものだ」

「ロスクレイ様。私からも今後の方針を確認したいのですが、よろしいですかな」

片眼鏡の老人が挙手した。イズノック王立高等学舎工術《こうじゅつ》専攻一級教師、骨《ほね》の番《つがい》のオノペラル——ロスクレイの戦闘における工術《こうじゅつ》支援担当。

「第九試合では、あの冬《ふゆ》のルクノカと無尽無流《むじんむりゅう》のサイアノプが戦うことになります。もちろん、順当に試合が推移すれば、準決勝ではロスクレイ様とルクノカが対戦することになるでしょうな。しかしルクノカにはあの壊滅的な息《ブレス》がある以上……アルスに対して用いたような、魔王自称者認定による黄都《こうと》総力での撃破は些《いささ》か非現実的であろうという点も承知されているかと思います」

「仰る通りです」

「ふむ。ならばロスクレイ様自身が交戦を避けつつルクノカの討伐に大規模な戦力を投入できる機会は、次の第九試合しかないということになりますが……」

冬《ふゆ》のルクノカは存在の全てにおいて悪夢的な脅威といえたが、姿を現すのは試合の当日のみという点も、対処にあたっての大きな問題点であった。

ルクノカが次にマリ荒野へと訪れるのは次の第九試合の間だけで、それ以外の時期は遥か遠くのイガニア氷湖《ひょうこ》に潜んでいる。それだけの距離を隔てた冬《ふゆ》のルクノカを攻略可能な者は、世界のどこにも存在しないだろう。

よってロスクレイがルクノカと交戦せず勝ち進む僅かな可能性があるとすれば、次の第九試合に乗じて保有戦力全てによる総攻撃を仕掛け、この一度の機会で撃破することしかない。

「ロスクレイ様は既に動いておられるのかもしれませんが、であれば我々にお声がけがないのは些か不思議なことですからな。極めて大掛かりな作戦になるでしょうし、方針が既にお決まりなのであれば、お早めにお伝えいただけるほうが我々としても動きやすくなります」

「お答えしましょう」

輝くような金髪と、赤い瞳。

ロスクレイの微笑みは常に歌劇の主役のように完璧で、自然だ。

「冬《ふゆ》のルクノカに対して、私達は攻撃を行いません」

「なんと……！」

オノペラルは、厚い眉に隠れた目を見開いていた。聞き違いをすら疑っただろう。

「先程ジェルキが説明したように、現在、私達は黄都《こうと》外部の脅威に対して戦力を派遣することが困難な状態にあります。第九試合でのルクノカへの攻撃機会は見送り、第十三試合——準決勝における私とルクノカとの戦闘に合わせ、改めて対策を検討する方針を考えています」

「しかし。しかし……それでは間に合いませんぞ。第九試合のうちならサイアノプに不正の容疑を被せることもできましょうが……ロスクレイ様の試合当日に大規模な軍事行動を起こすとなれば、民の目を誤魔化すことも難しくなってしまうのでは。よろしいのですか」

「私なりの考えあってのことですが、ここでは全てをお答えすることができません」

ロスクレイは、静かに会議に出席する面々を見渡した。

速《はや》き墨《すみ》ジェルキ。鏨《たがね》のヤニーギズ。血泉《けっせん》のエキレージ。骨《ほね》の番《つがい》のオノペラル。

整列《せいれつ》のアンテルとさざめきのヴィガは欠席している。

「……我々の中に内通者がいる疑いを排除できないためです」

「……！」

「つい先日もたらされた情報で……この六合上覧《りくごうじょうらん》で動いていたいくつかの勢力の裏に、元第五卿イリオルデの手引きがあったことが判明しました。無論、我々としても事前に警戒し手を打っていた相手ではありますが――それでも今に至るまで彼らの行動の全貌を摑めなかった一因として、こちらの捜査情報が漏れていた、という可能性を否めません」

「……ヴィガではないのか？」

血泉《けっせん》のエキレージは、腕を組んだまま言った。

「三度に渡って、あの女だけが会議を欠席している。それに奴は……公に明かされてこそいないが、元魔王自称者なのだろう。イリオルデどもの抵抗勢力に与《くみ》する動機は十分にある……」

「それも含めて調査中です。ですのでルクノカ討伐の方針の詳細を伏せるのは、あくまで万が一を想定した対応であると考えてください」

「……無自覚な内通者、ということも大いに考えられますな」

骨《ほね》の番《つがい》のオノペラルも、普段の鷹揚《おうよう》とした態度が影を潜め、神妙な面持ちである。

「ごく親しい間柄の者が、実際のところイリオルデ様の工作員かもしれませんぞ。内容の軽重にかかわらず情報は決して他言せぬよう、ゆめゆめ注意したいものですな」

「第九試合への対応は、静観とします。変更があった場合は速やかに通達しましょう」

ロスクレイの作戦は、通常ならば勝算のない先送り策に過ぎないと判断されるものだろう。

しかしロスクレイが、自らの口で自信とともにその内容を口にする限り、この場の出席者のような能力と権威がある者にすら何かがあると信じ込ませることができる。その向かう先が奈落の崖下であったとしても、考えがあってのことだと解釈させてしまう。

「次の議題を、エキレージ先生」

「では、意見を伺いたい。血鬼《ヴァンパイア》の感染に対する王室医師団の対応だが、現状新たな抗血清の精製が困難である以上、当面の予防策として……」

会議は再開する。

もはや冬《ふゆ》のルクノカを排除する方策が存在しない以上、いずれロスクレイが彼女と戦うことになるのだろう。

六合上覧《りくごうじょうらん》が開催され、対戦表が決定したその時、第一卿グラスは評していた。

――絶対《ぜったい》なるロスクレイは失敗した。政治戦で負け、勝てぬ戦いを掴まされたのだと。

七　イガニア湖畔

今、ツツリ達が立っている場所はイガニア氷湖のごく手前だ。極寒の秘境へと真に立ち入っているわけではない。とはいえ、その確信が持てるわけではなかった。

生命を否定するかの如く突き刺さる極寒の気温。見渡す限りの白銀の光景は、湖と大地の境界をまるで感じさせてくれない。

イガニア氷湖には、過去に巨人《ギガント》が踏み込んだ記録があるほど厚く強固な氷が張っているのだという。湖そのものが、氷で形成された陸地と化していると言っても過言ではないだろう。

しかもその気候は、たった一柱の竜《ドラゴン》によって形作られたものであるのだ。

紫紺《しこん》の泡《あわ》のツツリは、これからその竜《ドラゴン》と交渉しなければならない。後ろに立っている片割月《かたわれづき》のクエワイもこの寒さは堪《こた》えるらしく、マフラーの中に首を埋《うず》めるようにしていた。

「こんな時でもビビってないな、お前は……」

「別に恐怖心を感じていないわけではないのですが」

この二人が冬《ふゆ》のルクノカの擁立者代理として直接交渉に名乗りを上げた時、異論を挟む者は全くいなかった。敵対派閥であるロスクレイ陣営すら認めたほどである。

ルクノカはそれほど危険な相手だ。ツツリもそれは承知している。

しかし星馳《ほしは》せアルス撃墜によってハルゲントが擁立者としての役割を果たせなくなった以上……二十九官の誰かが直接ルクノカにその事実を伝え、認めさせる必要があった。

（……もっとも、ハルゲントが健在だったとしても、誰も任せるわけがないけどな）

アルス襲撃事件以来、ハルゲントは民の間では魔王自称者を討った英雄となったが、黄都《こうと》の立場から見れば、暴走を制御できない人物であることがより一層明らかになっただけだ。

第九試合でも引き続きハルゲントに冬《ふゆ》のルクノカとの交渉を任せたとしたなら、それこそ一時の狂乱が原因で黄都《こうと》を滅ぼすことになりかねない。バカバカしく、最悪の結末だ。

ツツリが厚いコートの中で温石《おんじゃく》を握りしめている間、クエワイは手際よく火を焚《た》き、発煙剤の赤い煙を空へ立ち上らせた。雪が降らない限り一日以上視認できる目印になるはずだが、それもルクノカが活動していて、こちらに気付き、話をする気になればの話だ。

それまでは、どれだけ長い時間だろうと待ち続ける必要がある。丸一日では足りず、二日や三日かかるかもしれない。長ければ六日――大一ヶ月分の宿営の準備はしていた。

「六日間、このクソ寒いところで寝泊まりして終われればいいんだけどね」

「そうなると私達がここまで来たことが全て無駄足に終わりますが」

「その方がいいでしょ。六日経ってもルクノカがこっちの連絡に興味を示さなかったなら……もう六合上覧《りくごうじょうらん》に満足して、次の試合もやる気がないってことになるわけだからさ」

「ですが当日襲来するかどうかはルクノカの意志次第です」

「強いってのは最悪だな、クソ……」

地面にテントのペグを打ち込みながら、悪態をつく。

クエワイの言う通りだ。こちらが何を差し出しても、何を約束させても、冬《ふゆ》のルクノカはほんの気まぐれで何もかもを覆してしまうことができる。ツツリ達の交渉の試みがたとえ成功裏に終わったとして、黄都《こうと》存続の保険としてはあまりにも頼りない口約束に過ぎない。

本質的に、危険と利得が釣り合わない。殺す以外に安全な対処など存在しない。

ロスクレイ陣営がこの場にいない理由はそれだ。それ以前に、ハルゲント以外の誰一人としてルクノカを擁立しなかった理由でもある。

「冬《ふゆ》のルクノカが何よりも求めているのは、最強の存在を相手取った全力の戦闘だ。心の底から求めていることが分かっていれば、まだ話のしようがある。何の手がかりもない状態で説得したハルゲントよりは、状況はマシなはずだ」

そうとでも思わなければ、やっていられない。

保証がないことを除けば、ルクノカを始末するにせよ利用するにせよ、擁立者の立場を得ることが他の陣営に対する大きな主導権となり得るはずだ。彼女一柱の戦力だけでも、ロスクレイ陣営に対する大きな抑止力になる――それもツツリの交渉の結果次第だろうが。

「やるって言っちゃったからな。まったく……」

「ツツリさん」

設営作業も手伝わず火の前で座り込んでいたクエワイが、遠くの空を見て呟く。

「あれは……」

竜《ドラゴン》だ。

遠目からでも鳥竜《ワイバーン》とは明らかに異なる、優美な巨影。

空気に霞む壮麗な姿に、二人ともが息を呑んでいた。ツツリもクエワイも、本物の竜《ドラゴン》をその目で見たのはこれが初めてのことだった。

それが近付き、薄い雲の層を抜けるたび、白く美しい竜鱗《りゅうりん》が鮮明になっていく。

恐怖すら感じぬほどに静かで、動かしがたいほどに偉大だった。

冬という、異界の死の季節の具現。

他に形容する言葉はない。

それが、冬《ふゆ》のルクノカだった。

「――ハルゲントはいないの？」

氷の大地へと音もなく着地して、最強の竜《ドラゴン》はそう言った。

「赤い煙を焚いているなら、ハルゲントの報せだと思ったのだけど」

「……そっ」

喉が凍りついてしまったわけではなかった。

口が回らないわけでは断じてない。ツツリはいつだって、誰よりも軽薄だ。

だが、何かを言わなければ死ぬだけだと分かっていてもなお、言葉が出てこなかった。

言語化することができない。このようなものが存在していることへの畏敬なのだろうか。人族《じんぞく》が不出来な粘土細工に思えてしまうような、完璧な生命が眼前に存在している。

本来地上に君臨しているべきはこの種族の、この個体ただ一柱なのではないだろうか。

そうではないことがひどく恥ずかしく、誤ったことのようにすら思えてくる。

まだ会話すら交わしていない。静謐《せいひつ》な、硝子《ガラス》のような瞳がこちらを見つめているだけだ。

(なんで……)

ツツリの思考は乱れた。かろうじて言語化できた感情は、ごく僅かだった。

(……なんで……こんなヤツと向き合って、平気でいられるんだ?)

冬《ふゆ》のルクノカに挑んで消えていったとされる英雄達が、伝承には何人もいる。

あの静寂《せいじゃく》なるハルゲントも、取るに足らぬ傭兵を雇ってこの竜《ドラゴン》に挑んだのだという。

いくらなんでも、正気の沙汰ではない。

「なあに？　何かを言ってくれなければ分からないわよ。ウッフフフフ……」

「その……ハ、ハルゲントの件で、お伝えしたいことが……」

後ろのクエワイは何を感じているのだろう、と思う。

無関心で甘ったれた、いけ好かない男だと思っているが、今ツツリが感じている畏れであれば、少しでも共有することができるのだろうか。

「……あたしの名前は、紫紺《しこん》の泡《あわ》のツツリです。こ、黄都《こうと》で大きな災害が……発生し……それに巻き込まれ、ハルゲントは負傷しました」

「まあ大変」

ルクノカは、本当に心配そうな声をあげた。

「死んではいないのかしら？　人間《ミニア》はすぐに死んでしまうのだから、大事に治してあげたほうがいいわ。……とても残念。ハルゲントはずいぶん面白い人間《ミニア》だったのに」

（ハルゲントが……なんだっていうんだ。あの男が……）

愚図で、夢見がちで、余計なことばかりをする、どうしようもない無能。

そんな男が、この神のような生物と、何らかのまともな会話ができたというのか？

「その災害の影響を……受けての、ことですが。……六合上覧《りくごうじょうらん》は、中止と相成りました。お、お約束していた……試合の機会は、用意できません……」

事前に段取りを考えていた説得の文面もところどころが抜け落ちて、ひどく稚拙な言葉になり果てているのを自覚している。

これで良いのか。良いわけがない。

言葉も、思考も、存在も、何もかも。

（それでも……冬《ふゆ》のルクノカは、黄都《こうと》の状況について何も知らないはずだ。人族《じんぞく》の文明に興味すら持っちゃいない。六合上覧《りくごうじょうらん》自体がなくなったことを否定できる材料はない……）

「それは嘘でしょう」

寒気。

軽い笑い交じりの言葉が、確信を持った否定のようにしか聞こえなかった。

刺すような極寒の気候にあって、ツツリの肌からは粘性の汗がどっと流れ出していた。

「ツツリ？　おばあちゃんをからかうのは、よくないわ。うっかり信じてしまうかもしれないもの。ウッフフフフフ……」

「っ……」

否定することも、『なぜ分かった』と問い返すこともできずにいる。

声色や態度から見抜かれてしまったのか。論理的思考で答えを導くことができるのか。そのどちらでもなく、想像も及ばぬ直感で何もかもを知っているのか——

「戯《たわむ》れとはいえ失礼しました」

沈黙するツツリの代わりに、背後のクエワイが答えた。

(やめろ)

「試合は八日後、日没と同時に開催されます」

交渉の結末としては最悪の部類だ。これで、冬《ふゆ》のルクノカは第九試合に必ず現れることになる。だというのに、ツツリは内心でクエワイに感謝をしてしまっている。

(ここまでの……化物だったのか。冬《ふゆ》のルクノカ……)

冬《ふゆ》のルクノカは何もしていない。ただ現れ、一言二言の会話を交わしただけに過ぎない。

それどころか相手は可能な限り友好的に、人間《ミニア》の尺度に合わせて接していたつもりなのだろう。

そのことがなおさら恐ろしく思える。

「あなたが私の擁立者になるの？」

その薄青の瞳がどちらを見たのかは分からなかったが、クエワイが頷いてしまったのだろう。

「お名前は？」

「……。片割月《かたわれづき》のクエワイです」

「それだけ聞ければ十分よ。八日後の日没前に、マリ荒野へと向かいます。ハルゲントには……よろしく伝えておいてね。また会いましょう」

二人とも、言葉を発することはできなかった。

これ以上交渉を続けることより、冬《ふゆ》のルクノカとの交渉を生きて終えられることこそがもっとも価値ある結果だとしか思えなかった。

羽ばたく影が空の青に薄れて遠ざかっていく間も脳が麻痺《まひ》させられてしまったかのようで、圧倒の余韻が抜けずにいる。

「……くそ。クエワイ……どうして、試合の日を教えた……」

「ならばツツリさんはルクノカを説得することができたのですか」

振り返って表情を見ると、クエワイの無表情も冷や汗でぐっしょりと濡れていた。

脱力したような笑いが漏れてしまう。

「襲来を排除できず協力関係も築けず結局は試合を執り行う以外ありませんね。根本的な問題解決は先送りになってしまいますが」

「いいや……」

ツツリは、空の彼方を見る。

そこに冬《ふゆ》のルクノカがいないだけで、冷たく静かな、澄んだ空だった。

「……やっぱり、冬《ふゆ》のルクノカは殺すしかないんだ。あれがいるだけで、人族《じんぞく》はあれの機嫌をうかがい続けなきゃ生きていけないようになる……あんな惨めな思いは、誰だってごめんだ」

殺せるはずのないものを、殺すしかないと思う。

〝本物の魔王〟とはまるで正反対の怪物だ――だが、そのどちらのほうがマシなのだろうか。

◆

遠くに、薄く雪の積もった仮設小屋が見えてくる。

イガニア湖畔《こはん》からは随分と歩いたが、それでも刺すような気温は変わっていない。

この気候がある程度の正常性を取り戻すのはここから最も近いオヌマ村落近辺になるのだろうが、それにしたところで山一つを越える程度の距離があった。

「……交渉は無事に終わったか。クエワイはもう着いてる」

ツツリが小屋に入ると、黒い鰐のような砂人《ズメウ》が迎えた。

魔王自称者シンディカーは恐らく、この時代で唯一の飛行士である。ツツリとクエワイ、加えて彼女らの大一ヶ月分の物資とこの仮設小屋を構成する資材を遠く離れたイガニアまで運び込むことができたのも、彼の長距離空輸があってこその芸当だ。

「いや……無事に見えるか？」

シンディカーの問いに、ツツリはやや憔悴《しょうすい》したように笑ってみせる。

「命が無事なら、なんでも無事だ」

シンディカーは無愛想な態度で、片手のマグカップに残っていたスープを飲んだ。

「わしも遠くから観測していた。あれに殺されなかっただけでも、いい」

「み……見てたのかよ、シンディカー先生。嘘だろ」

「空に上がって望遠レンズを使えば、見えない距離でもあるまい……。向こうがわしを見つけなかったことは、まあ、幸運だったかもしれん」

「どうだかな。たとえルクノカが先生に気付いていたって、きっとわざわざ撃ち落とそうとも思わなかっただろうさ……」

「ああ」

強大な魔王自称者を卑下するかのようなツツリの発言に対しても、シンディカーは特に異論を持たないようであった。

「しかし、結局一日で接触できてしまったわけか。これだけの資材を持ってきたというのに、無駄骨だった」

「空輪がこんなに運べるもんだって初めて知ったよ。飛行機魔《クラフトゴーレム》の性能がそうなのか？」

「バカを言え。軸《じく》のキヤズナがどういう設計思想であれを作ったのかは知らんが、あのままでは巨大な鎧《よろい》を無理やり飛ばしているようなものだ。機関部分はそのまま利用させてもらったが、軽量化と空力の合理化で、本来の装甲重量分、より多くの貨物を積載できるようにした……」

「大したもんだ」

ツツリは肩をすくめる。

部屋の奥を見ると、先に帰還していたクエワイは既に暖炉の前に座り込んで冷えた体を温めていた。挨拶すらない。無愛想な奴だ、と思う。

「悪いけど、シンディカー先生。第九試合にルクノカを出すしかなくなったみたいだ。観測にせよ攻撃にせよ先生もマリ荒野に出てもらうことになると思うが……やれそうか？」

「……飛行機魔《クラフトゴーレム》の積載量も削って、より速度を出せるよう再設計する。四日あれば問題はなかろう。ならば、すぐに黄都《こうと》に戻るか」

「ま、クエワイが温まり終わったら出発だ。快適な旅ってわけじゃないが……」

窓の外、巨大な防水布に覆われた飛行機魔《クラフトゴーレム》の巨体を見る。

今回の接触にあたってシンディカーの協力を取りつけたのは、単に黄都《こうと》イガニア間往復の労力削減や、飛行機魔《クラフトゴーレム》の実証試験だけが目的だったわけではない。

本来なら極めて長期間に渡るはずの移動時間を、未だ知られぬ技術で短縮することで、黄都《こうと》における不在証明を作り出すことができる。ツツリとクエワイは、第八試合終了後、国防研究院で活動していたこの小一ヶ月は、黄都《こうと》にいなかったことになっている。

「実際見て、どうだった？　シンディカー先生。竜《ドラゴン》は撃てそうか」

「……」

方舟《はこぶね》のシンディカーが、卓越した力術士《りきじゅつ》としての技術を惜しみなく注いで作り上げた人造魔具、〝霆笛《ていてき》〟。真に状況が切迫した時には、その一撃に頼ることにもなるかもしれない。

「……正直に言おう。冬《ふゆ》のルクノカを目の当たりにして、わしも自信が失せた」

「だろうな。あたしもそうだ。逃げたくなったよ」

「……」

シンディカーは固い口元を歪めてみせた。ツツリが初めて見る表情だったが、それは笑みに近いものだったのかもしれない。

怖気《おじけ》づいているのはツツリと同じだというのに、まるで正反対の表情だった。

「わしは逃げん。夢のためなら、戦うことができる」

「夢ね」

何かが腑に落ちたような心持ちになる。

夢そのものが形を成したような冬《ふゆ》のルクノカを、どうすれば直視することができたのか。

歴史上の英雄や、ハルゲントやシンディカーはそれを持っていて、ツツリにはない。

（そいつらには……夢を見る才能があったってことなんだろう）

八◇シナグ第一行政区

蠟花《ろうか》のクウェルの左脇腹には、縦に大きな傷がある。こうして浴槽に浸かっていても、水面越しにはっきりと見える傷跡だった。

最初に戦場に出た、十六歳の頃に負った傷だ。当時は厭《いと》わしく思っていた傷跡だが、時が経つにつれて、悲しいような愛《いと》おしいような、不思議な感情を抱いている。

――クウェルにこの傷を負わせた敵も、そう強い相手ではなかったはずだ、と思う。中央王国が黄都《こうと》に変わって随分と経った頃だったから、旧王国主義者も半ば残党集団のようになっていて、そんな敵が相手だから、クウェルのような新兵でも十分だと判断されたのだ。

その後のことも、完全にクウェルの落ち度だと思う。敵を深追いしたせいで部隊から孤立して、狭い建物の中で摑み合いのような訳のわからない乱戦になってしまった。

偶然、引っかかるようにして、敵の短剣がクウェルの腹に突き刺さった。クウェルは必死に引き剝《は》がそうと抵抗したが、その男はまるで短剣の柄《つか》が唯一の命綱であるかのように握りしめていて、肉を縦に大きく引き裂きながら倒れていった。それが暗闇に落ちる瞬間に見た光景だった。

――大動脈を切断されて失血死しなかったのは奇跡だったと、後から聞かされた。クウェルと争っていた敵の兵士のほうは、側頭部と肋骨《ろっこつ》が砕けて即死していたらしい。体の大きな兵士だった。普通の人間《ミニア》の何倍もの努力をしていたはずだ。

自分が真正の人間《ミニア》ではないということは知っていたつもりだったが、本当に理解したのはその時だったかもしれない。

サイアノプが言っていたように、クウェルの腕は柔らかく細い。いつも怯えているような態度とも相まって、一見すれば武官というより学士の少女のように見えてしまうだろう。それでも当時十六歳のクウェルは、旧王国主義者の兵士を殴り殺すことができた。

クウェルは血人《ダンピール》だ。父の顔は知らない。従鬼《コープス》として駆除されてしまったからだ。

母は従鬼《コープス》化の治療こそ叶《かな》ったが、生涯再婚は許されなかった。クウェルとは正反対の気丈な性格で、父のことなどまるで大したことでもないかのように笑い飛ばしていた。

そんな母に少しでも楽をさせられればよいと思っていたが、血人《ダンピール》の力で武功を挙げ続けていた娘のことを、本当はどのように思っていたのだろう——彼女が馬車の事故で死んでしまった今となっては、もう分からない。

クウェルの中の母はずっと、表向きに見せていた明るくて快活な母のままだ。

（……母さんのために、黄都《こうと》を平和にしようとしていたけれど）

傷を見るために俯《うつむ》けば、長い前髪の先が水面に浸る。

血人《ダンピール》の証である銀色の瞳を見られたくなくて、十七の時から前髪で視線を隠すようになった。

（本当に平和になってしまったら、私みたいな武官はいらなくなってしまうな……）

黄都《こうと》二十九官には、武官であっても実務で優秀な者が数多くいる。人付き合いや対話の能力に優れていて、有能な人材を動かすことができる者もいる。

クウェルにあるのは、戦いだけだ。他のことを学ぶ余裕などなかった。

粘獣《ウーズ》でありながら鍛え上げた最強を証明しようとしているサイアノプは、彼女のただ一つの価値を、他の誰よりも共有できた存在だった。

だから、勝たなければいけない。

「冬《ふゆ》のルクノカに……」

左脇腹を除けば、クウェルの体には傷跡らしい傷跡は残っていない。

目の前に伸ばした右腕の生白い肌を撫でるけれど、脇腹とは違って、そこにどんな傷が刻まれてきたのかを細かく思い出すことはできない。

傷や記憶すら残すことができないほど、血人《ダンピール》とそれ以外の人間《ミニア》には生まれつきの大きな差がある。

そんなクウェルでも、大鬼《オーガ》と一対一で戦ったことはない。ましてや竜《ドラゴン》などとは。

「……勝てる。サイアノプさんなら」

何度、自分にそう言い聞かせているだろうか。

生まれながらにクウェルを呪っていた種族の壁を突破する、極点の強さ。

無尽無流《むじんむりゅう》のサイアノプにそれがあると信じたい。たとえ相手が、あの冬《ふゆ》のルクノカだとしても。

クウェルは無意識のうちに、裸の肩を抱いていた。それ以上のことを想像しないようにする。

一対一で戦うとして、何ができるというのか。負けてしまった時に何が起こるのか。その死には意味があるのか。

サイアノプはクウェルの勇者候補で、この世界の誰よりも尊敬に値する強者だ。

だからこそ、ルクノカとの戦いを諦めてほしくないと願ってしまう。

（私が信じなければ、誰が……）

クウェルに刻まれた古傷のように。あの時、鍛えた人間《ミニア》でもクウェルを殺せていたかもしれないように、サイアノプにもそうできるはずなのだ。

思考が堂々巡りをして、頭がのぼせはじめているのかもしれない、と思う。

風呂を出ようとして浴槽から立ち上がったのと、ちょうど同時だった。

「……！」

クウェルは、極力水音を立てることなく風呂場の床へと降りる。

自分以外の何者かの気配を感じ取ったためだ。

（誰だろう）

夜も深い。来客や商人の訪問予定はなかった。

強盗か不審者の類だろうか。しかしクウェルが暮らすシナグ第一行政区は官僚や貴族の邸宅の密集地で、黄都《こうと》の中でも特に警備が集中している区画をわざわざ狙って犯行に及ぶ者は少ないはずだ。

（どっちにしても、こんな時に来てほしくないな）

音を潜めて脱衣所への扉を開く。まずは服を着て、大通りに常駐している巡邏《じゅんら》の誰かに報せるべきだろう。クウェル一人で対処すれば、最悪殺してしまう可能性がある。

壁に掛かっていたタオルを取る。

それとほとんど同時に、扉を開いて、骨ばった男の手が飛び込んできた。

「あっ」

クウェルはほとんど反射的に、侵入者の手首へとタオルを巻きつけていた。パチッ、という水気を含む音とともに、手首の関節を捻じり壊している。

体格の良い男だ。恐らくはシナグ行政区の住人であろう——と、遅れて理解する。

「蠟花《ろうか》の……クウェル」

男の口が非対称に歪んで、歯列が見えた。笑いの表情に似た何かだった。

「落ち着いてほしい」

「そっ……そんな、の、言われても！」

下段の蹴りで足を払うと同時、タオルを介して捉えた右腕を引く。

男は半回転して、クウェルに背中を晒すようなかたちになる。

後ろに回った右腕を押さえ込まれた男は、そのまま崩れるように床へと叩きつけられることになる。この状態からの抵抗はもはや不可能だ。

「なっ、なんなんですか……！　こういうの……よ、よく……ないですよ」

羞恥のために、抗議の声も消え入るようになってしまう。クウェルは若い乙女だ。血鬼《ヴァンパイア》の変異種である以上、それなりに容姿も整っているだろうことも理解している。

自意識過剰でなければの話だが、入浴時を狙って、こうした不審者に襲われる理由くらいはあるのかもしれない。

しかし戦士として培った直感のどこかの部分が、その程度の問題ではないと警告していた。

(……この人、体が固い)

関節の柔軟性に乏しいという意味ではない——材質として、人間《ミニア》の骨格のような弾力がない。

そもそも二十九官の邸宅に容易く侵入し、脱衣所前に現れるまでクウェルに気配を悟らせることもなかった。まるで死人のように、気配が希薄で、異質なのだ。

「仲良くしたいんだ、蠟花《ろうか》のクウェル。僕の頼みを聞いてくれないかな……」

男は呻いた。単に肺を潰されてそのような発声になっているだけといった様子で、関節を極《き》められていることへの苦痛は、一切ないように見える。

「ご、ごめんなさい。折ります」

後ろ手に捻り上げられていた男の肩関節は、少しの力を込めただけで簡単に折れた。

ミシリ、という乾いた感触。異常なほど手応えに湿り気がない。

「む……今、折れたのかな」

「お、折りましたけど……」

やはり男が痛みを感じている様子はなく、どこか滑稽なやり取りになってしまう。

少なくとも、若い女が裸で、男の背中に跨《また》がって、腕をへし折った後に交わす会話ではない。

「つ、次にっ……怪しい動きをすれば……首を折りますっ、から。な、何をしに来たんですか……

ど、どこの誰なんですか」

「ま……参ったな。答えられる質問が少ない。できれば仲良くなりたかったんだけど……」

（血鬼《ヴァンパイア》のはずはない……屍魔《レヴナント》だ。それも、かなりの改造を受けた）

立て続けの異常事態に対しても、呼吸するだけの時間があれば判断を下すことができる。敵が人間《ミニア》でないならば、動きを止めるべきだ。上半身の体重を乗せて、肘で頸椎《けいつい》の一点を——

「え」

クウェルの喉から、意図せぬ声が漏れた。片手で抱え込んでいた男の片腕が外れたからだ。

血の一滴も出ない。人体とは思えないほど軽く、乾燥した、異常な腕だった。

「……ちょうどよかったよ」

肘を振り下ろそうとしたクウェルの姿勢が、前のめりに崩れる。

その瞬間に男は左腕を後ろに薙《な》いで、クウェルの左脇腹を撫でた。

「——っ」

「君が裸で、ちょうどよかった……どこに当てても、肌に触れることができる……」

「あっ、ひ、ぐ」

男の指から、古傷を食い破って侵入してくる激痛があった。

何らかの毒物を想像したが、そうではない。もっと物理的な、針を差し込まれるような痛みが広がりはじめている。

「僕の名は彙《たぐい》のアクロムド。最低限、答えてあげられるのはそれだけだ」

（まず、い）

アクロムドと名乗った男の指先は、不自然な体勢の接触にも関わらず、まるで吸いついているかのようにクウェルの脇腹から離れない。

つまり――そこまで判断すると、クウェルは渾身《こんしん》の力でアクロムドの左肘を蹴り飛ばした。背中に跨っていた状態から、互いに距離を離すことになる。

「ま……だ、戦いますか……？」

「……それは僕の方が言いたいなあ。あの痛みで、まだあんなに動けるものなんだ？」

クウェルが感じた通り、あの接触は指先を介してクウェルに何かを侵入させるためのものだ。植物の根か、茸《きのこ》の菌糸のようなものを想像する。細く枝分かれしながら体内深くに食い込んで、やがて引き剝がせなくなる、そんな構造を。

（ただの屍魔《レヴナント》じゃない。このアクロムドの体の中は……きっと全部がそれなんだ。だから人体とは強度が全然違って、切り離すことだってできる……）

傷の様子を見ればもっと詳しく分かるはずだったが、そんな余裕はない。

クウェルは何も身につけていない。武器と呼べるものは唯一、僅かに水を含んだタオルのみだ。先程アクロムドが言ったように、露《あら》わになっている素肌のどこに触れられてもいけない。その箇所に〝根〟を植えつけられてしまうだろう。

深く息を吐く。激痛を無視できるわけではない。だが、痛みを最小に抑える動きの中で、戦闘を組み立てることはできる。

あのサイアノプと、そういう訓練をしてきた。

「……失敗したかな」

アクロムドは、つまらなさそうに呟く。

彼は左腕を上げた。

(来る)

バチ、という破裂音とともに、左肘から先が飛来した。

ほとんど銃弾に近い速度――だが、そんな未知の攻撃をクウェルは読み切ってみせた。

肉体の自切が可能で、さらに内部の構造を自由自在に作り変えることができる敵であるなら、腕の高速伸長か高速射出のような機構を備えていてもおかしくはない。

(飛び道具を回避して、私は左に一歩踏み込む。それを)

視線を床に向けることはない。代わりに、手にしたタオルを斜め下方に薙ぎ払った。

骨を砕く音。濡れタオルを用いた高速の斬撃が、最初に切り離されていた右腕に直撃している。

(……この敵は見立てていた。切り離した腕でも動かせることが、切り札……)

「はは……やられた！　こんな失敗は、初めてだ。蠟花《ろうか》の……クウェル！」

「そう、ですか！」

踏み込み、ではない。寸前で脊髄への指令を切り替え、床を蹴って脱衣所の外へと転がり出る。

バヅヅヅッ、という連続した破裂音が脱衣所の中から響いていた。

自爆。体の一部を吹き飛ばして攻撃できる以上は、全身でそうできない理由はない。

敗北を認め、クウェルの昂揚を煽《あお》るかのようなアクロムドの最後の言葉も、敵を自爆に巻き込むべく近づかせようとしたのだ。

「はーっ、はーっ……！」

その脅威を頭で実感するより、優先してするべきこともある。

脇腹の傷口を探ると、想像通り、細い根のような何かが指に絡みついた。

「ひうぅぅぅぅぅっ……！」

もう片手を口元に当てて、悲鳴を押し殺す。文字通り自分自身の体で草むしりをするように、その物体を引きずり出していく。床に横たわったクウェルの体は意思に反してガタガタと痙攣《けいれん》して、瞼を閉じていてもなお視界が明滅した。

血まみれのそれは、まさしく植物の根だった。攻撃を受けた箇所が脇腹で、腕や足の運動神経に……または脊髄にまで到達していなかったことが幸いしたのかもしれない。

「植……物……。そんな屍魔《レヴナント》、一体……誰が……」

この〝根〟こそが敵の本体だったのだとしたら、これは屍魔《レヴナント》ですらないのだろうか？

アクロムドがクウェルの自宅を襲撃し、〝根〟を寄生させようと試みた以上、彼は最初からクウェルに寄生することを目的としていたということになる。

戦闘の集中が途切れたことで、外の通りからの喧騒が耳に届いてくる。

何らかの騒ぎが起こっているのだ。アクロムドはたった一人で侵入してきたが、もしかしたら、この区画の警備を突破するためには、たった一人でなくてはいけなかったのかもしれない。

陽動を含む大規模な、擁立者を標的とした襲撃行為。

ならばこれは、サイアノプを狙った六合上覧《りくごうじょうらん》の妨害工作なのではないだろうか――

「はぁ……はぁ……」

裸にタオルを巻きつける。入浴したばかりの体も、血と汗でひどく汚れていた。

滑らかな肌に刻まれた一箇所の傷は、以前よりも大きく抉《えぐ》れてしまっている。すぐに生術《せいじゅつ》の治療を受ける必要があるだろう。

「ああ……でも…………ふ、ふふふ」

それでも、勝てた。

未知の敵を相手に、勝つことができた。

サイアノプと修行する前なら、思考と技を磨いていない自分なら、勝てたはずのない相手に。

「か、勝ちましたよ……サイアノプさん」

どこかの権威ある誰かが、強くあることを正しいと言っていたわけではない。

それでも、正しい強さは存在する。

傷の痛みと勝利の昂揚が、その真実を何よりも証明してくれているような気がした。

九 ケアリクス舟運発着場

クウェル邸襲撃と同時刻。ヨトゥ運河の船着場周辺は夜遅くでも活気と灯りに満ちていて、営業中の商店も多い。そのような区画にあっても、無尽無流《むじんむりゅう》のサイアノプは人前に姿を晒すことを極力避けている。例えば通りの中央を行き交う市民の意識から外れるような、街灯の灯りに照らされない道の隅を進んでいく。

そもそもが獣族《じゅうぞく》である彼は、勇者候補でもなければ市民権すら与えられない存在なのだ。市民と余計な接触をするだけで、無用な争いを招きかねない。もっとも同じ立場の者であっても、アルスやシャルク、メステルエクシルなどは、そうした市民感情を考慮することすらなかっただろうが。

「そこの人間《ミニア》」

——故に、群衆の中で自身の存在に注目している気配は明瞭に分かる。

サイアノプはその場に停止して、背後の者へと呼びかけた。

「僕に用があるなら、たった今済ませてゆけ」

背後の影は、観念したかのように動いた。女である。

「ちょっとちょっと、怖いってば。サイアノプ」

「黄都《こうと》二十九官第二十一将、紫紺《しこん》の泡《あわ》のツツリだな」

視界に入らずとも、体格と声だけでも判別はつく。

紫紺《しこん》の泡《あわ》のツツリ。勇者候補の擁立者ではない。二十九官の顔姿はおおよそ把握しているが、少なくともまだ、サイアノプにとって縁はないはずの相手だ。

「近づいただけだよ？　そんな殺気立たなくてもいいじゃん」

「僕の立場上、擁立者以外の二十九官には気を許さないようにしているだけだ――〝見えない軍〟の一件もあるだろう」

「〝見えない軍〟だろうがなんだろうが、お前に不意打ちで食らわせられる輩なんて一人もいないよ。……もっと近づいてもいい？　ここからだとだいぶ大声出さなきゃ話せないからさ！」

「好きにしていろ」

ツツリは軽く首を振って、おそるおそる距離を詰める。うんざりしたような様子だった。

「その、サイアノプ。あたしも仕事だからね？　……気に食わないこと言ったからっていきなりズドンと来ないでほしいんだけど」

「……僕を何だと思っている。やり合うなら、この距離も先の距離も然程《さほど》変わらん。用件はなんだ」

「ルクノカとの試合、どうするつもりなんだ？」

「……その話か」

何度も聞いたような、つまらない話だ。

黄都《こうと》の人間《ミニア》の殆どが考えていることも同じだ。次の第九試合で、無尽無流《むじんむりゅう》のサイアノプは負ける。冬《ふゆ》のルクノカに勝つ手立ては、万が一にもない。

誰もがそれを前提としていることは口に出さずとも伝わってくるし、その中でも無遠慮な者は、口に出してサイアノプを嘲ったり、哀れんだりすることもある。

そうした輩を見かけたとて、特に考えを改めさせるつもりはなかった。事実だからだ。

「何も起こらん。僕とルクノカが戦う。そして僕が負けるだろう。そういう見立てだ」

「はあ？」

「まさか、勝つつもりでいるとでも思ったのか？　僕は僕の強さを信じるが、現実から目を背けた夢想家でもない。マリ荒野の戦闘痕を見て理解できた。僕が二十一年鍛えた技は、あれの足元にも及びはしなかった。それは覆しようのない事実だ」

「……いや。いやいやいやいやいや」

ツツリは呆れたような、困惑したような表情を浮かべていた。

サイアノプやネフトにとっては当然の論理だったとしても、他の者はその正しさを理解できないことが多い。それも、とうに知っている。

「棄権するつもり、とかじゃなくて？　戦うって言ったよね？　それって……つまり、サイアノプが死ぬってことになるんだけど」

「そうなるな」

「そうなるな、じゃあないんだよな」

面倒だ。この手の人種は必ず説明を求める。

なぜそう考えるのか、どこに正しさがあるのか、なんのためにそうするのか。

サイアノプが彼の思想を一から十まで説明してやったとして、それは結局のところ一度は言語として解体されてしまった情報で、聞いたものが納得しなくとも、納得したとしても、本質的には何も伝わっていないに等しい。

「あのさ、それってどういう……」

「信条の問題になる。僕は僕の最強を証明するために来たからだ」

「おいおいおい。最強を証明するなら、なおさら負けを受け入れるのは違うでしょ。それこそ……最悪棄権したっていいし、勝つための手段を全部試してからでも遅くはないって……」

「そうして自分はまだ戦っていないから、手段を選んでいたから負けてはいないと云《い》い張るのか？　そんな子供の駄々で、実は最強だったことにでもなるのか？　――よもや忘れてはいないだろうな。勇者候補は、それを名乗った時点で〝本物の魔王〟を倒せる強さがなければならない。その証明のために、僕は自分の命を懸けても良いと決めた。証明が間違っていたのなら、失うべきだ」

語りすぎた。これ以上言葉を重ねたとて、本質から離れる。

ツツリがこれ以上冬《ふゆ》のルクノカの話を続けるなら、無視して去るだけだ。

「いや、サイアノプ……あのさ」

ツツリは、自らの額を押さえながら言った。明らかに、交渉の手段を探そうとしている。

サイアノプは、その場から立ち去ることを決めた。

「あたしさ、その……嘘は嫌いなんだよ」

「好きに云え。帰る」

「…………………。クウェルちゃんを置いて死ぬつもりか？」

サイアノプは止まった。

ツツリにとっては完全に出鱈目《でたらめ》な、苦し紛れの一言に過ぎなかっただろう。

しかしそれは、ツツリを完全に無視するつもりだったサイアノプを、一瞬だけ迷わせた。

勝つにせよ負けるにせよ、初めから自らの命を棄てるつもりで六合上覧《りくごうじょうらん》に名乗りを上げた。だが命を棄てた後の出会いのために、初めにはなかった雑念も生まれていた。それは、ほんの小さな希望に過ぎなかったが。

もしも、六合上覧《りくごうじょうらん》の死闘を戦い抜いた先に、サイアノプが生きているのなら。

徒労に終わった彼の生涯を誰かが継承して、未来に活かす姿を見られるのだとしたら。

クウェルに技を伝えることはできるだろうか。

「……あのさ。冬《ふゆ》のルクノカは、どうしようもない。あれは、強いとか強くないとかで考えて良い次元じゃないからだ。あいつは努力なんてなーんにもしてないし、勝たなきゃいけない理由もない。災害と同じなんだよ」

努力や意志の有無が強さを決めるわけではない。

それは人々の幻想とは裏腹に、浪漫の対極に位置するような無慈悲な論理だ。弱者が強者の在り方を咎め立てる権利は存在しない。

「で、サイアノプはさ。嘘ついてるじゃん。今……仮にだよ？　いきなり雷が落ちてきて死んでも、それでいいか？　ルクノカとやるっていうのは、そういうことになるんだけどさ」

「雷に勝とうとすることは無謀な試みか？」

「そうは言ってない。けれど、残されたクウェルちゃんはどうなると思う？」

「……」

「雷に勝つつもりの奴が他にもいるとしたら、そいつらだって本気でやる。本当なら、お前が割って入る余地はないんだ。……だからこそだよ。あたし達と組まないか、サイアノプ」

「何の得がある」

「……じゃあ教えよっか。第九試合、ルクノカは黄都《こうと》軍に攻撃されるよ。それも、お前が試合を始める前に」

「何だと？」

サイアノプにとってそれは、完全に予想外の話だった。

というよりも、意味が不明だ。

たとえ黄都《こうと》軍の総力を投じようと、冬《ふゆ》のルクノカを相手に何らかの損害を与えられるとは到底考えられない。無意味に冬《ふゆ》のルクノカを挑発し、黄都《こうと》ごと消し飛ばされる危険性を背負うだけの愚行にしか思えないからだ。

「……馬鹿な真似を、って思うでしょ。ロスクレイならやるさ。あいつは臆病者だから、第三回戦で冬《ふゆ》のルクノカとやり合うのが怖いんだ。だから自分の番が来る前にルクノカを試合表から排除しようって考えてる……あいつを勝たせるためなら、黄都《こうと》全部が動く。ロスクレイがそういう敵だっていうのは分かってるんじゃない？」

「仮に貴様の話が真実だとして。大した力もない男一人を勇者に仕立て上げるために、何万人の人《じん》族《ぞく》が死ぬことになる？　到底釣り合わん」

「そりゃ、黄都《こうと》側にだって切り札はあるさ。魔剣や魔具もあるし、敗退した勇者候補だって。地平《ちへい》咆《ほう》メレ辺りなら、もしかしたらルクノカとだって撃ち合えるかもしれない。それもある。けど……はは、やっぱ……サイアノプは、勇者の意味を分かってないよ」

　ツツリは笑った。これまでとは異なる、どこか昏《くら》い笑みに見えた。

「何万人死んだって釣り合うんだよ。〝本物の魔王〟の時代で、とっくに何億人も死んでるんだ。そんなのはもう、知らない誰かが知らないうちに救ってくれました、で済むような数じゃない。……勇者を決めなきゃいけないのはさ、サイアノプ。皆の目の前で世界を救う奴が必要だからなんだ。心の中じゃ、皆そう思ってる」

「……。そうして〝本物の魔王〟の代理として殺される役回りが、冬《ふゆ》のルクノカや、星馳《ほしは》せアルスや、おぞましきトロアだったとでも？　そうだとすれば愚劣極まる話だな。誰も、貴様らの溜飲《りゅういん》を下げるために生きているわけではあるまい」

「だけどそうなっている。連中はそこまでやるし、そのために六合上覧《りくごうじょうらん》なんて大茶番まで仕組んでる。断言するけど、このままじゃサイアノプはルクノカと試合すらできなくなるし……奴と戦って、何万って数の兵士が死ぬよ。だけどあたし達なら、黄都《こうと》軍が戦いはじめるよりも早く、サイアノプを試合場まで運んでやることができる」

「僕がルクノカを倒せば、無用な犠牲は出ない……と云いたいわけか」

――それは、サイアノプとしても望むところだ。

命まで賭けた以上、戦う機会そのものを失いたくはない。

だが、ツツリは黄都《こうと》軍攻撃の情報を出した時点から、話題をすり替えている。最初のツツリの論点は、ルクノカと戦って死ぬのは怖くないのかということだったはずだ。当日に試合決行が可能かどうかではなく、ルクノカに対する勝利手段を交渉材料にしようとしていた。

ならばその手段は一つしかない。ツツリ達もまた、何らかの不正を仕掛けてサイアノプを勝ち上がらせたいのだ。

黄都《こうと》軍による攻撃に便乗して、ツツリ達の勢力は必ず何かをする。第九試合と同時に行われるその計画と干渉しないために、対戦相手であるサイアノプを懐柔しようとしている。

(ならばツツリの勢力は――僕の立場でそれを探ったとて、詮無いことか)

この六合上覧《りくごうじょうらん》の裏には巨大すぎる力が動いていて、それに抗うためには、同じだけの巨大な力が必要になる。逃れようとしたところで、逃れられるものではないのだろう。

そうした力を持たない者は、一対一で戦うことすらできなくなる。

サイアノプの意思にかかわらずそうなる仕組みだというのなら、それも良い。

元より冬《ふゆ》のルクノカと戦うつもりなのだ。軍の一つや二つを加えて相手取ったところで、大した変わりはあるまい。

（――望み通りに、試合をしてやろう。代わりに僕は、横槍の全てを叩き落としてやる）

「あたしは……やるって言ったらマジでやるよ。サイアノプはどう？　やってくれる？」

「貴様らは僕を試合場まで運ぶ。代わりに、僕はその場でルクノカと試合をする。それだけだ」

一対一で試合をする。それが武闘家として最大限の譲歩だ。

「それ以上はない」

◆

サイアノプは、翌朝になってクウェル襲撃事件のことを知ったらしい。

血鬼《ヴァンパイア》の勢力が潜んでいるとされる中、二十九官が直接襲撃されたとあって、事件の事後処理は一夜のうちに迅速に手配されていた。クウェルの脇腹の傷も、サイアノプが病院に辿り着いた頃には、生術《せいじゅつ》治療でほとんど癒えていたほどだ。

「まだ痛むか」

床のサイアノプを見下ろすためには、ベッドの縁に座らなければいけない。

「だ、大丈夫です。食い込んだのも皮下脂肪までで……筋肉までは達していない怪我だったので」

クウェルは、弱々しく笑った。

とはいえその弱々しさも、生来の性格に由来するものだ。体の部位が欠けたりしたわけではないから、生術《せいじゅつ》による再生もさほどの負担ではないだろうと言われている。

「……鍛錬が足りんな」

「はい」

サイアノプの厳しい言葉を、嬉しいと思う。

自分で自分の身を守ることのできる強さがあると認めてもらえている。

「彙《たぐい》のアクロムドとやらの正体はまだ分かっていないか」

「はい。わ、私や男の人に植えつけられてた〝根〟は……生きた肉に寄生していないとすぐに枯死してしまうものだったみたいで……そもそもあの植物が意思を持っていたっていうのも、その、私の推測なので……だから調べるにはもっと時間がかかるって、フリンスダさんが……」

「フリンスダをあまり信用しすぎるな。あれはどこの金で動いているのやら分からん」

「ふふ……そ、そうですね」

サイアノプの言葉がまるで父親のようで、少し笑ってしまう。

クウェルを襲った勢力の正体は分かっていない。クウェルは派閥に属していないから、どの勢力にとっても、取り込む得があるとも言えるし、ないとも言える。

「サイアノプさん。次の試合のことは……」

「何も気にすることはない。貴様の立ち会いがなくとも、僕は十二分に戦える」

サイアノプも、きっとこの襲撃事件が次の試合に絡む何者かの計略だということは察しているはずだった。それでも止まることはないのだろう。

「この病院の入院患者には、確か柳《やなぎ》の剣《つるぎ》のソウジロウもいたな。マリ荒野にいるよりは、遥かに安全だろう。だが気を緩めるな。貴様も、自分の身を自分で守れ」

「……はい」

そうではない。サイアノプのことが心配なのだ。

おぞましきトロアとの第一試合の後、クウェルはサイアノプと会話を交わした。サイアノプは、この六合上覧《りくごうじょうらん》で命を使い切るつもりなのだと。無尽無流《むじんむりゅう》のサイアノプが冬《ふゆ》のルクノカと戦うつもりであること、彼がそのように生きて死ぬべき存在であることは、わざわざ言葉にせずとも互いに共有していたはずだった。

二人が冬《ふゆ》のルクノカとの第九試合について語ったことはほとんどなかった。

サイアノプが、入院したクウェルをこうして見舞いに来たのは、試合に向かう前に別れを告げるためではないのか。

「ずっと……六合上覧《りくごうじょうらん》の対戦表が決まってから……本当は、言ってほしかったんです」

——どうしてだろう、と心のどこかで思う。

「勝てる、と」

「……」

命と引き換えにしても、本当の最強を証明してほしいと願っている。

全ての戦いを捨て去ってでも、生き残ってほしいと願っている。

それはどちらも本当ではないのだろう。本当は、戦って、勝って、生き残ってほしい。

「でも、サイアノプさんは……ふふ、見立てで嘘をついたりできないから……」

「そうだな」

クウェルは窓を見た。

窓越しに見える空は、普段よりも高く見える。

見上げることが少ないクウェルだから、そう感じるのかもしれない。

「…………」

会話を交わした時間よりも沈黙する時間のほうが長かったが、心地よかった。

クウェルは言葉で自分の心を表現することがいつも下手で、伝えたいことが言葉にならない。闘うことで会話をしてくれる者は、サイアノプが初めてだった。

「……クウェル。貴様は強くなる。これからも、僕が教えた以上のことを練習しろ」

「はい」

別れ際にも、勝てる、とサイアノプが断定することはなかった。

彼がクウェルに安易な慰めを与えなかったことを、嬉しく思う。

けれどサイアノプは、負けるとも言わなかった。

彼に正しい戦いをさせてあげたい。

(——私も戦う)

もう、腹の傷の痛みはない。覚悟を決めていた。

(私は、サイアノプさんの擁立者だ)

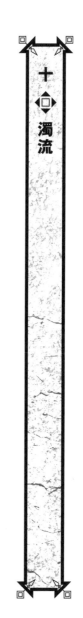

十　濁流

軍兵舎執務室。鎹《かすがい》のヒドウがこの部屋内に立ち入ったことは、二十九官であった時を含めても数えるほどしかない。軍を統括する第二十七将、弾火源《だんかげん》のハーディの居室に等しいからだ。

ただし今のヒドウが相対しているのは、そのハーディのもう一つの顔である。

「災難だったなあ、ヒドウ」

来客用の椅子に足を組んで座るヒドウに対し、ハーディは大机の向こうで葉巻をふかしている。

年輪を重ねた皺と白髪《しらが》、そして衰えを知らぬ鋭い眼差し。

黄都《こうと》議会を追放され、ただの若い貴族となったヒドウに対しても変わらぬ態度で接するのは、むしろ力と余裕の表れなのだろう。

「イリオルデのジジイ、どうやらお前のことを随分気に入ってるらしい。こんなゴタゴタの中で迷惑な話だったろうが、俺の方も、あいつのご機嫌を取ってやらなきゃならない事情があるんだ」

「世界最大の黄都《こうと》軍の長が、死にかけのジジイ一人にビビってんのか？　情けねえぞ、ハーディ」

「クハハ！　そう言うな。俺も俺で、あのジジイには借りを返してもらう予定なんでな」

現在の黄都《こうと》議会の主流派閥である、ロスクレイ陣営の改革派と対立する、最大の抵抗勢力。それがハーディ陣営の軍部派である――と、世間では認識されている。

しかしその上には、黄都《こうと》転覆の計画を進めるさらなる黒幕が存在した。

それが元第五卿、異相《いそう》の冊《ふみ》のイリオルデ。

リチア新公国独立における経済支援。旧王国主義者蜂起におけるトギエ市議会掌握。六合上覧《りくごうじょうらん》に先立って勃発した紛争の数々にも、その背後にイリオルデの強大な人脈と資金が関与していたと言われている。黄都《こうと》議会を追われた後、暗殺されなかったことがむしろ不自然なほどの危険人物であったが――

「そもそも……あんたら軍部があの野郎を匿《かくま》ってたってわけだ。そりゃいつまで経っても捕まるわけがねえよな……！　アルス襲来の時は何を考えてやがった？　腹の中で黄都《こうと》転覆を企てておいて……何食わぬ顔でロスクレイと協力してたっていうのかよ？」

「当たり前だろ」

ヒドウの糾弾にも、ハーディは眉一つ動かさず答える。

「黄都《こうと》が本当に滅んじまったら、俺は勿論、イリオルデだって困る。あいつだってこの黄都《こうと》が欲しくてこんな真似をしてるんだ。リチアやトギエの話だって改革派の対処能力を削れる程度につついてやっただけで……現に、六合上覧《りくごうじょうらん》は無事に開けてるだろ？　黄都《こうと》の脅威をまとめて始末するって意味では、ロスクレイとも利害は一致してる――途中まではな」

「どういうことだ？」

「イリオルデは、そもそも勇者が必要だなんて考えていないんだよ」

「……」

〝本物の魔王〟を倒した勇者が欲しい。

この世界に生きる者達がそう望んだ。あのロスクレイも、氷のように冷徹なジェルキでさえ、時代が求めてやまない一つの願いを叶えるために動いている。

「だから、ヒドウ。俺達はそろそろ茶番を終わらせてもいいと考えてる」

「おい……！　六合上覧《りくごうじょうらん》を途中で終わらせるつもりか!?　イリオルデはそれでいいんだろうが、下の連中はそのことを知ってるのか!?」

「クハッ……そりゃな。俺だって勇者が欲しい。だがな。裏側を知ってる俺達は、六合上覧《りくごうじょうらん》で決まった勇者なんざ、結局は偽物だって知っちまってるんだ。俺達だけが、最初から信じてない代物のために必死になるってのは……バカらしい話だと思ったことはないか？」

「……」

ハーディの言葉も間違ってはいない。この六合上覧《りくごうじょうらん》を必死に戦い抜く中で、ヒドウが自分の行いに疑問を浮かべなかった日はなかった。それでもなお、二十九官として、勇者という象徴こそが民の救いになると信じなければならなかったはずだ。

だが、そうした前提を共有することのない異形がいる。

自らが最強であると信じる修羅。信仰の外から来た〝灰髪の子供〟。

あるいはハーディやイリオルデのように、力以外を信じることのない者。

「……勇者候補の連中はどうするつもりだ？　六合上覧《りくごうじょうらん》って機会を利用しなきゃ、奴らを排除する方法なんてないだろうが……！」

「そいつは疑問だな。第一回戦が終わって、六合上覧《りくごうじょうらん》の盤上に残ってるのは……サイアノプ。ルクノカ。ソウジロウ。ロスクレイ。クゼ。ゼルジルガ。シャルク。ウハク。メレの片目を奪えたのは僥倖《ぎょうこう》だったのかもしれんが、キアやメステルエクシルみたいに、どのみち六合上覧《りくごうじょうらん》の外で始末しなきゃならなくなった連中もいる。戦力を測るのが目的なら、第一回戦だけで十分だ。今残っている八名の中で……絶対に六合上覧《りくごうじょうらん》の状況下でないと殺せないような相手が、どれだけいる？」

「……冬《ふゆ》のルクノカだ。あいつは六合上覧《りくごうじょうらん》があるからこそ、イガニアからマリ荒野まで自分から出てくる。戦いを楽しむことが目的だから、罠にかけられることを想像していない。六合上覧《りくごうじょうらん》以上に、人族《じんぞく》が冬《ふゆ》のルクノカに対して有利に戦える状況はない」

「分かってるじゃねえか。なら、次の試合でルクノカを始末できれば、六合上覧《りくごうじょうらん》は終わりだ」

「そいつができりゃ世話ないんだよ……！」

本来なら、ロスクレイの計画もそうだった。アルスとルクノカの双方を第二試合で殺し合わせて、残った者を総力戦で撃滅する。しかしルクノカの戦闘能力はその想定をも越えた異次元の領域のもので、敗死したはずのアルスすら、怪物的な復活を遂げてこの黄都《こうと》に甚大な打撃をもたらした。

結果的に、勇者候補と黄都《こうと》全軍を投入した総力戦は、星馳《ほしは》せアルスに用いざるを得なくなった。未だ健在のルクノカに対する対抗策は、全く目処《めど》が立っていない。

「俺は第二試合を見た。黄都《こうと》にルクノカは殺《や》れない」

「フ！　まさか、お前の証言だけが根拠ってわけじゃないよな。ロスクレイ達も、そういう戦力差があることは理解して動いてるんだろう」

「……？　当たり前だろ。何の検証もせずに個人の判断が通るような陣営じゃない。あんたのところはどうか知らんけどな」

「いいや。大体想像していた通りだ――ロスクレイは、第九試合で動くつもりはない」

ヒドウが問い返すよりも早く、執務室の扉を外から叩く音があった。

ハーディはそちらに目を向けることもなく入室を促す。

「失礼しますハーディ閣下。調査内容の報告ですが……」

兵士は、椅子に座ったままのヒドウを一瞥する。

「ああ、そいつはそのままで大丈夫だ。言っていい」

「……は。改革派の軍事行動の兆しは、やはりありません。人員の流れがないことに加えて、各地に保管されている魔具も持ち出された様子がなく……残る可能性は勇者候補の投入ですが」

「そちらでも動きはなしか」

「はい」

「メレに弾道狙撃をさせるくらいはやってくると思っていたが……そうなると第九試合、ルクノカは完全に野放しってことになるな。静観して討伐を先送りにしたか――」

報告の兵士を退室させてからも、ハーディはしばらく長考しているように見えた。

「……」

ように見えた――というのは、ハーディの中で既に決まっていた結論を、まるで考えた末の答えのように見せかけようとしている、と感じたからだ。

「なあ、ヒドウ。……やるしかなさそうだな？」

ハーディは、見たこともない、愉《たの》しげな笑みを口元に浮かべている。

「……嘘だろ」

ヒドウは呆然《ぼうぜん》と返すしかなかった。

「あんたらが、冬《ふゆ》のルクノカ相手にやるってのか？」

「黄都《こうと》軍じゃ奴には勝てないって見立ては、俺も同じだ。だが俺達は黄都軍じゃあない。冬《ふゆ》のルクノカが相手でも、俺達だけが使える手はいくらでもある」

――そのような問題ではない。常軌を逸している。

ハーディの判断は、黄都《こうと》転覆に投入するべき戦力をルクノカ相手につぎ込んで消耗させるということに他ならない。それでルクノカを倒せたとして、その後はどうなる。

ハーディとイリオルデは、この戦いの先に何を考えているのか。

「なに笑ってやがる……ハーディ」

「笑ってちゃおかしいか？　俺達だけが、最強の竜《ドラゴン》を相手に戦争できる……」

弾火源《だんかげん》のハーディ。黄都《こうと》軍の頂点に立つ最大の武官。柳《やなぎ》の剣《つるぎ》のソウジロウの擁立者。

この老将は、自らが擁立した〝客人《まろうど》〟と共通する、ある異常な性質を備えていた。

「俺は戦争が大好きなんだよ」

十一 ◇ 第九試合

第九試合前日の深夜。闇に包まれたマリ荒野の氷原には、点々と明かりが灯っていた。

それは人工的な光だ。道に沿って列を成し、または特定の箇所を囲むように配置され、そしてそれらの明かりの総数の数十倍にも及ぶ人員が闇の中で蠢《うごめ》いている。

紫紺《しこん》の泡《あわ》のツツリ直轄の工兵部隊であった。

試合直前に試合場へと乗り込み妨害工作をすることに関しては、六合上覧《りくごうじょうらん》の規則を恣意《しい》的に適用できるように、ある程度の抜け道が意図的に制定されている。

だが、部隊単位で試合場へと乗り込み、大規模な作戦として勇者候補抹殺の仕掛けを打つなどという行動は、そもそも王国の上覧試合として前代未聞の暴挙である。

敵対派閥たるロスクレイ陣営の面々も、ハーディ陣営の大掛かりな動きに勘付いているだろう。

だが六合上覧《りくごうじょうらん》の内情を知る者ほど、この暴挙を止めるはずがない。

本来の擁立者が盤面を退場し、星馳《ほしは》せアルスの脅威が黄都《こうと》全てに知れ渡った今、冬《ふゆ》のルクノカに勝ち進んでほしい者は存在しないからだ。

ツツリ達の部隊は、そのルクノカを殺すための最後の仕上げに取り掛かろうとしている。

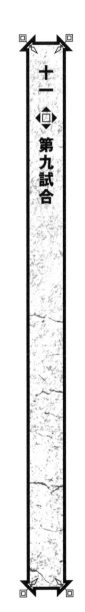

「……くそ」

澄み切った夜の凍空を見上げて、ツツリは毒づく。

「寒すぎるなあ」

弾火源《だんかげん》のハーディが下した決定は、ツツリにとっても不可解なものだった。どこかの誰かが、冬《ふゆ》のルクノカを倒す必要がある。だからこそ、次の試合までにロスクレイ陣営に対処させることが最善の策だったはずだ。こちらが動かずに待てば、準決勝でルクノカと対決せざるを得ないロスクレイに、対処を強要させることも可能だったのではないだろうか。

「どう？　今夜中に終わりそう？」

横に立つ秘書に尋ねてみる。作戦の進捗状況は把握しているので、特に意味のない問いだ。

「ま、十分に可能ではあるかと。掘削作業の遅れこそ想定外でしたが、現場の者もやり方に慣れてきています。四日の猶予があったのは幸いでした」

「そっか」

――結論から言えば、ハーディの不可解な即断は正しかったということになる。

ツツリの部隊に限らず、黄都《こうと》の兵士はこのような極端な寒冷地での作戦経験に乏しく、凍りついた大地の掘削や体温確保の休憩には、ツツリが見積もっていた以上の時間を消費させられてしまった。ツツリが待つべきだと判断したあの時点で、動きはじめていることが正解だったのだ。

（――寒冷地での地雷敷設作戦の記録なんて、魔王の時代よりも前の話だってのに。兵士の練度や技術の発達を踏まえた予測も、ハーディ閣下はあたしより遥かに正確だ……）

ツツリは戦争が好きだ。策を練り、予測し、敵を打倒することが好きだ。けれどその好きさを弾《だん》火《か》源《げん》のハーディと比べるたびに、自分がしているのは未だに子供時代の戦争ごっこの延長に過ぎないのではないかと考えてしまう。

ハーディは勝利や圧倒という結果を好んでいるのではなく、本質的に、戦争そのものを愛しているのかもしれなかった。赴いたことのない未知の戦場の空気すら理解し、揺らぐことなく決断できるのは、何よりも深い愛故ではないのか。

（下の連中の士気は、むしろ上がってるくらいだ。改革派に代わって自分達が黄都《こうと》を防衛するって息巻いてる――けれど結果は、本命の戦争の前に戦力を損耗するだけじゃないか？　敢《あ》えて眼前の不利を取るだけの理由が、ハーディ閣下にはあるのかな……）

そのために犠牲が出るのは自分達の部隊だ。それと引き換えに得られる何かをツツリは考えようとした。自分達以上の価値を持つ、何か。

（……おいおい。今更考えることじゃないって）

小さく、一人で笑う。

冬《ふゆ》のルクノカを目にしてしまったあの日から、何かが妙だ。

自分に欠落しているものや、届かないものにばかり思いを馳《は》せてしまう。軍人としての任務に徹し、くだらないことを考えないことこそが、ツツリの強みであったはずなのに。

顔を上げると、作業灯が等間隔に並んだ道をふらふらと歩いてくる人影が見えた。白衣を着た、ぼさぼさの髪の若い男。国防研究院の魔王自称者だった。

「ユーキス先生。東側の作業は終わった？」

「アッ！　ツツリ殿！」

地群《ちぐん》のユーキスは、不必要に飛び跳ねた。

「寒いです！　ヒーッ！　筋肉の不随意運動による体温調節が止まりません！　なんで他の人達は全員平気なんでしょうかね!?　寒すぎます！」

「全員寒いよ。わざわざ喚《わめ》き散らしてるのはユーキス先生だけだ。その調子じゃ、頼んでいた作業の方は終わった感じ？　火を焚いてるとこで休憩したいんでしょ」

「さすがツツリ殿、理解が早い！」

「駄目に決まってるじゃん。北側に向かってもらう」

「ヒィーッ!?」

のけぞらんばかりに絶叫するユーキスの反応はもはや芝居を疑われそうなほどだが、この男は実際にそのような奇人である。

ハーディの軍事的統制の外にあるこうした面倒な手合いを適切に宥《なだ》め、運用することも、ツツリに与えられた多くの役割の一つだった。

「……ま、ちょっとならいいか。作戦に使う兵器の質問にちょっとだけ答えててくれない？　その間くらいは火にあたっていいよ」

「さすがツツリ殿、技術的関心がお高い！」

「あ、他の奴が報告に来たらそっちの方優先して聞くから。頼むよ」

「ヒヒ！　それでは失礼します」

いそいそとツツリの傍に寄ったユーキスが、焚き火の炎に照らされる。その白衣の裾の内側からは、なにか薄黄色をした粘性のものが滴っていた。

「うわっ汚いなあ。何それ？」

「アッ失礼しました！　これはですねえ！　鳥糞《ふん》の発酵熱を活用して服の中を温めておりまして！　分解速度に極めて優れた新しい菌を私が開発したのですが……なぜか不評なんですよね！　ツツリ殿も是非おひとついかがですか」

「不評なのは普通に汚らしいからだと思うな。兵器の方の話をしていい？」

「資源持続可能な大変素晴らしい発明なのですが……まあ、今回の対ルクノカ兵器も素晴らしい発明であることは疑問の余地なし！　ツツリ殿。竜《ドラゴン》を殺すにあたり、最大の障害となる特性はなんだと思いますか？」

「空を飛ぶ」

ツツリは迷いなく即答した。

「――竜《ドラゴン》の特性は何もかも無敵で手がつけられないけど、あたしらみたいな軍人に一番を言わせるなら、飛行だ。常にこちらの射程外から戦場を把握することができて、しかも戦線のどこにでも自由に降り立って強襲できる……理論上の飛行機でもまず不可能な芸当を、連中は種族の特性として軽々とやる」

「確かに確かに！　戦術的観点としては一理ある意見です。私としても異を唱えるつもりはありませんが……ならば！　鳥竜《ワイバーン》も飛行するのは同様ではないでしょうか……!?」

　ユーキスはわざわざ両手をバタバタと動かし、羽ばたくような身振りをしてみせた。

「まあね。先生の言う通り、鳥竜《ワイバーン》が相手なら人族《じんぞく》だってどうにかやり合えるよ。並の鳥竜《ワイバーン》は、結局のところ攻撃のためには自分も高度を下げる必要があるわけだから、弓や銃で撃ち落とすこともできる……」

　鳥竜《ワイバーン》の基本的な攻撃手段は、爪だ。自身が多彩な遠距離攻撃の手段を備えていた星馳《ほしは》せアルスや、連携しての空襲や情報収集を行うリチア鳥竜《ワイバーン》軍が恐るべき敵だった理由は、彼らがそうした尋常の戦術を凌駕した鳥竜《ワイバーン》であったからだ。

「でも、竜《ドラゴン》は降りてきたところで撃ち落とすこともできない。だから本当に脅威となる特性は竜鱗――って先生は言いたいわけだ」

「アアーッ先に言われてしまいました！　その通りです！　すなわち私の細菌兵器は、その竜鱗を突破するための兵器なのですね！　竜鱗に保護されていない眼球や呼吸器、消化器の粘膜！　それらの部位から直接的に致死的毒素を送り込む発想をしています！」

「目に見えない生き物を媒介にしているだけで、実質的には気化毒攻撃に近い発想だね。でも大丈夫？　生き物ってことは急激な環境変化には弱いはずだけど」

「ヒヒヒ！　今回の細菌兵器は私の可愛《かわい》すぎるネクテジオが作り出した新種でしてね！　低温環境下での活動は問題なく可能です。いやあ～すごいッ！　もっともいくら低温に強くとも、冬《ふゆ》のルクノカの息《ブレス》が直撃すれば死滅してしまうことは確かですが……竜の息《ドラゴンブレス》が発動する時、絶対に安全な場所はご存知でしょう？」

詞術《しじゅつ》の焦点の反対側——と、冬《ふゆ》のルクノカの息《ブレス》を知らぬ者ならば答えるだろう。それは完全な誤りだ。第二試合の戦闘がそれを証明している。

ユーキスは背中を丸めた姿勢のまま、自らの喉を指で叩いた。

「竜《ドラゴン》自身の体内です」

冬《ふゆ》のルクノカは、全身を覆う水晶の如く輝く竜鱗とその非生物的な美しさのために、まるで彼女自身が超低温の氷の化身であるかのように見える。

だが実際には、竜《ドラゴン》もまた肉と血液を持つ一個の生物に過ぎない。

「冬《ふゆ》のルクノカの息《ブレス》が空気中の気体分子全てを凍結させ、瞬間的な真空状態すら作り出すのだとしても、ルクノカの呼吸器内だけは……少なくともその瞬間、生命活動を維持できる程度の空気が残っているはずなのですよ。それだけの僅かな空気と温度、そして水分があれば、ネクテジオの細菌兵器は問題なく活動を持続します。ごく微量を取り込んだだけであったとしても、ルクノカ自身の体内環境で増殖を続けます。そして複数種の有毒物質によって、まずは神経細胞の麻痺。徐々に筋肉をはじめとした蛋白質《たんぱくしつ》を溶解させ……確実に、死に至らしめます」

「……」

地群《ちぐん》のユーキスは、軸《じく》のキヤズナやさざめきのヴィガのように黄都《こうと》に対して明確な意思で敵対した記録がある魔王自称者ではない。辺境で無軌道な細菌実験を繰り返していたこの男がどのようにしてイリオルデの目に留まり、そして国防研究院へと参入したのか、その経緯もツツリは詳しく知らされていない。そんな過去を知らずに見れば、単なる奇人のようにすら見える。

しかしその異常な言動の裏に隠れた悪意は極めて凶暴で、現実的なものだ。

「その細菌兵器を散布する地雷が全部で二百四十一。あたしが質問したいのは、この毒が粘獣《ウーズ》にも効くかどうかなんだけどさ。どう思う？」

「アァ～粘獣《ウーズ》……申し訳ありません！　いただいた仕様にはそのような要求はなかったもので！　粘獣《ウーズ》への有効性はほぼないと断言してよいでしょう！　体内に取り込まれはするでしょうが……生物種によって体液にも酸性度の差異というものが存在するのですね！　適切な条件でなければ毒素を産出できませんので！　アッもちろん細菌兵器の場合、標的以外には無毒であるほうがむしろ高性能なのですがね！　お分かりでしょうか⁉」

「そりゃ、人族《じんぞく》にも効く毒だったらあたしの部隊が作戦行動できない。効かないほうがいいんだ。――できればサイアノプには、ルクノカの注意を引きつけていてもらいたい。ほんの瞬《まばた》き程度の間だって、ルクノカと戦って時間を稼げる要素は多いほうがいいもんね」

冬《ふゆ》のルクノカは最強種の中で、さらに最強たる個体だ。

ツツリが知る限りの強者を束にしてぶつけたとて、本来ならば瞬きの間すら生きてはいられないだろう。しかし六合上覧《りくごうじょうらん》の勇者候補であるならば、可能性があるかもしれない。

星馳《ほしは》せアルスは、あと一歩で冬《ふゆ》のルクノカを仕留められるはずだった。〝最初の一行〟を打ち倒した無尽無流《むじんむりゅう》のサイアノプであれば、それなりの時間を生き延びるだろう――魔王自称者アルスを引きつけ続けた音斬《おとぎ》りシャルクのように、自らは挑発と逃げに徹し、少しでも長く囮《おとり》を担ってくれるなら、ツツリ達の勝算は飛躍的に大きくなる。それを期待している。

「エエーッ!?　しかしネクテジオの細菌兵器は絶対確実！　極めて合理的に冬《ふゆ》のルクノカを抹殺できる手段を開発したのですが、信用されていないのですか!?」

「っはは、信用してないね……」

ツツリは半笑いで答える。

「ああ、ユーキス先生の技術は本物だってことはあたしも分かってるよ？　でも冬《ふゆ》のルクノカの強さはなんというか……そういう次元じゃないってことも分かるんだよ。そういう奴を殺すつもりならさ、必殺の手段を三つも四つも用意しておくくらいがちょうどいい。先生の細菌兵器が他の連中の手段を助けるかもしれないし、逆に最後のひと押しになるかもしれない。最終的に殺すためならなんだってやるのが、あたしの仕事だからね」

「はァ〜お話は分かりますがやはり悲しい……ツツリ殿からの信頼感……」

「ユーキス先生、服燃えてるよ」

「ヒィヤアッ!?　火に近すぎました！　輻射熱《ふくしゃねつ》による発火！」

ユーキスはゴロゴロと地面に転がり、霜《しも》にまみれはじめた。暖を取るために休憩していたというのに、これでは本末転倒だっただろう。ツツリは苦笑する。

「イヤァーッ冷たい！」

「……落ち着いたら次の現場を見に行きなよ。どうせ今晩中には全部回るんだから、早めにやっちゃったほうがいいでしょ」

ユーキスをその場に置いて、焚き火の傍を離れる。報告に来た兵をやや待たせてしまっていたが、会話に割り込まずに待っているということは、さして大きな報告でもなかろう。

「で、どうしたの？」

「あの……ツツリ様との面会を希望する方が参られました」

「いや会うわけないでしょ。何そいつ、ハーディ閣下やイリオルデの爺《じい》さんの使いなの？　そうだとしてもさ、こんな時間にマリ荒野まで来る奴がまともなわけないんだから。指示されなくても確保して尋問くらいしておいてよ？」

「それが……第十将のクウェル様です。明日の第九試合の段取りについて、もしかするとツツリ様と打ち合わせることがあったのではと……」

「あー……」

確かに、二十九官が相手では一兵卒の判断で拘束することはできないだろう。

ツツリは頭を掻《か》いた。

（アクロムドの一件は勘付かれてもおかしくないと思ってたけど……まったく、本当にマリ荒野くんだりまで抗議しにくるなんてな）

彙《たぐい》のアクロムドを用いてクウェルをイリオルデ陣営の支配下に置く作戦があったことは知っている。第九試合での実戦運用に向けた国防研究院の試験の一環でもあったのだろうが、どうにも強引な手だ。大規模な行動を目の前にしたせいか、誰も彼もが好き勝手をしはじめている――もしかしたらそれは、ツツリ自身も含めてなのかもしれないが。

「やはり帰っていただきますか？」

「いいや、あたしが行くよ。クウェルちゃんが相手なら、話すだけ話してみるか……」

こうした面倒な手合いへの応対が、紫紺《しこん》の泡《あわ》のツツリに与えられた役割の一つだ。

どちらにせよ、やることが変わるわけではない。

◆

蠟花《ろうか》のクウェルは仮設テント内の簡素な椅子に、両手を膝の上で握り込んで座っていた。

長い前髪の隙間から見える目は子供のように大きく、闇夜では爛々《らんらん》と銀色に輝いて見える。

「よっ、クウェルちゃん」

入室したツツリは、努めて気さくな笑顔で彼女に呼びかける。クウェルは何事かをぼそぼそと答え、ごく小さな会釈を返したようだった。

「わざわざどうしたの？　寒いでしょここ。作業員に出してるスープでも持ってこようか？」

「……ツツリさん」

クウェルは俯いたままだったが、上目でツツリを、そして闇夜で動き続ける無数の光を見た。

彼女自身もこの追求に怯えているのか、言葉を続ける前に、小さく息を吸う。

「何を……するつもりだったんですか」

「何って」

そして信じ難《がた》いことを言った。

「それはっ、不正じゃないんですか……」

（おいおい）

――まさか、今更そんなことを言われるとは思ってもいなかった。

クウェルがこの場に来る理由があるとすれば、彙《たぐい》のアクロムドの件しかないはずだ。場合によってはサイアノプを伴って追求に来る可能性すら考えていたが……

「いやあのさ。クウェルちゃん。マジで今更だぞ。そういうこと言ってる場合か？　落ち着いて考えなって。星馳《ほしは》せアルスの時と同じだよ。冬《ふゆ》のルクノカを、倒さなきゃいけないんだ。黄都《こうと》の皆で。不正がどうとかっていう話じゃない」

「考えてます。皆にバカにされますけど……わ、私は……いつだって考えてます。あのアクロムドって人を送り込んだのは……あ、あなた達ですよね？」

クウェルは、弱々しく抗議をした。見かけだけではなく、この娘は本当に気が弱い。ただ武力だけが不自然に強く、そうして二十九官にまで成り上がった血人《ダンピール》だ。こと戦場において、他の能力を期待されたことはほとんどないと言ってよかった。

「何の話をしてるのか分かんないな。第九試合の話をしにきたんじゃないのか？」

「冬《ふゆ》の……ルクノカを、いつか倒さなきゃいけないことは、わ、分かっています。けれど！　し、試合……試合なんです！　ルクノカはこれを、真剣な試合だと思って、明日来るんです！」

「試合だよ。六合上覧《りくごうじょうらん》は力比べだとか、運動競技じゃない。冬《ふゆ》のルクノカみたいなのと戦うためには、人間《ミニア》は頭を使わなきゃいけない。それも含めて負けたなら、あたし達だって潔く負けを認めるよ。なんで戦う前から、強い方のやり方に弱い方が合わせなきゃいけないの？」

「そう……ですよね。みんな、そう言います。ツツリさんだけじゃない……ロスクレイさんも、他の二十九官も、みんな……敵を騙《だま》して、言葉や規則で陥れて、それが人間《ミニア》の賢さで、本当の強さなんだって……弱い人間《ミニア》はそうやって戦うしかないって……」

クウェルの、前髪越しの大きな瞳がツツリを見る。

いつも以上に憂いを帯びた、悲しげな瞳のように見えた。

「──どうして、強くなろうとしないんですか？」

「なんだって？」

「……わ、私、思うんです。人間《ミニア》は……もしかしたら生まれながらに、山人《ドワーフ》や、大鬼《オーガ》や、竜《ドラゴン》に、強さで劣っているのかもしれないです。けれど、皆、自分の弱さを克服することを諦めてしまって……そ、それなのに勝っていたいと思うから、相手より卑しくて、相手より酷《むご》たらしい方が勝つんだって……そ、そうやって、強さの意味をすり替えて……！　敵のことだけじゃない……じ、自分のことまで、ずっと騙しているんじゃないんですか⁉」

ひどく臆病で口下手なクウェルが、ここまで饒舌《じょうぜつ》に何かを話す姿を、ツツリは初めて見た。

きっと彼女は、ずっと不満を抱き続けていたのだ。六合上覧《りくごうじょうらん》の規則が決まった時から。ロスクレイという人工英雄が作られた時から。人間《ミニア》という種族の、強さのあり方そのものに。

「本当の強さは、そうじゃない！　どうして、あなた達は……命を懸けて戦うサイアノプさんに、冬《ふゆ》のルクノカに……英雄達に、敬意を払えないんですか!?　強くあるということは、強くなったということは、あなた達が思うよりもずっと……ずっと尊いものなのに！」

「ここでルクノカを負けさせないと、サイアノプが死ぬんだぞ！」

ツツリは机を叩いた。激情に駆られての行為ではなく、クウェルを萎縮させるための、見せかけの威嚇だ――そうあるべきだと、理性で思っている。

「クウェルちゃんが言ってるのはさ、動物の理屈だよ！　力比べで勝てない化物が出てきたら、弱い奴は黙って負けろってのか!?　戦えない奴らを何百万人と抱えて、そいつらが全員強くなるまで化物は待ってくれるのか!?　どんなにクズみたいな手だろうが、今、勝たなきゃいけないんだよ！　どーして分かってくれないかな……！　全員が生き残れるようにするための話なんだ！　あたし達だってサイアノプを無駄死にさせたいわけじゃない！」

「サイアノプさんは死んだりしない！」

クウェルは叫んだ。

「サイアノプさんは、勝ちます！　冬《ふゆ》のルクノカなんかに負けたりしない！　だ、だから、私は……何も細工なんかさせません！　サイアノプさんを負けさせる仕掛けも、勝たせる仕掛けも……！　ツツリさん！　全部撤去して、この場を去ってください！　すぐに！」

「はは。あたしの責任なのかな？　こーいうくだらないことで決裂するって……」

ツツリは立ち上がった。クウェルも、床の長柄《ながえ》戦斧を取る。

通した時点で武器を取り上げなかったのか――と舌打ちの一つもしたくなったが、仮にそうしていたら、その時点で激しい抵抗があったことは想像に難くない。そもそも、一部の護衛を除いた下の連中はクウェル襲撃に関する謀略について何も知らなかった。

クウェルが斧を大上段に振り上げている。気づいた時にはそうなっていた。

銀色の旋風が、机を縦に走った。堅木の机が両断された。

寸前で左側に逃れたツツリは、隣の椅子を巻き込んで盛大に倒れた。腰をひどく打つ。その激痛が脳に伝わるほどの時間も経っていない。

（躊躇なく、斬りやがった……！）

いや。本当にツツリを殺すつもりだったのなら、今の一撃で殺されていた。クウェルは、ツツリが寸前で避けられる程度の速度で斬り下ろしたのだ。

無理な回避をさせて、体勢を崩すことそのものが目的だ。机が一撃で割られたために、逃げ隠れできそうな遮蔽物がない。彼女はツツリを人質にして交渉を通すつもりでいる。

ツツリの思考とほぼ同時、テントの外から銃声が連なって響いた。

一発が戦斧に当たって弾かれている。残りは外れた。

「——外から。私の影を、狙わせていたんでしょう」

クウェルの視線が、倒れ込んだツツリの視線の高さと合っている。大きく足を開き、ほぼ床に接地するような、低い姿勢だった。

万一の事態ためにテント外に護衛を配置していたが、クウェルもそれを読み切っていた。初撃から銃撃戦を意識した動きをしている。

同時に、三名の護衛がテント内に突入した。短槍を構え、殺到する。

「……っ！」

クウェルは、槍に向かって逆に踏み込んだ。

踏み込みながら、細かく二段、重心を落とした。刃が確かにクウェルの肩に命中するが、肩の骨の丸みで弾いて逸らす。裂傷すら残さぬ、極めて精密な身体操作だった。

間合いの変化に兵士が対応しようとした時には、クウェルは戦斧から手を離している。

一瞬、兵士の胴へとその両腕を絡ませ、走り抜けた時には、他の二人をも薙ぎ倒している。

「や、あっ！」

〝彼方《かなた》〟のレスリングでいう、胴タックルに近い技であった。異なるのは、地面に押し倒すことが目的の技ではなく、両腕で胴体を捉えた瞬間に指の力で背骨を砕いていること。そのまま引き倒した兵士の体を、隣接する兵士の足元へと投げ倒したこと。そうして体勢を崩した直後、打撃だけで兵士二人の意識を刈り取ったこと。

生来の身体能力と、無尽無流《むじんむりゅう》のサイアノプから受け継いだ〝彼方《かなた》〟の技。

最初の踏み込みも、第一試合でサイアノプが用いたという〝無足の法〟であったかもしれない。

いずれにせよ、ツツリの目ではその速度を正確に目視できていた気はしない。

「……っはは。クウェルちゃん」

乾いた笑いが漏れる。ツツリは、転がってきた短槍を辛うじて掴んだ。

武器があれば勝てるのだろうか？　策謀があれば？

「やっぱり化物だよ」

黄都《こうと》は表向き、人族《じんぞく》の権利平等を掲げてこそいる。しかし黄都《こうと》二十九官には、人間《ミニア》しかいない。……蠟花《ろうか》のクウェル以外は。

クウェルは戦斧を拾い、倒れたままのツツリへと突きつけた。

人ならぬ、銀色に輝く瞳がツツリを見下ろしている――

「……ツツリさん。不正から手を引いてください」

「あ、あたしも……最後に、警告するよ。クウェルちゃんがこれ以上やるつもりなら、本当に酷いことをしなきゃいけなくなる……」

ツツリが時間を稼いだところで、テント外からの銃撃はない。この状況で影だけを頼りに撃てばツツリに流れ弾が当たる可能性は極めて高いし、テント内に踏み込んだところでさっきの部隊の二の舞いにしかならない。……つまり、もっと確実な応援を呼んでいる頃だ。

「つ、ツツリさんも……！」

クウェルが、倒れたツツリの襟首を掴んで持ち上げる。

自分より若い女の、細い腕だ。けれど力では敵《かな》わない。

「ツツリさんも……ッ、自分が間違っているって、分かってるんでしょう！」

銀色の目が、真正面からツツリを見ている。

（……分からないよ）

正々堂々と戦って勝つ。

誰だって、そうできればいいに決まっている。

けれどそんなことは、生まれながらに強い化物だけに許された、贅沢《ぜいたく》だ。

黄都《こうと》第二十一将、紫紺《しこん》の泡《あわ》のツツリ。彼女は武官だが、自分の体で殺し合いをしたことは数えるほどしかない。筋肉の薄い体は、まったく見た目通りだ。武器の扱いに長《た》けてもいない。

「クウェルちゃん。あたしさ。やるって言ったら、マジでやる人なんだよね……」

「すみません、ツツリさん。あなたを人質にします」

「……だから……小細工とかは、抜きにしよう。クウェルちゃんの望み通り……正々堂々、一対一で……勝負してもらう……」

「……？」

ツツリを摑んだままのクウェルが訝《いぶか》しんだのが分かった。

まるで勝ち目のない勝負を申し出たかのように見えたのだろう。

けれど、その勝負をツツリがするとは言っていない。

いつの間にか、ひょろ長い背丈を屈《かが》めてテントの入り口を潜ってきた、初老の男がいた。

「私の出番かな、ツツリ君。今日は休めると思っていたのだけどね……」

「……！」

「はは。これでいいよね？　クウェルちゃんの望み通り、正々堂々、一対一だ……」

鎹《かすがい》のヒドウ。さざめきのヴィガ。

ロスクレイ陣営から引き抜かれていた人材は、彼らだけではない。

元よりその男は、一切の忠誠と信念を喪失した、破綻者だ。

学者然とした丸い眼鏡が、クウェルを見た。

「ふむ。――容易い」

〝最初の一行〟。名を星図《せいず》のロムゾという。

◆

――いつか、〝最初の一行〟と旅をしていた頃の話だ。

粘獣《ウーズ》に眠りはあるのか、と問われたことがある。

その時のサイアノプは、あると答えた。少なくともサイアノプの自覚として『眠る』ことは何度も経験していたし、当然のように、それは他の人族《じんぞく》と同じ感覚だとも思っていた。

しかしアレナやロムゾの話によれば、彼らの眠りはどうやら異なるらしい。

彼らの睡眠は、脳という神経細胞の器官を休息させるために行われると考えられているもので、明確な神経細胞を持たないサイアノプの眠りは、完全に意識を喪失しているわけではないのだと。

「例えばサイアノプ。君が寝ている時に、すぐ近くを何か動くものが横切ったとしたらどうだろう。すぐに覚醒して反応できるのではないかな」

ロムゾはそう指摘した。中央王国と北方王国の境にある街道での会話だった。

「それは、もちろんそうだけど……」

「多くの人族《じんぞく》はそれができない。完全に意識がないということだね」

「ええっ⁉　むしろ、そんなことってできるのかな。体の機能は問題ないのに、感覚能力だけを急になくせるなんて、不自然すぎる。いくら体を休ませるためでも、その間に敵に襲われて死んじゃったら終わりじゃないか」

「ふむ。どうしてだろうね。王国で勉強していた頃は、睡眠がなぜ必要なのか、本当ははっきり分かっていない――と聞いたこともある」

「分かってないことなのに、毎晩のように無防備になるなんて。粘獣《ウーズ》より非合理だ」

蜘獣《タランチュラ》や根獣《マンドレイク》とは違い、粘獣《ウーズ》や混獣《キメラ》のような、尋常の生物の形態から大きく外れた獣族《じゅうぞく》は、実は極めて不自然な生命体であるらしい。

一部では、遠い昔の魔王自称者が生成した魔族《まぞく》が自ら子孫を残せるようになり、野生に定着した生物なのだという説すら唱えられている。

多くの粘獣《ウーズ》はそれを知らないまま終わる。尋常の生物の系統から外れているから、獣の本能を理解しない者すらいる。サイアノプ自身、ロムゾ達と旅をしなければ知る由《よし》もなかっただろう。

「ロムゾは……眠ってる時、何を思ってるの？　感覚を喪失しているってことは……ずっと暗いままで、いつ起きるのかってことだけ決められるのかな」

「ふむ。私が眠る時は、何も考えていないね」

「嘘だあ」

いかにも理知的で誠実そうに見えるロムゾも、たまに他の仲間をからかうことがあった。その時もそうなのかもしれないと、サイアノプは思った。

「寝てるのに顔の近くを飛んでた羽虫を指で捕まえてたでしょ。一回見たことある」

「よく観察しているなあ。けれどあれは、実は完全には眠っていないからできることでね。私の場合は、睡眠の時に脳の一部だけを起こしたままにしている。そう容易くはない技術だから、アレナ君くらいの才能でも一年くらい練習が必要じゃないかな。もうちょっとかかるかな」

「そんな。ロムゾみたいな達人でも、眠りには勝てないの？」

「ふむ。そうだね」

ロムゾは、いつものように朴訥《ぼくとつ》とした口調で答えた。

あまりにも当然のように答えるその様に、サイアノプは計り知れないものを感じてしまう。

ロムゾやアレナほどの者でも勝つ見込みのない、考える力を奪う概念は、サイアノプの目からはあまりにも強大に思える。それが全ての人族《じんぞく》に例外なく襲いかかっているのだから、〝本物の魔王〟と同じくらいそれを倒すべきだと思うのに、彼は眠りに勝てないことをまるで平気で受け入れていて、むしろ好ましいとすら感じているように見える。

なぜなのだろう。

「私が言いたいのはね、サイアノプ。君は粘獣《ウーズ》の力が劣っていると考えているかもしれないが、実は生まれながらに、ある種の技術を極めた者だけができるようなことを成し遂げているということだよ。君だけでなく、心持たぬ獣の一部もそうだ。動物にも植物にも、それぞれ秀でた能力があって、人族《じんぞく》の常識では想像も及ばないような可能性がある——」

「えへへ。そうなのかな」

サイアノプは素直に照れた。

ロムゾ達が旅するのは、当然のことだがいつも人族《じんぞく》の街だ。脆弱で愚かな粘獣《ウーズ》という種族であるというだけで見下されることも少なくはなかったが、彼らがサイアノプの不当な扱いを見過ごしたことは決してなかったし、対等な仲間として扱ってくれることはとても嬉しかった。

「ロムゾ。僕はどうすれば人族《じんぞく》みたいに眠れると思う？　そういう不思議な感覚を体験すれば、もっと人族《じんぞく》の気持ちが分かるようになるんじゃないかって思う」

「そうだね。それは私達が粘獣《ウーズ》のように眠る方法を考えるようなものだけれど……一つだけ、容易い方法はある」

人差し指を立てて、ロムゾは冗談めかして笑った。

「死ぬことだ。死と眠りは、本当に似ているんだよ。彼岸《ひがん》のネフトとまた会うことがあれば、方法を聞いてみてもいいかもしれないなあ」

「怖いこと言わないでよ」

けれどいつか、本当に聞いてみるのもいいかもしれない。

サイアノプは、少し愉快な気持ちになった。


「……」

過去の記憶から『目覚め』たサイアノプは、窓の外に広がる星空を見た。

粘獣《ウーズ》もやはり休眠中に過去の記憶の感覚が入り交じるような夢を見ることがあったが、それが単に記憶を思い出しているだけなのか、それとも詞術《しじゅつ》持つ心に起因する何らかの作用であるかは、人族《じんぞく》以上に未知の事柄だろう。

（……ロムゾ。僕はあれから、何度か眠ったことがあるよ）

砂の迷宮で最初に魔書を読んでしまった時に味わった、時間が切り取られてしまったかのような意識の断絶は、ひどく恐ろしい感覚だった。

二十年以上の月日で潜り抜けてきた激烈な鍛錬や戦闘の中で、意識を失うほどの重傷を負ったこともある。尋常の粘獣《ウーズ》はそうなれば死んでいくしかないので、その喪失の感覚を味わった上で生きているような個体は、恐らくサイアノプくらいしかいないだろう。

そして彼岸《ひがん》のネフトやおぞましきトロアとの戦いでは、本当の死をも垣間見ることができた。

（どれもロムゾが言っていたような穏やかな眠りとは程遠いものだった。ネフトがどうして死と友達になれたのか、僕は今でも分からないままだ――）

明日には、ついに分かるのかもしれない。

無尽無流《むじんむりゅう》のサイアノプは冬《ふゆ》のルクノカと戦う。

〝最初の一行〟と旅をする中で、あるいは砂の迷宮で過ごしていた時代もずっと、恐ろしい死線を目の前にするたび、サイアノプはあの時の他愛のない眠りの話を思い出した。

かつてのサイアノプは、人族《じんぞく》にとっての眠りをひどく恐ろしいものだと捉えていたが、今となっては、やはりそうではないのかもしれないと思う。

彼らは、生まれながらに死を練習している。

だから粘獣《ウーズ》と違って危機を恐れない。最後の瞬間を美しく迎えることができる。

サイアノプが生まれながらに達人の技を身につけていることと同じように、眠りがあるからこそ人族《じんぞく》は真に強くなれるのではないか。

(ならば、冬《ふゆ》のルクノカは眠るのだろうか)

もしかしたら、本当に聞いてみるのもいいかもしれない。

戦いの果てには、いつか穏やかな眠りが訪れるのだろうか。

◆

呼吸を整えようとする音。間合いを離し、あるいは詰めようと踏み出す音。

夜のマリ荒野の凍土に反響する戦闘音を、ツツリは他人事《ひとごと》のように見つめている。

事実それは、他人事でしかなくなっているのかもしれない。

「ああ……っ、あっ!」

蠟花《ろうか》のクウェルが、巨大な長柄戦斧を振り下ろす。美しい軌道だ。掠っただけでも、腕の一本や二本は切断できるはずだ、とツツリは思う。

「ふむ。悪くない」

しかしそんな斬撃も、無手の達人たる星図《せいず》のロムゾに当たることはない。

今の一撃だけではない。先程からずっとそうだ。

むしろ学者めいた風貌とすら言える、丸眼鏡の穏やかな老人は、吹き荒れる斬撃の銀の嵐の中で、ほとんど動いていないかのように見える。

実際には動いているのだろう。半歩よりも短いごく僅かな距離を離し、近付き、あるいは軸をずらすだけで、クウェルの必殺の斬撃は躱されている。振り下ろされる刃に手の平をそっと横から添えただけに見えても、その足取りはもつれ、平衡が乱れて、体力を消耗していく。

「……っ」

「すごく昔の話になるけど……弟子に重たい武器を教えたことがなくてね」

朴訥とした口調で喋りながら、今度は無造作に距離を詰めていく。

見えない間合いに押しのけられるかのようにクウェルは下がってしまい、反撃を繰り出すことができていない。

達人の技術は、常人の目からは不可解ですらある。打つまでもなく、自らの攻撃を意識させる。敵がその攻撃に対する応手を思考した時には、更にその手を迎え撃てるよう重心を移動している。選択肢そのものを次々と封殺して、ただ下がることしかできないようにする。

「難しいからだ。重く強力な武器ほど、正しく振り回さないと反動で自分自身を痛めてしまう。ちょっと干渉してやるだけでそうなることを知ってしまっていると、教えにくい。つまり私は今の足取りで、君の右肩と右膝を攻撃したわけだけど……。嫌なひねりがあったんじゃないかな」

淡々と、言葉でもクウェルを追い詰めていく。

彼女の長い前髪からは、この極寒の中にもかかわらず、苦痛の汗がポタポタと滴っている。

ツツリは大きく手を叩いた。

「ほら。頑張りなよ！　クウェルちゃん！」

冷酷に叫ぶ。不愉快だった。

――最初の銃撃を凌《しの》ぎ、突入した護衛を制圧した時点で、クウェルには十分な機会があったはずだ。人質として確保したツツリを、彼女はその場で殺すこともできた。

だが、現れたロムゾは躊躇の素振りもなく、捕らえられているツツリごとクウェルを襲った。

クウェルは咄嗟《とっさ》にツツリを捨てて応戦した。あの瞬間、彼女はそういう優先度をつけたのだ。

（……甘すぎる。それの何が強さだ）

星図《せいず》のロムゾが味方を迷わずに殺せる破綻者であると仮に知っていたとしても――この男は、同時に近接戦闘の達人でもあるのだ。人質ごと殺すような演技を見せて、逆に人質を解放させる程度の詭計《きけい》は巡らせるだろう。それくらいのことは想定すべきだ。

分かっているからこそ、ツツリは苛立っている。

あの時クウェルが手を離していなければ、きっとツツリは殺されていた。

「ほら休もうとするなよ！　クウェルちゃんが正々堂々やりたいって言ったんだからさあ」

「はぁ、はぁ……かはっ、あっ……」

「ふむ。呼吸をしたくなっているかな」

「いやだ……」

「いやだろうね」

「――ッ」

大地に、戦斧の刃が突き刺さった。

同時にクウェルは踏み込んでいた。兵士達の短槍の只中へと飛び込んできた先程と同じく、武器を捨て、死中に活を見出《みいだ》す瞬速の体当たりだった。サイアノプの〝無足の法〟。

「おっ、と」

パチン、という音があった。

先程まで地に立っていたはずのロムゾの体は、半回転して宙を舞っていた。まるでクウェルの猛烈な突進に跳ね飛ばされたような光景だったが、そうではない。

攻撃を仕掛けたクウェルの側がその場に崩れ落ちて、呻き声を上げている。

天地逆向きに落ちていくかと見えたロムゾは信じ難い柔軟性で開脚し、足から先に降りた。

激突の瞬間に何が起こったのかを説明できるのは、星図《せいず》のロムゾ当人だけだろう。

腿《もも》を狙った体当たりを、足の裏で迎撃した。クウェルの鎖骨を踏み台にして飛んだのだ。異常なほどの柔軟性と、それに相反する膝関節の固定が両立しなければあり得ない技だった。

脇に腕を差し込んだり、後ろに足を投げ出して押し潰すような、より効果的な対処を〝最初の一行〟のロムゾが知らぬはずがない。黄都《こうと》二十九官最強の女である蠟花《ろうか》のクウェルを相手に、曲芸じみた技を試している。

（――遊んでやがる）

「さて、どうだろう。君の鎖骨は完全に壊れた。けれど、まだ望みはあるかもしれない」

「うっ、う……うう、ううう……」

クウェルは泣いていた。泣きながら、赤子のようによろよろと後退していく。

痛みのためではなく、悔しさと情けなさで泣いているのだと分かった。

「両腕が塞がった状態でどう戦うか、というやり方を教えていたことがある。もちろん蹴りが主体になるのだけどね。長柄の武器があるなら、ちょうどいい。首と肩だけで使うこともできる……」

再び、無造作に距離を詰めはじめた。

血人《ダンピール》と人間《ミニア》の種族差すら覆す、あまりにも隔絶した戦闘技術。老いたりといえど、この男はネフトと同じ、イジックと同じ、サイアノプと同じ――〝最初の一行〟の一人なのだ。

「ふむ。普通の人間《ミニア》なら最初に軽くひねりを入れてやった時点で死んでしまってもおかしくなかったのだけどね。血人《ダンピール》だからなのか、鍛えているからか。もう少し見てみたいな」

「あのさあ、ロムゾ先生……」

声をかけようとして、ツツリは止めた。

ツツリの角度からはそれが見える。ロムゾが踏み込んでいくクウェルの体の陰には、先程地面に突き立てた戦斧がある。

(クウェルちゃんはもう腕が使えない)

ロムゾは蹴りを意識している。つい先程の言葉で、何を警戒しているかを自分で告げてしまっている。蹴りによる迎撃。首と肩を用いる武器術――

（だけど、足なら）

ロムゾが無防備にクウェルの眼前まで接近した瞬間。

クウェルは後方に一歩、足を踏み込んでいた。

突き刺さっている戦斧の刃とは逆側の先端。その柄を大地に押し込むように。

〝彼方《かなた》〟での名を〝震脚《しんきゃく》〟という。

前触れもなく跳ね上がった刃が、ロムゾの顎を――

「ふむ」

両断することはなかった。手首を交差して重ね、ロムゾは豪速の刃を防御していた。

いかなる作用で受けたというのか、命中点では手袋一枚が切断されただけであった。

「面白い策を考える。だけど教えてあげよう」

絶望的なまでの力量差は、策も、武器すらもねじ伏せる。

「通用しない策はね。浅知恵というんだ」

クウェルの左手の甲に親指の指撃が食い込む。

激痛の叫び。

「ひあっ、いっ」

「ふむ」

星図《せいず》のロムゾの技は人体の点穴を穿《うが》つ技だ。

一撃でもそれを受けてしまえば、戦い続けることなどできなくなる。

「さて。どれだけ耐えるか」

「あっ……」

「血人《ダンピール》の体で試すのは、私も初めてでね」

「あっ、ぐあっ、ああ、か、は――」

指を突き込まれるたび、クウェルの細い影は踊るように跳ねた。

呼吸が病人の如く荒く、断続的になっていく。自身の苦悶で靭帯《じんたい》が千切れる音。

やがて、座ってすらいられなくなる。寝ていることもできなくなる。

子供遊びの積み木が崩れるように、人体の平衡が壊れていく。

さらに一撃、一撃――

「……ッ、……！　……！」

「よし。終わった」

血人《ダンピール》の人体限界を確かめるかのような破壊行為の果てに、ロムゾはようやく手を止めた。

白兵戦において最強を誇った黄都《こうと》第十将クウェルは、筋肉も内臓も骨格も、全てを無残に蹂躙されて、凍土に転がっている。

ツツリは、終わりまでそれを眺めているだけだった。

「確かに血鬼《ヴァンパイア》に似ているが、やや感触が違うな。ツツリ君。ここからどうしよう」

「んー……どうしようね」

どうしようも何もないだろう、と心の中で思う。

「クウェルちゃんどう？　平気？」

ツツリはクウェルの目前にしゃがみ込んで、努めて軽薄に尋ねた。

彼女は弱者だ。自ら戦う力は持っていないし、指一本動かしてすらいない。

「あ……っ、あ……」

「――純粋な強さだけで……一対一で、正々堂々と戦うってことはさ、クウェルちゃん。結局、こういうことなんだよ。もっと強い奴に好き勝手されても、だーれも助けてくれない。なんにも覆らない。こういうのが、クウェルちゃんの言う本当の強さだったのかな？　……人間《ミニア》は獣じゃないんだ。人間《ミニア》らしく戦わなきゃな」

「……」

潤んだ、悲しげな瞳だけがツツリを見返した。

うんざりして溜息をつく。やっていられない。

「よーし、じゃあ話も済んだってことでいいかな！」

ツツリは強く手を叩いた。第九試合は翌日だ。他にやらなければならないことはいくらでもあった。弱者が強者を討つ以上、卑劣な仕掛けは、どれだけ備えても足りはしない。

「殺しといて。ロムゾ先生」

「まあ、いいだろう。まったく容易い」

「……う、うう」

蠟花《ろうか》のクウェルが、まるで布製のぬいぐるみのように、首の後ろを摑まれて持ち上げられる。

黄都《こうと》二十九官の中で、彼女ただ一人だけが、正しき真業《しんごう》を守ろうとしたのかもしれない。最強であることの純粋性を欲していたのかもしれない。

「い、いや……」

けれど、そんなものを信じている者は、彼女以外には誰一人としていなかった。

蠟花《ろうか》のクウェルは、子供のように泣き叫んだ。

「……いやだぁっ！　こ、こんな……こんな惨めに死にたくない！　うっ、あ……最後に見るのが、こ、こんな景色だなんていやだ！　わ、私、私が信じてきたのは、こんな暴力じゃなかった！　私は……死にたくない……！」

「っはは、いい命乞いだ」

ツツリは乾いたように笑った。最悪の命乞いだ。

微笑んで告げた。

「でも、最初に言ったよな？　……あたしはさ」

最初から、やるべきことは変わらない。

「やるって言ったらマジでやる人なんだよね。殺せ」

「いや……！」

ギチ、ミヂリ。という音とともに、クウェルの頭は肩の下まで折れた。

両腿がバタバタと暴れたが、死後の神経の反射に過ぎなかった。

木偶《でく》のように大地に投げ出されたその顔を見る。前髪の裏にある顔は、水に浸《つ》かったみたいにぐしゃぐしゃに濡れていた。全て涙だった。

「……よし」

ツツリは、その死に顔に向けて頷いてみせた。

これで、何も問題はない。

「クウェルちゃんの体は国防研究院に回して。大事にしてよー？　血人《ダンピール》一人分の骨髄で、ざっと二千人分の従鬼《コープス》治療薬ができるんだからさ」

すぐに、明るい声色で、護衛の兵士達に指示を下す。

そうして目の前から死体が運び出されてしまえば、不快な思いをすることもない。

何も考えることなく、軽薄で無責任な自分でいられる。

「さて。殺してしまって良かったかな。二十九官だが」

「大丈夫大丈夫。どっちにしろ、政権もこれから変わってくわけだからね。今の二十九官なんてごっそり整理しなきゃいけないんだよ。まだ多すぎるくらいじゃない？」

「ふむ。心配なのはサイアノプのことでね。クウェル君を殺してしまうと、彼の協力は取りつけられないんじゃないかな」

「もう試合前日だ。死体が発見されなきゃ、クウェルちゃんは行方《ゆくえ》不明にしかならないよ。サイアノプが試合開始に間に合うように黄都《こうと》を発つなら、出発前に病院で面会している時間なんてないんだ。知る機会なんか与えないさ」

サイアノプを利用する必要があるのは、冬《ふゆ》のルクノカとの戦闘のみだ。その後、彼が何らかの手段で真実を知ることになったのだとしても、その時には全ての状況が変わっているだろう。

「――クウェルちゃんには、どっちみち人知れず死んでもらわなきゃならなかった。血鬼《ヴァンパイア》の感染がこれだけ広まってるなら、政治的な切り札として従鬼治療薬《コープス》は絶対に必要になる。それに黄都《こうと》転覆の計画が先送りになったとしても……これでサイアノプの擁立者はいなくなった。でしょ？」

「ハーディ君が擁立している柳の剣《やなぎのつるぎ》のソウジロウが、不戦勝になるということだね」

「そーいうこと。あとはロスクレイをやっつければ決勝進出確定ってわけ」

続けるにしても、覆すにしても、殺して損はない存在だった。

蠟花《ろうか》のクウェルが死んだ理由は、結局のところ、ただそれだけのことでしかない。

恨みもないし、怒っていたわけでもない。ツツリはいつでも、淡々と仕事を遂行する。

「私の出番はそのロスクレイとの試合か。ロスクレイに勝った後は、私もこうするつもりかな？」

「まさか～。先生は勇者候補でも擁立者でもないでしょ？　そんなことする意味ないから。心配のしすぎだって！　それに今更、そんな心配する立場でもないでしょ」

この男は、ツツリを構わず殺そうとした。そんなことは承知の上だ。

ツツリは朗らかに笑って、ロムゾの背を叩いた。

「お互い、外道らしくいこうじゃない」

◆

第九試合は、六合上覧《りくごうじょうらん》第二回戦の口火を切る試合であった。

しかし試合場となるマリ荒野に、観客の姿はない。

それは本来、民の目に勝利の証を立てるべき真業《しんごう》の王城試合にはあってはならぬ状況だったが、あわや観客の全滅を招きかけた第二試合の結果と、直前のアルス襲来の事件を受け、黄都《こうと》はこの第九試合の観戦中止を決定した。

主に観戦権を取り扱っていた商人達からは反発の声も少なくなかったが、黄都《こうと》議会の二大派閥となったロスクレイ陣営とハーディ陣営の利害が第九試合内でのルクノカ討伐について一致している以上、異を唱える意見はいずれにせよ握り潰されていただろう。

他にも、些細な変更点があった。

試合の開始時間が、正午ではなく日没とされていたのである。

これは民にすら知らされていなかった。まずは黄都《こうと》議会から事前にサイアノプへと伝えられ、そして冬《ふゆ》のルクノカにはイガニア氷湖での交渉で伝えられた。

民や黄都《こうと》の勇者候補が正午の試合に間に合うようマリ荒野へと向かう場合、第二試合や第七試合がそうであったように前日からマリ荒野へと乗り入れる必要があるのだから、それを踏まえた変更点であると捉えれば、さほど異常なことではない。

しかし、この開始時刻も冬《ふゆ》のルクノカ討伐のために計画されていたものである。

第一の理由は、試合中のマリ荒野へと自ら向かおうとする自主的な観戦希望者や、試合の実情を探ろうとする反黄都《こうと》勢力に対処しきれなかった場合、そうした者が討伐作戦の現場を見ることのないようにするためである。彼らが目撃するのは正午の何もないマリ荒野のみで、本当の試合開始時間までに、ツツリ達の部隊がそうした者達に適当な説明を与えて追い返すか、あるいは何らかのかたちで処理を行う手筈《てはず》となっている。

第二の理由は、戦術的な有利のためだ。竜《ドラゴン》の夜間視力はやはり人族《じんぞく》と比べて遥かに高いが、それでも日中と比較すれば、対象の視認が困難になる点は同じだ。冬《ふゆ》のルクノカに大規模な攻勢を仕掛ける間、マリ荒野全域に展開した細かな部隊の存在を、可能な限り隠すためのものである。

広大なマリ荒野の各所には照明が灯されていて、対戦相手と戦う戦場を囲ってはいたが、それらもまた、闇の中の仕掛けを隠すための光に過ぎない。

そんな夕闇の大地へと、冬《ふゆ》のルクノカは降り立った。

「――やっぱり、ハルゲントはいないのね」

周囲を見渡して、小さな人間《ミニア》へと目を留めた。

ハルゲントとは随分違うように見えただろう。

「ああ、ええと……ごめんなさいね。あなたの名前は、なんと言ったかしら」

「第十八卿片割月《かたわれづき》のクエワイです」

クエワイは陰気な声で答えた。彼が第六将ハルゲントの代わりにルクノカの擁立者となっているのは、イガニア氷湖における交渉の成り行きだったが、いずれにせよ、この試合においてはハーディ陣営に属する二十九官がルクノカに与える情報を制御する必要がある。

「そう。そうだったわね。あなたにも期待しているのよ、クエワイ」

硝子球のようなルクノカの瞳が、矮小《わいしょう》なクエワイを見下ろしている。

一個の生物として、あまりにも大きく、そして美しい。

夕陽を照り返して輝くその白銀の鱗は、星馳《ほしは》せアルスの光の魔剣に灼かれた傷で、首元の部位だけが大きく削《そ》げ落ちていた。そこには赤黒く巨大な火傷の痕を残す、竜《ドラゴン》の肌が見える。

尾は中途で切断されていた。これも、星馳《ほしは》せアルスに負わされた傷である。

クエワイは、ハルゲントが挑んだ討伐作戦の話を思い出していた。

(燻《ふす》べのヴィケオンとは全く違う)

古く強大な竜《ドラゴン》ほど、傷や見苦しさを厭う。

最強種としての肥大化した自尊心が、完全性の欠けを許すことができないためだという。

冬《ふゆ》のルクノカはそうではない。

(――こんな傷を負っても恥じることがないのだろうか)

美しい体に醜く刻まれた死闘の傷は、まるでそこにあるべきでない、禁忌で、背徳的な何かのように見える。直視しようとしても、自ら目を逸らしてしまう。

それでもなお、冬《ふゆ》のルクノカは美しかった。

「次の相手の名前は、なんだったかしら。できれば覚えておきたいのだけど」

「無尽無流《むじんむりゅう》のサイアノプ。粘獣《ウーズ》の武闘家です。〝彼方《かなた》〟の格闘術を用います」

「本当に粘獣《ウーズ》なのかしら。どうやって戦うのかしら。ああ、楽しみ……きっと、星馳《ほしは》せアルスよりも強いのでしょうね」

——及ぶべくもない、というのがクエワイの認識である。

地上最強の存在たる冬《ふゆ》のルクノカを殺し合いの領域にまで追い詰め、その上で黄都《こうと》そのものすら脅かした厄災、星馳《ほしは》せアルスと比べるなら、他の勇者候補の大半は泡沫に過ぎぬ。

勿論、そうしたクエワイ個人の見解をルクノカに伝える理由はない。

「〝彼方《かなた》〟の技の使い手とも、何度か出会ったことがあったと思うわ。中には強い相手もいたかもしれないけど……ウッフフフ！」

何かを思い出したのか、上機嫌で笑う。

彼女が言っている〝彼方《かなた》〟の技の使い手とは、他でもない。〝客人《まろうど》〟のことだ。

世界の法則を逸脱し、秩序の破壊者として恐れられる〝客人《まろうど》〟すら——英雄殺しの伝説にとっては、そういうのもいたような気がする、という程度の存在に過ぎない。

「……。ご期待に水を差す話となってしまい申し訳ありませんが」

話しながら、クエワイは手元の計算儀を操作している。

イガニア氷湖でルクノカと話す時にも、クエワイはそうしていた。

数字に集中している時だけは、他のすべてを排除できる。恐怖せずにいられる。威圧されずにいられる。クエワイは交渉という分野ではおよそあらゆる人間《ミニア》に劣っていたが、ツツリにはないクエワイだけの強みがあるのだとしたら、その一点だった。

「以前お伝えした通り現在黄都《こうと》は巨大な災害に直面し十分な試合の場を整えることができません」

「あら、そうなの？　てっきりあなたと一緒にいた……ウフフフ、あの子が言っていただけの冗談なのだと思っていたのだけれど」

ルクノカは笑った。やはり冗談を言っていただけだと思っているのだろう。

だが、それで良かった。冬《ふゆ》のルクノカに本気の疑念の目を向けられたのなら、如何に無心の才覚を持つクエワイといえど、これ以上口を開くことはできなくなっていたはずだ。

「――お伝えした『災厄』がこのマリ荒野に現れるかもしれません。そのために中止された試合もあります」

「そう」

ルクノカは静かに答えた。

ただ、彼女の含み笑いに含まれる温度が、少しだけ低下したことも分かる。

実際のマリ荒野の有様を目の当たりにすれば、クエワイの言葉にある程度の真実味を感じることができるだろう。ルクノカの息《ブレス》による凍土化とは全く別の痕跡として、そこかしこに隕石の着弾痕のような破壊が深く穿たれ、その一部は地形を分断してさえいる。

それらは第七試合における地平咆《ちへいほう》メレの破壊であったが、第一回戦での黄都《こうと》の情勢について一切見聞きすることのなかったルクノカが、その真相を知る余地はない。

「それは」

ルクノカは、片方の翼で口元を隠すように笑った。

「――とても困るわ。どうにかして、サイアノプに戦わせてあげられないかしら」

「我々は規定通りに試合を始めることしかできません」

計算儀を回す。ここまで冬《ふゆ》のルクノカと会話できているのは驚異的なことだ。現実世界とは乖離《かいり》した意識で、他人事のように思う。

「試合場はあちらの照明で囲われた平地となります。日没と同時に花火が打ち上げられますのでそれを合図に戦闘を開始してください」

クエワイは現在立っている丘から、西の方角を示した。

大地を断裂する無数の裂け目が走り、さらにルクノカやメレによる破壊が刻まれたマリ荒野にあって、その一角は他からは一段低い盆地のような地形となっていて、中には比較的整然とした平地が残されていた。

試合場を装い、冬《ふゆ》のルクノカを包囲するために選定された地形である。

──六合上覧《りくごうじょうらん》の戦闘条件は、双方の合意によって決定される。

だがこの第九試合の全ては、ルクノカの意思も、サイアノプの意思も介在しない、純粋な軍事作戦として全てが進行しつつある。

ルクノカは、夢を見る少女のように、空の色を見つめていた。

「ねえ。夜が来るわ、クエワイ。楽しみね」

「……楽しみ？」

天を焼く炎のような金色が、天頂に向かうに従って青みを帯びていく。

帯のように薄い黄緑。暗青。そして深い星空の紺。

「また、きっと……とても素敵なことが起こるような気がするの」

◆

冬《ふゆ》のルクノカは試合場へと降りて、無尽無流《むじんむりゅう》のサイアノプを待った。

落陽の端は地平線に差し掛かっていたが、完全に没するまでには今少しの時間がある。

長きに渡《わた》り強者との戦闘だけを渇望してきたルクノカからすれば、その僅かな間だけ敵を待つことなど、苦のうちにも入らない。

風の音。砂の音。

試合開始を見ているはずの人間達《ミニア》の息遣いさえ、広大な空間の中に溶けてしまう。

マリ荒野の無の大地は、ただ静かだ。

「フフ……！　ウッフフフフフフ……」

その静寂の只中で、ルクノカは低く笑った。

何かがおかしくて仕方がない、といった笑いだった。

視線を流すようにして、斜め後方を見る。

「……ああ。困ったわ。私はサイアノプと戦うために来たのに」

「ルッ、グウッ」

おぞましい唸り声を発する何かが、忽然と現れていた——

冬《ふゆ》のルクノカにも匹敵する、黒い巨体だった。

そして、ルクノカに匹敵する姿をしていた。

それは、竜《ドラゴン》のような何かだった。

「ハルゲントからは……あなたは死んだと聞いていたのだけど」

「ルルルゥルル、シィィィイッ……」

「ウッフフフ……一体どうしてそんな風になってしまったのかしら？」

夕陽の逆光で蠢く幽魔《ゴースト》めいた影は、少なくとも、かつて竜《ドラゴン》であったことだけは確かだ。

だが、その動作は奇妙なほどに静かである。

黒い竜鱗がある。白濁した瞳がある。

接がれた翼と尾がある。

体の正中線を走る、不穏な一直線の傷跡がある。

旧知の竜《ドラゴン》の成れの果てを前にして、冬《ふゆ》のルクノカは艶然と笑った。

「――燻《ふす》べのヴィケオン」

竜《ドラゴン》にして、屍魔《レヴナント》。

◆

「私からすれば、アルスさんがヴィケオンさんの死体を放置していたことのほうが不思議なくらいですねえ。竜《ドラゴン》の死骸なんて、魔剣や魔具よりもよっぽど希少な素材なのに」

戦場を観測するツツリの隣に座って、長身の女――さざめきのヴィガは笑顔で言った。

「竜《ドラゴン》の屍魔《レヴナント》が王国を脅かした伝説って、今でもいくつか残っていますよね～？　あれって、多分本当にあった話だと思いすよ？」

「……正気じゃないよ」

ツツリは、溜息を吐《は》くように言った。

この兵器を投入する話が出た時から思っていたことだが、実際に目の当たりにして、これほど冒瀆《ぼうとく》的で非現実的な存在はないと、改めて感じる。

星馳《ほしは》せアルスに縦に両断されて死んだ伝説の黒竜が、つぎはぎになって蘇《よみがえ》っている。

兵器としての戦闘機能のみを備え、詞術《しじゅつ》を操る心すら持たない、純然たる怪物として。

「心配しなくても大丈夫ですよ」

さざめきのヴィガは常に微笑みを浮かべていて、目を細めても殆ど表情の変化がない。

「あの子がルクノカに勝ったとしても、寿命は半日しかありませんから。竜《ドラゴン》のあり余ってる生命維持能力を全部戦闘で使い切ってしまいますからね。ルクノカを殺すお仕事も、死ぬお仕事も、ちゃんとやってくれるようになっています」

「魔族《まぞく》の命に時間制限をつけるのを思いついた奴なんて……他に見たことないよ、ヴィガ先生」

「あら、そうなんですか～？　でも、便利だと思いません？」

星図《せいず》のロムゾもおぞましい外道だったが、このさざめきのヴィガに至っては、なぜこれまで平然とロスクレイ陣営に属していられたのかすら、ツツリには見当もつかない。

一つだけ確かなことは、この女が魔王自称者の中にあってすら異形の精神を持つ、生命の冒涜者だということだけだ。

彼女が国防研究院に寝返った理由は、研究だ。しかしそれは、地群《ちぐん》のユーキスのように、資金と支援の後ろ盾を求めてのことではない。これまで以上に自由な研究を求めてのことだった。

遠くで、黒い巨体が竜爪《りゅうそう》を振るった。

人間《ミニア》の目にはその初動すら見ることはできないが、閃光が走れば、そうと分かる。

冬《ふゆ》のルクノカも同じく前腕で迎撃しているが、屍魔《レヴナント》の想像を絶する剛力のためか、弾かれたのはルクノカの方だ。彼女の爪は、第二試合における星馳《ほしは》せアルスとの激闘でごっそりと折り取られている――

「人間《ミニア》と人間《ミニア》を素体とした屍魔《レヴナント》では、屍魔《レヴナント》の方が勝ちますよね～？」

ヴィガがヴィケオンの成れの果てに向ける目は、慈愛の眼差しのように見える。

不気味だった。

「竜《ドラゴン》の場合はどうでしょうか？」

「……どっちみち、ルクノカが遊んでるうちにやらなきゃいけないよ」

ルクノカはわざわざヴィケオンと爪で打ち合っている。

そのこと自体が、突如乱入したヴィケオンの存在を果てしなく見縊《みくび》っていることの現れのように思えてならない。

「本気でやる。これくらいの化物でもまだ、冬《ふゆ》のルクノカを殺し切るには足りないんだ」

◆

ヴィケオンの爪が霞むと、それは既にルクノカの首筋を狙う軌道で斬撃している。即座に反応した右前肢は弾かれ、竜《ドラゴン》の基準でも尋常ならざる剛力が骨にまで伝わる。

「あら。息《ブレス》ばかり使っていて、体を動かすのは好きじゃないと思っていたけど」

白濁した目が、ルクノカの死角を鋭敏に察知する。

液体の流れの如く地を這《は》い、瞬時に潜り込んで斬撃する。

広げた翼でその速度を僅かに吸収し、先程と同じ右前肢で弾いて受ける。

衝撃で、ルクノカの巨体が体ごと仰け反る。

「ウッフフフフ……ずいぶん力持ちだったのねえ。ヴィケオン」

「グル、ルルゥル」

思考を持たずただ暴れ回るだけの魔族《まぞく》は、あまり好ましい相手ではなかったが、同じ竜《ドラゴン》を素体としているのなら、少なくとも戦闘の応酬に限ってはよく反応してくれる。

無尽無流《むじんむりゅう》のサイアノプが到着するまではまだ少し時間があるのだろう――暇潰しにはちょうどいい玩具といえなくもない。

「ウッフフ！」

「シッ――」

ヴィケオンの巨体が、大きくうねった。

竜爪の余波で跳ね飛ばされた土砂が、二柱の竜《ドラゴン》を囲む切り立った崖を大きく抉る。

一度防いでもなお、体力限界を持たぬ魔なる生命力で攻め立て続ける。

左爪。右爪。左。右。

地面すれすれから這い上がるように、牙。

ルクノカは右前肢で防ぐ。大きく弾かれ、体勢が崩れる。

体勢を戻すのと、次の一撃が到達したのはほとんど同時だ。

続く嵐の如き連撃は、関節部を軽く叩くように威力を殺していく。

不意に襲撃した牙は危うく竜鱗に守られていない首筋を噛みちぎるところだったが、顎を閉じるような右前肢の打撃で遮る。

「――困ったわ」

右前肢しか使っていない。

絶大な膂力で弾かれてもなお、同じ手が次の攻撃への防御に間に合っているということは、弾かれた以上の恐るべき速度で右前肢を引き戻し続けているということに他ならない。

「星馳《ほしは》せアルスなら、私に手加減なんてさせなかったのだけど――」

心持たぬ屍魔《レヴナント》は、創造主の純然たる傀儡《くぐつ》だ。

力量差を認識することも、臆することもなく、奇怪な身体操作からの一撃を、再び繰り出す。

内臓も脳も持たぬ肉体を、単一目的の機械の如く連動させた、最強種の爪撃。

声はない。代わりに音速の壁を破壊する衝撃波があった。

……冬《ふゆ》のルクノカは、ヴィケオンの渾身の一撃を軽く払った。
ギ、という震動がマリ荒野に響いた。
その震動は先のヴィケオンの衝撃波が、周囲の空間に遅れて伝わっただけに過ぎぬ。だが……

「グ、ギィィィィルルルルァアアアアアッ!?」

そのヴィオケンの肘は、あらぬ方向へと捻じ曲がっている。

首も、ルクノカの方向を向いていない。

砕けた黒い破片が凍土に散乱していた。ヴィケオンの、腕の竜鱗だった。

冬《ふゆ》のルクノカが軽く払っただけの爪撃は、屍魔《レヴナント》として強化されたヴィケオンの力をなお圧倒して――前腕への打撃衝撃のみで、腕骨も、背骨も、頸骨すらもひねり壊していた。

「……あらあら」

ルクノカは笑った。

夕陽の灼光《しゃっこう》で縁取られた白銀の体は、影のように暗い。

「撫でるくらいにしておいてあげたのに」

「ギュル、グッ」

一撃で戦闘不能と化したヴィケオンの体は、ミシリと震えた。

完全に破砕された腕が奇妙に蠕動《ぜんどう》して、形状を取り戻していく。

開き放しの顎部から、ダラダラと、涎《よだれ》のような粘液が溢れはじめていた。

尋常の生命活動を持たぬ屍魔《レヴナント》には本来、再生能力が備わるはずもないが――

「あら」

ルクノカが振り向いた方向は、空だ。

落雷だった。

直上から一直線に、ルクノカの首の傷を貫く軌道だった。

自然界の雷ではあり得なかった。血のように暗く赤い閃光も、人為的なほどに精密な狙いも、そして壊滅的な威力も。

竜鱗に守られていない首筋の肌に、一筋の熱傷が刻まれている。

寸前で直撃を回避したが、不明な飛来物が着弾した地面は大きくひび割れて陥没し、破壊されていた。戦闘のための足場が乱されている。

不明な再生を完了したヴィケオンが、再び蠢きはじめる。

細菌を含む不可視の気体が、大地から立ち込めつつあった。

◆

「あれが〝霆笛《ていてき》〟――」

上空からの狙撃の成果は、ツツリの地点からも確認できた。

「言うだけあるよ……シンディカー先生。直撃すれば竜《ドラゴン》も殺せる。化物みたいな兵器だ……」

長い年月を力術《りきじゅつ》の研究のみに注いだ方舟《はこぶね》のシンディカーが開発した、必殺の人工魔具。中距離射程での破壊力に限れば〝冷たい星〟を遥かに凌ぎ、あるいは地平咆《ちへいほう》メレの狙撃にも匹敵し得るだろう。

「……あれで当たらないなんてことあるか？」

不安定な飛行機魔《クラフトゴーレム》からの狙撃とはいえ、こちらが打っている仕掛けの性質上、狙いを外したということはあり得ない。つまりルクノカは、発射の後から〝霆笛《ていてき》〟を回避したということだ。

「あらあら……やっぱり強いんですね～。冬《ふゆ》のルクノカって」

さざめきのヴィガの声色は変わらず穏やかだった。

「ヴィケオンの稼働時間限界に影響はあるのか？」

「時間に関しては大丈夫だと思います。体組織の再生は寄生した菌類によるものですから～。けれど、一度破壊された筋肉や骨はどうしても再生部分が弱くなってしまいます。あの様子だと、直接戦闘では期待できませんね」

「……勝つためにあれを運用してるわけじゃない」

伝説の黒竜を素体とした屍魔《レヴナント》は、国を滅ぼし得るほどの強大さにも関わらず、足止めとしても不十分であるかのように見える。

だが、実際は何よりも大きな役割を果たしていると言ってもいい。

「飛行させないことが何よりも大事なんだ。ルクノカからしてみれば大人と子供みたいな戦力差でも、休まず攻め続けてくる奴をあしらいながら、あの状態の地面を蹴って空に飛び立つのはさすがに厳しいはずだ。ルクノカはヴィケオンのことをナメきってるから、わざわざ本気を出して飛んでやったり、息《ブレス》を使ったりする可能性も低い……」

「確証はあるんでしょうか？」

「……ないよ。ルクノカが変な気まぐれを起こすだけでこんな見通しは全部破綻する。でも、そういう不確定な見通しに頼ってでも……絶対に、絶対に殺さなきゃね」

この第九試合に負ければ死ぬ。

死ぬのは、無尽無流《むじんむりゅう》のサイアノプではない。紫紺《しこん》の泡《あわ》のツツリと、その部隊全員だ。

幸い、考え得る限りの手段はツツリの手に与えられている。ハーディの管轄を越えて、イリオルデの私兵とも言える国防研究院まで、余さず運用許可を与えられている。

幼い頃にした戦争ごっこを思い出す。

ツツリの家はそうした遊びからツツリを遠ざけようとしていて、欲しいと思った玩具は何一つ買ってもらえなかった。自分の軍と、敵の軍を、想像の中だけで戦わせ続けていた。

今はたった一度だけ、溢れかえるほどの玩具がツツリに与えられている。

それらは一つ残らず最高の贅沢品で、その上、本物だ。

だが、代償として――このたった一度の遊びで負ければ、死ぬのだ。

（頼むから、うまくいってくれ）

雲の合間で、赤い光がもう一度走った。〝霆笛《ていてき》〟。

今度こそ仕留めたことを期待したが、ルクノカは依然として動き続けている。

空に飛び立つことすらしない。

全てがツツリの作戦の想定内で推移しているはずなのに、途方もない余裕を見せつけられているかのように思う。

「兵器散布中だが、攻撃部隊を突入させる。防毒兜《かぶと》を装着して、三部隊同時に……」

「何をしている。紫紺《しこん》の泡《あわ》のツツリ」

背後からの声に、心胆が冷える。

立ち上がった。

何よりも先に、ヴィガに声をかける必要があった。

「ヴィガ。すぐに二番本部の方に行け」

「はい……？　けれど……」

「早く」

ツツリが対応を見誤れば、傍にいるというだけで死ぬ可能性がある。

なぜ、突然……前触れもなく、こいつがここに現れているのか。

「――質問にはすぐに答えろ。貴様がこれを指揮しているのか？」

「おいおいおい。段取りが違うでしょ、サイアノプ……」

第三試合でのオゾネズマの交通妨害と同様に、マリ荒野行きの馬車は完全にハーディ陣営が掌握していた。到着報告があれば、先に伝わっていたはずだ。

少なくともどこかの時点で――あるいは馬車に乗り込む前から策謀に気付き、中途で馬車を乗り捨てて、自らこの本部の位置を特定してここまで来たということになる。

（……どうして、粘獣《ウーズ》のくせに頭まで切れるんだ。この攻撃をロスクレイ陣営の作戦だと伝えて行動を制御することができなくなった。どうする……！）

ツツリの落ち度だ。ルクノカへの包囲作戦を徹底するあまり、その対戦相手であるサイアノプの動きの対策にまでは十分に手が回っていなかった。

「大方そうだろうと……予期していたことだが。貴様は最初から、僕をルクノカ抹殺に利用するつもりで接触していた。この見立てで正しいか」

ツツリは両手を前にして下がった。

「……そうかもな。あんまり焦らないでよ、サイアノプ……。どっちにしろ、お前にやってもらうことは一緒なんだ。そうだろ？」

「この茶番を止めさせろ」

「は」

恐怖で呼気が漏れたわけではない。

他の誰も気付くことはないだろうが、それは笑いだった。

（……同じことを言ってる。師匠のことを、ちゃんと分かってたんじゃないか、クウェルちゃん）

違うのは、無尽無流《むじんむりゅう》のサイアノプには、ツツリを殺すことができるということだ。

距離は、以前路地で会話した時と同じ。

ツツリが一言何かを間違えるだけで、容易に絶命できる距離なのだろう。

「じゃあサイアノプ……教えてくれよ。お前らみたいなのの言うことを素直に聞いて、あたし達が得することが一つでもあるっていうのか？」

それでも、今のツツリは不敵に笑うことができた。

暴力しか能のない連中に付き従ったり、宥めすかしたりするような嘘は、もうたくさんだ。

「貴様のくだらぬ卑劣さを正当化するな。規則は貴様らが定めたことだ。僕もルクノカも、それに従って義務を果たす。約定を破ったのは貴様らの方だ」

「……は、ははは。だったらどうだってんだよ。報復であたしを殺してみるか？　お前らはどうせ、その程度のことしかできないもんな？」

サイアノプが動いた。

ツツリの方向へと踏み込んだわけではなく、僅か一動作で、驚嘆すべき距離を飛び退《すさ》った。

巨大な何かが地中から凍土を砕いて、周囲の何もかもを吹き飛ばしていた。割れ砕けた岩盤とともにツツリの体も宙を舞って、落下とともに背中をしたたかに打ちつけた。

「痛《い》ッ……た！」

怒りとともに痛覚を吐き出すように、ツツリは叫んだ。

ツツリとサイアノプの間を遮るように出現したものは、蛇竜《ワーム》である。

——少なくとも、そのように見える。

「危ないところだったね。ツツリ閣下」

それは、蛇竜《ワーム》らしからぬ穏やかな声を発した。

「とっくに危ないよクソッ！　なんで巻き込んだ、アクロムド！」

「そうしないと君が殺されて――」

爆発めいた炸裂音が、蛇竜《ワーム》の言葉を遮った。

肉と内臓が飛沫の如く散る。竜鱗に次ぐ強度の鱗が、切断されたということだ。

サイアノプがそれをしたのだと分かった。

薄く鋭い形状の打撃の残心とともに、サイアノプが呟く。

「〝手刀打《しゅとうう》ち〟」

「……アクロムド！」

蛇竜《ワーム》の尾がなおも動き、サイアノプを打ち据えた。

怪物的な巨体と比べてひどく小さな体軀《たいく》が弾き飛ばされていくが、あらゆる威力を殺して流す異形の技術を持つサイアノプだ。何らかの有効打になっているとはとても思えない。

ツツリは必死に体を起こす。逃げなければ。

体のどこもかしこも嫌な冷たさの液体にまみれていたが、それが自分の汗なのか血なのかも分かっていなかった。

「軍を引け、ツツリ！」

声がする。すぐ後ろか。それとも遠く離れているのか。

どちらにしても、ツツリの答えは同じだ。

「いや……だ、ねッ！」

二度、三度と、地面が爆《は》ぜ割れた。

天を衝《つ》く巨体の数は、五体、六体。それ以上に増える。

自然界ではあり得ない、蛇竜《ワーム》の群れ。

「「「はじめまして。無尽無流《むじんむりゅう》のサイアノプ」」」

サイアノプを包囲するそれらは、別々の声色で輪唱した。

他の生命体へと寄生する者は、最強の肉体を自らのものとできる。

それも、同時に複数を。

「「「僕の名前は彙《たぐい》のアクロムド。君の試合を助けてあげよう」」」

「――そうか。僕も一つだけ、貴様らの手助けができる」

最弱種たる〝最初の一行〟の粘獣《ウーズ》は、ただ構えた。

粘獣《ウーズ》に表情はない。だが、その時のサイアノプが表情を浮かべたとすれば――

「地の底まで叩き返してやろう」

◆

方舟《はこぶね》のシンディカーは、死の領域の直上にいた。

シンディカーが駆るキヤズナの飛行機魔《クラフトゴーレム》は、回転翼の機構による長時間の滞空飛行を実現している。航空力学に基づく改良と軽量化を重ねた結果、鳥竜《ワイバーン》すら上回る俊敏性をも獲得した。

眼下のルクノカまでの距離は２００m弱。それでもなお死は眼前にある。

今、ルクノカと対峙しているヴィケオンの攻撃余波ですら、弾丸の如き土砂がこの高さにまで飛来してくる。それ以上の膂力を持つ冬《ふゆ》のルクノカが飛行機魔《クラフトゴーレム》の撃墜を試みたなら、間違いなく無事では済まないだろう。

ルクノカは、やはり遊びのようにヴィケオンをあしらい続けている。

試合の開始地点であるこの場から動くようには思えなかった。

「わしの〝霆笛《ていてき》〟を……恐れていないのか」

そうとしか考えられない。

冬《ふゆ》のルクノカは微動だにしていない。〝霆笛《ていてき》〟の狙撃は最小限の動きだけで回避していて、何らかの手段でこの場からの脱出を試みることもなく、シンディカーを殺して止めようとする素振りすらもない。

「冬《ふゆ》のルクノカ。貴様は……わしの夢を阻んできたものとは何も関係がない。忌々しい鳥竜《ワイバーン》でも、くだらぬ権威を振りかざす王国でも、ない。だが」

地上の誰とも関係のない、そんな超越的な存在にこそ、自分の存在を認めさせたい。

この世界で最強の個体であるということは、空の世界においても最強ということなのだから。

吹きすさぶ暴風を感じながら、シンディカーは鰐めいた顔面を歪めた。

「……貴様に勝ってみたいぞ」

飛行機魔《クラフトゴーレム》を縦に貫くように組み込まれた、長大な機械砲――〝霆笛《ていてき》〟に装填された使い捨ての冷却器が、高熱の蒸気を吐き出す。

操縦席のシンディカーは即座に冷却器をむしり取って、開口部から投棄する。肌を焼く熱が手袋越しにも伝わるが、構うことはない。今、撃つのだ。何度でも。

自身の武器へと語りかける。

「――わしは飛んだぞ。空の風と、気温と、光景は、わしとともにある。取るに足らぬ老いぼれのわしでも、空を飛ぶことができる」

レバーを倒す。冷却器を接続する。星深瀝鋼《せいしんれきこう》の弾体を、薬室へと装填する。

「〝霆笛《ていてき》〟。お前はどうだ？」

射角調整。光学補正。極めて繊細な作業の中でも飛行機魔《クラフトゴーレム》を同時に操作し、気流と重力、慣性の流れを掌握し、静止に近い飛行姿勢を保ち続けている。

常軌を逸した飛行技術であった。


――力術《りきじゅつ》に長けた者は、ある種の遊びとして空を飛ぶことがある。

その多くは数歩分の距離の跳躍に留まり、卓越した一握りの者ならば、建物の中二階に一息で飛び移る程度のことはできる。鳥竜《ワイバーン》のような自由自在の飛行には程遠いものだ。

爬虫類のような風貌を持つ砂人《ズメウ》は、人族《じんぞく》よりも竜族《りゅうぞく》にその起源が近い種族と考えられている。

シンディカーの意見は違う。砂人《ズメウ》と竜族《りゅうぞく》はまったく違うものだ。

砂人《ズメウ》には翼がないからだ。

幼いシンディカーが、力術《りきじゅつ》による飛行の技の存在を初めて知った時に抱いたのは、疑問だった。

そのような技があるのならなぜ、全ての大人がそれを学んでないのだろう？

鳥や虫を見れば、誰だってあの空を飛びたいと願うに違いないのだ。自分以外の大人達は全員、異常か怠惰かのどちらかではないのか？

シンディカーは当然のように、寝食を忘れて力術《りきじゅつ》の研鑽をした。

砂人《ズメウ》は詞術《しじゅつ》の適性が他の人族《じんぞく》の半分もないのだと諭されたこともあったが、それを聞かされた日からは、二倍の時間を割くようになった。

シンディカーのそんな執着を見て笑う者や、時には怒り出す者もいたが、彼らの心理について、シンディカーは例外なく単一の答えを当てはめて納得していた。

――彼らは、自分が高く飛べないことが悔しいのだ。

やがて、自身の体で空を飛ぶことが不可能だと知った後でも、シンディカーの飛行の試みは終わらなかった。空を飛ぶ鳥竜《ワイバーン》を撃ち落とし、解剖して、詞術《しじゅつ》的な構造の違いを見極めようとした。様々な機械製の翼を試行錯誤して、風を受けることで長く飛び続けようとした。気の遠くなる回数の飛行試験。飛翔。滑空。墜落。

魔王自称者シンディカーは、王国に敵対する以前の青年期に、もっとも多くの生死を彷徨った。

王国にも、自分と同じように空への進出を試み続ける同志達がいた。自分が研究し続けてきた学問が、航空力学と呼ばれるものであったことも、その時に知った。

無数の飛行機が試作され、そのいくつかは実際に空を飛んだ。そのたびにシンディカーの胸を焦がした熱い歓喜は、どれだけの年月を経ても忘れられそうにない。

彼らには、空に進出する知識だけでなく、空で戦う力も必要だった。空の支配者は未だ鳥竜《ワイバーン》であり、凶暴な戦闘力を持つこの種族に対して、軽く脆《もろ》い飛行機はあまりにも無力だった。

空を見るべく飛んだ同志が、何人も撃墜された。試行錯誤の末、飛行機の機動によって群がる脅威を回避する操縦技術を発達させたが、その時には飛行士の数も随分少なくなっていた。

そんな最中に、〝本物の魔王〟が現れたのだ。

航空開発は打ち切られた。世界の情勢は日に日に緊迫し、シンディカー達の一派も順番に別の職に移り、あるいは軍に志願して、かつての貴重な研究成果も次第に散逸していった。

そのような遊びに付き合う暇はないのだと、誰もが言っているようだった。

――シンディカーは諦めなかった。

どのような状況にあっても、空への進出と、そのための機体と、研究の予算を要求した。

けれどその頃には、空に情熱を注いでいるのは、もはやシンディカー一人だけになってしまっていた。航空開発に求められるのは常に『何の役に立つのか』の説明のみだった。

空から敵拠点を攻撃できる破壊兵器の考案を求められれば、迷わずそうした。そうした上でなお、シンディカーの研究が認可されることがなかったとしても。

世界の誰もが見えない恐怖に怯えていて、頭上に広がる空を見上げることをしなかった時代。

やがてシンディカーは、魔王自称者と化していた。

どこかで道を曲げた覚えはない。子供の頃から、ただ空を飛びたかっただけだ。

なぜ、そこまでして空を飛ぼうとするのか――と問われることがある。

くだらない。馬鹿らしい。愚にもつかぬ問いだ。

空だ。

あの空を飛ぶのだ。なぜ、なぜ理由が必要なのか？


「……狙撃を続ける」

マリ荒野の凍土。

その空の果てから、シンディカーは冬《ふゆ》のルクノカの首筋を照準器に収めようとする。

驚異的な機体操縦技術と力術《りきじゅつ》を複合した繊細な制御の上ですら、その照準は常に揺れ続け、僅かな風にも影響され、惑星の自転にすら左右されて、竜鱗が削がれたその一点に命中させることは、本来であれば不可能であろう。方舟《はこぶね》のシンディカーは優れた飛行士だが、狙撃手ではない。

一方で、今この瞬間にもルクノカがふと上を見て、空へと息《ブレス》を吹きかけたなら、その狙いの方向によらず、シンディカーは絶命するはずだ。

それでもシンディカーは、空を飛び続けるためなら何もかもをしてきた。

この世界で最強の生命体を殺せと言われたなら、そうするのだ。

（ルクノカは空を侮っている。……ならば、わしが勝つ）

ツツリの作戦がそのように仕向けているのだとしても、少なくとも今、冬《ふゆ》のルクノカは空を飛ぼうとしていない。高度の優位を侮っている。

空から降る射撃から逃れることは不可能だ。

〝霆笛《ていてき》〟はその思想に基づき、空軍の有用性を証明するべく開発した人工魔具である。自らの研究を存続させるべく、不本意に産み出した忌み子にすぎなかったが、これまで作り出したどの飛行機よりも長く、これと付き合っている。

奇妙な愛着がある。意思すら宿っているのではないかと思う。数え切れぬ回数の修理と改良を重ねたこの兵器は、シンディカーの手足に等しいものといえるのかもしれない。

「【シンディカーよりカラの槌へ《sindiker io kara》。骨の峡谷《ars faludo》。地平の空洞《daemanuvas tao》。陽光の樹《ein harders》……】」

〝霆笛《ていてき》〟へと詞術《しじゅつ》を作用させる。

冷媒充塡。第一から第十五薬室燃焼準備。砲身内電圧付加。

滞空固定制御。加速。加速。加速――

「【……暗き顎の淵《desk tel hafm》。金剛晶音《nokas mit》。破綻する星天熾火《desure kanp》――】」

一手でも間違えれば致命的な暴発を引き起こす複雑極まる力術《りきじゅつ》を行使しながら、たった今シンディカーが集中力を傾けている対象は、射出寸前の〝霆笛《ていてき》〟だけではなかった。

ラジオからの指令。

〈撃て〉

引き金を引く。

「【――轟け《shakbistes》】」

空間が爆ぜた。

赤い光が何もかもを灼く。

シンディカーの老体の骨まで罅《ひび》を入れるかのような、激烈な震動。

食いしばった歯の端からは泡混じりの血が散る。意識を吹き飛ばす衝撃を、砂人《ズメウ》としての体軀で半ば無理矢理に耐える。それ以外の方法はない。

鼓膜をつんざく轟音が鳴り続けているはずだったが、シンディカーはそれを知覚していない。

機械的な反動低減技術と詞術《しじゅつ》的な非対称加速の限りを尽くしてもなお、〝霆笛《ていてき》〟の反動は使用者自身が死の領域へと一歩踏み込むほどのものだ。

（――）

何よりも先に、制御を失った飛行機魔《クラフトゴーレム》の姿勢を回復させなければならない。

回転翼調整。高度復帰。抵抗低減。

半ば無意識のままでも全てを完遂できる。

そんな経験を積み重ねてきたのは、シンディカーだけだ。

「当たったか？」

〈照準は正確だった〉

ラヂオの向こうから、掠れたような声が応える。

シンディカーは狙撃手ではない。一連の攻撃で彼が行っていたのは照準ではなく、飛行姿勢と砲撃機構の制御だけだ。

超絶的な砲撃精度は、全てこの観測手の指示に依存している。

──狙撃手よりも遠方に位置する観測手など、あり得るだろうか？

〈皮膚を掠めただけだ。……冬《ふゆ》のルクノカは射撃された後から回避をしているとしか思えない〉

「…………そうか」

冬《ふゆ》のルクノカは生きている。

着弾の噴煙越しにも、陽光を反射する白い巨体を確認できた。

〝霆笛《ていてき》〟の回避で姿勢を揺るがした様子もなく、猛攻を仕掛けるヴィケオンの屍魔《レヴナント》を、子供でもあやすかのようにあしらっている……

「奴の回避方向を予測して指示しろ。そこに当てる……」

〈今やっているのがそれだ。だが……射撃する兵器である限り、射出から着弾までの僅かな間に判断された事柄までは、俺の眼《め》でも干渉はできない……〉

声の主にとっても、初めて目の当たりにする存在なのだろう。

確定した予測があってなお、身体能力のみで未来を覆すなど──

〈次は未来の思考を予測してやる〉

「ふん。そんなものまで見えるのか？」

〈見える〉

狙撃手よりも遠方に位置する観測手があり得る。

その観測手は、戦場からも、作戦本部からも遠く、ほとんど地平線の距離に位置している。

顔や手足に包帯を乱雑に巻いたその小人《レプラコーン》は、決定的な殺傷能力こそ持ち合わせてはいなかったが……四人の魔王自称者と並ぶ、イリオルデ陣営が保有する最大級の切り札であった。

〈それが俺の天眼だ〉

戒心《かいしん》のクウロという。

◆

凍《い》てつく荒野の中にあって、ルクノカの周囲の大地だけが、熱く煮えている。

繰り返し〝霆笛《ていてき》〟を撃ち込まれた地表は岩漿《がんしょう》のように形を失っていて、赤熱した地表は、ルクノカが立つだけで崩れて、沈んだ。

極度の温度差で光景は歪み、しかしその中にあって、冬《ふゆ》のルクノカの静謐とした佇まいは、気温が変動することのない白き原点のようである。

「日が沈むまで残っていたことは、褒めてあげたいけれど」

大地から飛び出した黒い竜爪を、後ろ足で叩き潰す。

ヴィケオンの屍魔《レヴナント》はもはや、その流動する大地を潜り進むようにしてまで、執拗《しつよう》にルクノカを攻撃し続けていた。

息も使えず、思考を失ったとはいえ、伝説の古竜だ。

人の理解が及ばぬ領域の怪物であるはずだった。

現に、ヴィケオンが爪を叩きつければ、ルクノカが防いでもなお背後の岩壁が衝撃で割れ、牙の一撃一撃には、雷の如き音速破壊の轟音を伴っていた。

その竜鱗は現行のあらゆる兵器を防ぎ、内部に破壊を加えたとしてもユーキスの菌糸が肉体を再生させる。致死の生物兵器下でも戦闘を継続することができる。

身体能力のみで一国の軍を滅ぼして余りあるというヴィガの認識は誤っていない。

冬《ふゆ》のルクノカが、ただ、ただ、怪物だった。

「……そろそろかしら？」

ルクノカは目を細めた。

ヴィケオンの屍魔《レヴナント》には、何かしらの奥の手がある。それを見たい。

もしかしたらそれは……ルクノカの体を多少痺れさせている毒のことかもしれないが。

「これではないといいのだけど……ウッフフフフ！」

――毒。微笑ましい試みだとすら思う。

記憶に残らないほど長い歳月の中で、剣の英雄が、弓の英雄が、拳の英雄が、詞術《しじゅつ》の英雄が、冬《ふゆ》のルクノカを殺すために、考え得る全ての手段を使ってきたのだ。

毒や病を使うものがいなかったなどと、なぜ信じられるのだろう？

数限りない戦闘経験の中で、ルクノカはそうした攻撃への耐性すら獲得してしまった。数百年前のルクノカならば殺すことができた手段であっても、もはや効かぬ。

竜《ドラゴン》という種族としての特性なのか――それも定かではない。冬《ふゆ》のルクノカほど長く生き、戦い続け、強力無比なる毒や病を受け続けた竜《ドラゴン》など、他には存在しないからだ。

発生の起源すら定かならぬ竜《ドラゴン》にあって、それはまるで一世代で起こる進化のようでもあった。

「ほら、急ぎなさい。日が沈んでしまうわよ」

死角を突いて繰り出されたヴィケオンの尾を、軽く弾き落とす。

屍魔《レヴナント》は絶叫した。

「ルルゥゥゥゥグゥゥルルルルルァ！」

「あら」

ただ退けるだけのつもりでいたが、切断してしまった。

それに気を取られた間隙、〝霆笛《ていてき》〟の赤い雷光が降り注いだが、ルクノカはそれを斬撃の如く鋭い翼で受けた。急角度の切り払いで弾道は逸れたが、竜鱗越しにも熱と衝撃が翼骨に伝わる。

「あらあら……」

もしかすると、すぐには飛行できないかもしれない。

だがそれ以上にルクノカを心配させたのは、翼での迎撃に伴う衝撃波が、空の彼方に飛んでいた何かを撃ち落としてしまったことだ。

『あれ』がこちらを狙っていてこそ、ヴィケオンの屍魔《レヴナント》を相手に遊びが成立していたのだが。

（もしかしたらこの毒も、昔受けたものよりは強いのかもしれないわねえ）

加減を誤って、二体も敵を壊してしまった。

少なくともルクノカが自覚できる程度には、不調を与えることもできているようだ。

とはいえ、多少の負傷や制約など、戦場にあってはむしろ、あらゆる戦士が背負っていてしかるべきものだろう。ルクノカはただ、多少の幅が他より広いだけだ。

毒に体内を侵され、〝霆笛《ていてき》〟に翼を撃たれ、星馳《ほしは》せアルスとの戦闘で傷を負っている今こそ、冬《ふゆ》のルクノカは他の戦士と対等な、万全の状態と言ってもよかった。

「けれど、ちょうどよかった。これで邪魔は入らないわ」

万全の準備を整えて、無尽無流《むじんむりゅう》のサイアノプを迎え撃つことができる。

「楽しみね。本当に楽しみ……」

最強の竜《ドラゴン》は、未だ足元で悶えていた黒竜を、鼠《ねずみ》の如く踏み砕いた。

地獄の只中で、無垢な少女のように笑う。

◆

竜《ドラゴン》と同様に、蛇竜《ワーム》も他の蛇竜《ワーム》と群れることはない。

鳥竜《ワイバーン》を遥か上回る巨体は大量の食料をも必要とする。よって一つの縄張りに対し、二体以上の蛇竜《ワーム》は生息不可能である。

だが、このマリ荒野の、ごく狭い一点には――七体もの蛇竜《ワーム》が存在している。

それらは全て、無尽無流《むじんむりゅう》のサイアノプを標的に定めていた。

「どうして僕らの力を拒む？」

蛇竜《ワーム》は不思議そうに尋ねた。

「君が自分の意志で協力してくれるなら、僕が君を支配する必要もないんだけどなあ」

蛇竜として異常極まる挙動を見せるこれらの群体は、事実として蛇竜ではない。

彙のアクロムドという名の、国防研究院に属する生体兵器に操作される怪物だった。

微塵嵐襲来の際に勃発した、トギエ市での旧王国主義者の蜂起——その議会掌握の裏には異相の冊のイリオルデの影響があった。国防研究院はトギエ市の資源を理解し、有効に活用している。

もっともそれは、常識の観点では資源と呼ぶには程遠いものだ。トギエ市を囲む湿地帯に生息する蛇竜を仕留め、兵器として再生できる力を持つ者など——常識の世界には存在しないのだから。

「竜族の肉は外見で想像するより柔らかくてね。一度体の内側に取りついてしまえば、根を張るのもそう難しいことじゃない。君みたいな粘獣は……もっと簡単かもしれないね」

「貴様が……クウェルの言っていたアクロムド。草木の怪物か」

「樹鬼さ。君達の世界がまだ発見していない新種だよ」

——樹鬼。

彙のアクロムドは、この世界に発生して間もない生物である。

"彼方"からもたらされた植物の種をもとに国防研究院で培養され、自我を成長させたアクロムドは、極めて単純な行動原理で動く。友人の頼みを聞くことだ。

株分けされた全ての個体が意思を共有する樹鬼には、同種の他の個体という概念は存在しない。

誰かと絆を築くためには、他の種族と仲良くする以外になかった。

幸い、アクロムドはそのための力を備えていた。何かを殺したり無力化したりすることが必要なら、国防研究員の人族《じんぞく》はそんな仕事をアクロムドに頼んでくれる。

体の一部が破壊されても、死ぬことはない。逆に僅かな破片を敵に埋め込めば、その敵を支配することができる。自分が無敵の種族であることは、当然のように理解していた。自分を滅ぼせるような理屈など、この世にはないのではないかとすら思う。

格闘技術を極めた粘獣《ウーズ》だろうと。

英雄殺しの伝説の竜《ドラゴン》だろうと。

アクロムドにとっては、いつもと同じような仕事に過ぎない。

友人のために働き、この世界に認められるのだ。


「僕のような相手は初めてかな？」

マリ荒野の凍土で、アクロムドの群体は包囲を狭めていく。

サイアノプに突破の隙を与えないまま、回避不可能な距離を詰める。

「どうやって戦うのかを見てみたいな。サイアノプ……」

本来であれば、そのような慎重を期せずとも圧殺可能な攻撃射程の格差がある。だが無敵を自負するアクロムドも、無尽無流《むじんむりゅう》のサイアノプを相手に油断をするほど迂闊ではない。

「ふ。——新種だと？」

サイアノプが、小馬鹿にしたように笑う。

その笑いにどのような意図が含まれているかを考えようとした。

ゴパッ、という音が響いた。

包囲の中心にいたはずのサイアノプの姿が、消えている。

「――ひとつ」

違う。宙を跳んだのだ。

アクロムドが包囲を完成させるよりも早く、七体のうちのどれかに打撃を繰り出したのだ。

七体分の知覚を以て、中空に焦点を合わせる。たった今脳天に打撃を与えた蛇竜《ワーム》の頭部を蹴って、迫っている。

「ふたつ」

蛇竜《ワーム》の眼窩から仮足を引き抜きながら、サイアノプが呟く。

アクロムドは三体目の蛇竜《ワーム》を動かし、その個体ごと押し潰した。

機敏に離脱したサイアノプの動作には間に合っていない。しかし、思考の時間だけは得た。

(把握しなければ)

一体目は不意打ちの打撃で意識が飛んだ程度だ。まだ動ける。

二体目も視力を失ったが、健在だ。

三体目は、たった今攻撃されつつある。

(防御を)

「みっつ」

見えない大鉈で、蛇竜《ワーム》の首が切り落とされたかのようだった。

それは、ある意味で錯覚だ。サイアノプの仮足が作り出した手刀が、三体目の蛇竜《ワーム》の首を強《したた》かに打った。それだけで、鱗すら切れていない。

錯覚ではなかったのは、鱗越しのその一撃で、体内の動脈と主要神経が同時に切断されており、事実上首を切断されたに等しい状態となっていたことだけだった。

「逃がさな」

「よっつ」

蛇竜《ワーム》の肉が自ら爆ぜ、網の如き根が放射状に広がるのと同時、四体目に強打が加えられている。

（知覚が）

樹鬼《ドリアード》は、無数の枝と根で構成され、動物に寄生して広がり続ける新種だ。ごく僅かにでも接触すれば、その部位に寄生して潜り込むことができる――

（追いつかな）

「いつつ」

無傷の個体は二体。最初に攻撃を受けた二体も動くことはできる。

それらの体を同時に自爆させて、全方位から殺到させる。どれだけ追い込まれようとも、僅かにでも根が触れれば勝つのがアクロムドの力だ。

だが一体目の蛇竜《ワーム》の突進は著しく平衡を欠いて、他の三体をも巻き込んで倒れた。

遅れて爆裂した根と枝は一帯を覆い尽くし、巨大に絡み合った奇怪な肉塊となって潰れた。

「……嘘だ」

一体目が受けた最初の一撃。あの時、既に脳機能の一部を破壊されていたことを知った。

「体の内側からなら竜族《りゅうぞく》にも根を張れる、だと？」

網の目のように広がる根の只中にある、僅かな空間――そこに忽然と出現したように見えた。

違う。アクロムドの操る蛇竜《ワーム》の巨体の死角を、この粘獣《ウーズ》は取り続けていたのだ。

あまりにも極端な尺度の違いすら、無尽無流《むじんむりゅう》のサイアノプは優位に変えてしまうのか。

「――まさかその程度の、技が、冬《ふゆ》のルクノカに通用するつもりでいた、とは云わんだろうな」

敗北する要素はなかった。

連携する七体もの蛇竜《ワーム》に囲まれて生存可能な生命体は、この地上にいない。竜《ドラゴン》すら仕留めることが可能だと自負していた。

だがこの矮小な粘獣《ウーズ》には、負傷どころか体力の消耗すらない。

何もかもを最小限の動きで、思考の速度よりも速く。アクロムド自身の焦りによる自爆攻撃すらも誘導して、閃光の如く七体の蛇竜《ワーム》を殲滅してみせた。

「嘘だ」

アクロムドはもう一度呻いた。

「そんなに強いなんて……ありえ、ない。ただの、粘獣《ウーズ》なのに……」

誰かに敵意を持ったことがなかった。

どこかで敗北し撃退されたとしても、最後に勝つのは自分だということが分かっていた。

だが、無尽無流《むじんむりゅう》のサイアノプだけは違う。

アクロムドがどれだけ万全の準備を整えて、生まれつき備わった強さをさらに鍛え上げたとしても、倒せるとは思えないほどに強かった。

「負け……負け、たくない……！」

「ならば練習しろ。貴様と話すことはない」

「……ッ！」

この世界には、友人になれないものがいる。

アクロムドの想像も及ばぬ、次元の違う強者が存在した。

まだ幼く、人族《じんぞく》社会のあらゆる物事を好奇と驚嘆を以て受け入れてきたアクロムドは今、それを初めて経験した。

敗北の屈辱だった。

◆

第九試合が始まろうとしている。

ルクノカの意志でもなく、サイアノプの意志でもない。

この戦いは最初からイリオルデ陣営に支配された、冬《ふゆ》のルクノカ撃滅作戦の一部でしかない。

それでもなお、試合開始の取り決めはあった。試合は日没と同時に始まるのだ。

（どうすれば間に合う）

マリ荒野を跳躍のように進みつつ、サイアノプは思考した。

馬車を捨てた時点で、試合開始に間に合うかどうかは賭けだったのだ。

加えてアクロムドを討つためにも、いくらかの時間を要した。

(負ける戦いへと向かうために、力を尽くすのか)

滑稽な行いに見えるかもしれない。

それでもなお、冬《ふゆ》のルクノカと勝負がしたいと思う。

誓いのためだろうか。意地のためだろうか。

(——だが、僕は負けるために戦うわけではない)

サイアノプが進む先、視界上方から落ちてくるものがあった。

それは初めて見る形態の機械だったが、回転する翼があり、飛行する何かだ。

気球ではない。

「……機魔《ゴーレム》か?」

受け止められる、と直感した。

このマリ荒野は半ば以上ツツリに布陣された敵地である。正体不明の飛行体に近づくことは未知の危険を伴うものであったが、サイアノプは墜落地点へと向かった。

対象の構造と、不規則に乱れる落下軌道を観察して把握する。

「ふっ——」

砲弾めいた重量であった。

速度もそうであったかもしれない。

暴れ狂う回転翼の斬撃をサイアノプは柔軟に受け、絡みつくように包みながらも、僅かに地に接した仮足から、絶大な衝撃を大地へと逃した。

地表が破裂するような衝撃音が続く。

むしろサイアノプに引きずられるかのように、飛行機魔《クラフトゴーレム》はゆっくりと地を摺《す》り、停止していく。

地表から削られた微細な氷の霧が帯のようにたなびき、そのまま空気へと散っていく。

機魔《ゴーレム》の駆動音が停止する。

「……ッ、貴様は……」

中から這い出た男は、黒い鰐のような砂人《ズメウ》であった。

保護帽の隙間からはおびただしい血が流れ続けていて、止まっていない。

骨は三箇所折れているのだろう。這い出る動きでそれが分かった。

「……貴様……そうか、無尽無流《むじんむりゅう》のサイアノプか……」

「僕のことを知っているらしいな。紫紺《しこん》の泡《あわ》のツツリの手の者か」

「そうだ。方舟《はこぶね》のシンディカー………」

マリ荒野の地平に、今にも夕陽が沈み切るところだった。

緑の残光が、一時だけ瞬いている。あれが消えれば、第九試合は始まる。

「ゴホッ、なぜ、わしを助けた……」

「約束だからだ」

過酷な空から冬《ふゆ》のルクノカへと挑み、撃墜され、もはや死の淵にある老いた魔王自称者に向けて、サイアノプは無慈悲に告げた。

「ツツリは、僕を試合場へと運ぶと云った。貴様の機械で、今そうしろ」

「クッ、クッ……なるほど。こいつを壊さず止めたのは、それが……理由か……！」

力を精妙に操り、破壊のみならず、非破壊すらも手中に収めるということ。

それを可能とする点において、サイアノプの技術は、他の勇者候補の誰にも及ばぬ領域にある。

〈やめろ〉

ラヂオからの声が割って入った。

〈次に飛んだらあんたは死ぬ〉

「――いいや。わしは……飛ぶぞ。ルクノカとの決着がまだついていない。奴の攻撃の瞬間なら、また貴様がその目で予知すればいい」

〈攻撃の瞬間を予知した上でそうなっているんだ。物理的に回避が間に合う規模の攻撃じゃない。分かっているだろう……！〉

ラヂオの声は観測手だろうか。

観測手がその場にいないというのは、ひどく奇妙な状況だが……あのアクロムドと同様、ツツリの背後の陣営が投入した異能者であろう。

〈シンディカー。あの連中のために、あんたが危険を冒す義理はない〉

「観測手」

サイアノプは静かに呼びかけた。

「この男は、貴様の云っている危険などは承知しているはずだ」

方舟《はこぶね》のシンディカーとは、たった今遭遇したばかりだ。

この男の素性も、人格も理解しているわけではない。

だが。

「その上で、止める言葉を持ち合わせているのか？」

〈……〉

サイアノプとこの男は、近い。

命や道理よりも巨大な何かのために全てを賭すことができた者。

満身創痍のシンディカーが体を起こした。額の血をべっとりと拭う。

「……戒心《かいしん》のクウロ。短い付き合いだが、貴様には、それなりに感謝をしている」

空を見上げている。

「だが、やってみたい」

〈……そうか。分かった〉

ラヂオからの声は、それを最後に沈黙した。

シンディカーは、サイアノプの目から見ても怪物的な手際で飛行機魔《クラフトゴーレム》の調整を完了させて、血で汚れた操縦席へと、再び乗り込んでいった。

「貴様も乗れ」

「この機械は無事なのだろうな」

「見くびるな。今しがたの墜落は、わしの体が力術《りきじゅつ》の急加速に耐えられなかったからだ」

遠くのルクノカを見据えながら、シンディカーは凶暴に笑ってみせた。

「躱せる攻撃だった」

乗り込むと同時に、飛行機魔《クラフトゴーレム》の機関は再び唸りを上げた。

それはまるで、シンディカーの心臓の鼓動のようでもあった。

粘獣《ウーズ》が空を飛ぶ。最強の竜《ドラゴン》へと挑む。

そんなあり得ない浪漫《ろまん》を想像した者も、かつて世界にはいたのだろうか？

日は沈みゆき、星は昇る。

――戦うために。ただ戦うために。

(僕と、戦え。冬《ふゆ》のルクノカ)

武の極点よりもなお高い、未知の領域にまで飛翔していく。

第九試合。無尽無流《むじんむりゅう》のサイアノプ、対、冬《ふゆ》のルクノカ。

◆

冬《ふゆ》のルクノカは地平線を見た。

そのどこかに馬車が見えることを期待していたが、サイアノプが現れる兆しはまだない。

(……結局は、そうなのかしら)

もっともつまらない想像が頭を過ってしまう。

冬《ふゆ》のルクノカに挑む勇気を持った英雄は星馳《ほしは》せアルスで打ち止めだった。無尽無流《むじんむりゅう》のサイアノプなる粘獣《ウーズ》は、戦うことを恐れ棄権したか——そもそも最初から存在してすらいない。

ハルゲントが熱意をもって語っていた六合上覧《りくごうじょうらん》は、冬《ふゆ》のルクノカを抹殺するための、まったく無益な奸計《かんけい》に過ぎなかったという、最悪の未来を。

——初めてではない。

長き生で培われたあまりにも広大な戦闘経験の大海にしてみれば、英雄の技も、致死の病毒も初めてではないように。期待を利用され、それを裏切られることすら、初めてではない。

それでもルクノカは、そのたびに心の底から期待をした。

裏切られた報復として、人族《じんぞく》の国を滅ぼすこともしなかった。

ただ、失望が少しずつ、雪のように降り積もっていっただけだった。

(どれだけ待っても、同じことなのかもしれないわね……)

足元で、踏み砕かれたヴィケオンの残骸がグシャリと糸を引く。

生前も、燻《ふす》べのヴィケオンではルクノカに勝つことはできない。分かっていたことだ。

咲白《しょうはく》エスター。鱗貫《うろこつらぬ》きディアーギン。幽《かそ》けきシンエイ。無天《むてん》のエクゼノウ。知り得る限りの竜《ドラゴン》の強者はとうの昔にルクノカと戦い、そして皆が死んでしまった。

ならば竜《ドラゴン》以外の種に期待したところで、無意味ではないのか。

星馳《ほしは》せアルスのような、種の壁を超えるほどの奇跡的な何者かが現れるのだとしても、生まれ持った圧倒的な力がそれを殺してしまうのならば、結局は同じではないのか。

（それとも、一度本当に滅ぼしてしまえば、何かが変わるのかしら――）

初めてではない。裏切りも失望も、初めてではない。

真っ白な永久凍土のように、ルクノカの世界は何一つとして変わらないままだ。

だが、いつでも信じたかったのだ。

冬に挑む勇気を持つ者がどこかにいるのかもしれないと。

最強を覆す可能性がどこかに残っているのだと。

（ああ――今日もまた、日が落ちる）

その夕陽の最後の一筋が消え……

◆

「――直上だ」

サイアノプは、飛行機魔《クラフトゴーレム》を駆るシンディカーへと告げた。

「試合開始と同時に、奴の直上から投下してもらう」

「……それだけか」

「不意打ちにもならんだろう。だが、余計な手出しは無用だ」

どれほど鍛え上げ、技を極めたとしても、サイアノプはたかが粘獣《ウーズ》に過ぎない。

ルクノカにとっての脅威度など、塵《ちり》にも等しいはずだ。それでも、自分をここまで運んできたシンディカーを逃す程度の注意は引き受けられる。

「試合場まで運ぶだけでいい」

「フン」

シンディカーは鼻で笑った。

操縦席に座るシンディカーは全ての注意を空に傾けているようで、飛行機魔《クラフトゴーレム》に備えつけられた計器類すらほとんど確認している様子がない。もはや自分自身の体性感覚の如く、機体に働く力の全てを把握しているのかもしれなかった。

「空は夢だ。軍事的にも広大な可能性があった。それが……ただ便利だから乗せてほしいだけの粘獣《ウーズ》を乗せることになるとはな」

「……。そうだな。便利だ」

風防の外で流れていく雲を、眼下を高速で過ぎていく大地を見る。

シンディカーの思うその素晴らしさは、サイアノプには真の意味で理解することはできないものなのかもしれない。

「だが、皆が便利に思う。それで十分だろう」

「そうかもしれん」

薄い雲越しに、地上に佇む白銀の輝きが見えた。冬《ふゆ》のルクノカ。

サイアノプを待ってそこにいることは違いなかった。間に合うだろうか。

間に合わせてみせる、と思う。

「飛んでいる以上、完全な真上に合わせることはできん。上手《うま》くは落とせんぞ」

「必要ない。僕が調整する――」

風防の固定具を外す。風と重力。そして自分自身の慣性を感じる。

全てを考慮に入れて、遥か真下のルクノカへと強襲をかける。

繊細な綿糸を遠くに投げて、糸の先端を針の穴へと通すかの如き神技が必要になるだろう。

〈離脱してくれ。シンディカー〉

先程から沈黙を守っていたラヂオから、観測手が鋭く告げた。

〈これが最後だ〉

「一つ……教えてやる。若造」

シンディカーは、まったく普段通りの、不機嫌な仏頂面で答えた。

「――俺を空から下ろすことは、誰にもできん」

その時には、サイアノプは飛び降りている。

空中からの観測では、眼下の気流を全て把握できるはずはない。高度に従って風の強さも、方向も目まぐるしく変化する。それに合わせて肉体を素早く、かつ繊細に変形させ、照準を定め続ける。

狙うはただ一点だ。それを外せば勝機は消え失せる。

（シンディカーは——）

落下の速度で遠ざかっていく飛行機魔《クラフトゴーレム》へと意識を向ける。

離脱していなかった。

それどころか。

「【シンディカー《sindiker》より《io》カラの槌《kara》へ】」

「……ッ！」

機魔《ゴーレム》の下部から長く突き出た砲身は、赤く禍々《まがまが》しい光を帯びつつある。

方舟《はこぶね》のシンディカー。彼もまた魔王自称者なのだ。

サイアノプの投下を囮にして、自らの照準で〝霆笛《ていてき》〟を直撃させようとしている——

「無謀な……ことを！」

無謀だ。だが、真に無謀なのはどちらだろうか？

大地が、冬《ふゆ》のルクノカが、矢の如き速度で迫っていた。

上空には〝霆笛《ていてき》〟。地上には冬《ふゆ》のルクノカ。

「【骨の峡谷《ars faludo》。地平の空洞《daemanuvas tao》——】」

地上へと墜落するまでを待たず、災害めいた砲撃が、空間ごとサイアノプを消し飛ばすだろう。

しかし、その時サイアノプが見ていたのは、地上の、ごく僅かな動きだ。

冬《ふゆ》のルクノカが、

大地に、

爪を、

「――〝化勁《かけい》〟！」

全ての現象に先立って、衝撃があった。

前触れもなく、火山噴火の爆心地へと叩き込まれたかのような破壊であった。

それは地上から空へと殺到した、散弾の如き土砂の嵐だった。

ただの土砂。

遥か下方、ルクノカが前肢一つを持ち上げた程度の動きで、空へと巻き上げた地表の礫《つぶて》だ。

あり得ざる精度だった。

想像を絶する威力だった。

絶望的な物量だった。

メギッ、ギシシャッ――という、空間そのものが圧縮されて軋《きし》むような轟音がその後に続いた。

「……！」

どこにも逃げ場のない空中にあって、悪夢的な力の乱流を、それでもサイアノプは回転と変形の運動だけで受け流し、捌《さば》き切ってみせた。極限の集中であった。

目まぐるしく旋回を繰り返す中、後方の空の彼方も見えた。

サイアノプの遥か上空で、シンディカーの機体は、空の微塵と化して散っていた。

観測手の忠告を思う。生きて戻るためには、あれが最後の機会だったのだろう。

それを知った上で、サイアノプを裏切ってもなお、冬《ふゆ》のルクノカと勝負をしようとした。

（……方舟《はこぶね》のシンディカー）

サイアノプの心に、敬意や共感のような思いの影が過った。

だが、もはや時間はない。

落ちる。大地へと落ちる。

日が沈んで落ちる。

「冬《ふゆ》の、ルクノカ！」

ただ攻撃を受けたわけではない。全て、破壊の嵐から受けた力すらも利用して、たった今サイアノプは完全に、その照準へと向かって突き進んでいた。

サイアノプは叫んだ。

「試合開始は、今だ！」

――冬《ふゆ》のルクノカに、弱点と呼べるものがあるとすれば。

それは絶対の強者であり続けたが故の、認識の尺度だ。

過ぎたる強さ故に他と隔絶したルクノカは、もはや対手の強弱のほどを読むこともできない。かつて弱きと見た者は弱く、強きと信じた者も、ことごとく弱かったのだから。

絶大なる〝霆笛《ていてき》〟と同時に降下していた矮小な粘獣《ウーズ》の存在を、ルクノカは認識できていただろうか。試合開始と同時に、待ち望んだ相手へと攻撃していたことを、知っていただろうか。

だから知らせた。

試合開始を告げると同時に、サイアノプはその一点へと着弾した。

狙った通りの、寸分違《たが》わぬ地点。

第一回戦──星馳《ほしは》せアルスのヒレンジンゲンの光の魔剣によって竜鱗を失った、最強の竜《ドラゴン》の左頸部である。

「あら──」

と、ルクノカが呟く声があった。

（一撃）

日は沈んだ。試合は既に始まっている。早く。

サイアノプの矮小な体が消し飛ぶよりも、疾《はや》く。

その捷さと同じほどに──何もかもを、練習をなぞるが如き正確さで。

ルクノカの首元へと衝突したサイアノプは、仮足を大きく広げている。

落下衝撃の反作用すらも打撃の起点とする。

広い接地面は、そのためのものだった。

故にそれは横への打撃ではない。体重全てを用いて、斜め上方へと打つ。

拳ではない。それは原形質の全身を広げた、人体ではあり得ぬ面積の掌打である。

それは肉体表層を破壊しない。破壊に用いる運動量を全て内部に伝導させる。

故にそれは肉体を一瞬の内になすりつけるような一撃である。

（一撃だけでいい！）

この世界の技ではなかった。

〝彼方《かなた》〟の書物から学んだ技ではなかった。

誰かに教えられた技ですらなかった。

彼岸《ひがん》のネフトを打ち倒した技だ。

無尽無流《むじんむりゅう》のサイアノプが生み出した技だ。

それは無二にして無形の、粘獣《ウーズ》の格闘家《グラップラー》だけが可能な技だ。

竜鱗の防御を無視して、脳幹を、生命中枢の一点を破壊する、無手の絶技。


「脳を吐け」

──一撃必殺。

「〝嘯液重勁《しょうえきじゅうけい》〟」

◆

「ああ、なにかが……」

思わず首筋を撫でたルクノカの爪には、何か粘ついた、不気味な粘液の感触があった。

それが終わりだった。

「触ったかしら？」

ルクノカは、不思議そうに爪の汚れを見た。

夜の帳《とばり》はとうに下りて、ルクノカだけを冬の荒野に取り残していってしまったようだった。

足元には、岩と混ざり合ってかき回されたヴィケオンの成れの果てが散らかっていた。

漆黒の竜鱗の破片が、溶けた大地に半ば埋もれて輝いている。

手持ち無沙汰に触っていたら、いつの間にかこのようになっていた。

「……」

〝霆笛《ていてき》〟の熱で沸騰していた大地は、とうに冷え固まってしまっている。

ヴィケオンの相手は飽いたので、臆せず向かってきたあの飛行する機械を構ってみたのだが、やはり毒物の影響なのか、少し加減を間違えてしまったのかもしれない。

あの赤い稲妻は、いくら待っても降り注ぐことはなかった。

「……そうね。十分楽しんだわ」

静寂《せいじゃく》なるハルゲントに導かれて訪れたこのマリ荒野で、星馳《ほしは》せアルスという、今までにない敵と戦うことができた。その思い出だけでいい。

冬《ふゆ》のルクノカがそれ以上を求めるのは、高望みなのかもしれなかった。

「私は……また、待てばいいだけだもの」

また、あの寂しく冷たいイガニア氷湖で、英雄を待ち続けるのだ。

もう人族《じんぞく》の国には関わらない。

翼を広げた時、ルクノカはそう思考していた。

「…………と、戦え」

「……？」

奇妙なことが起こった。

先程地面に打ち捨てたばかりの、汚れが喋った。

「試合は……始まっているだろう。冬《ふゆ》の、ルクノカ……！」

そうだ。試合は開始している。

当然、ルクノカもそれを知っていたはずだった。

空飛ぶ敵を撃墜した時、この声を聞いた。

——それほど直前のことを、なぜ、忘れていたのか？

「ああ。待っていたわ！　あなたが……ゴボッ、ゴハッ、グッ、ブ——！」

最強の竜《ドラゴン》の声帯は、濁った、おぞましい音を発した。

固体のようにドロドロとした粘液が、口から際限なく流れて落ちた。

白い大地が、黒い空と混じり合って溶ける。

音が遠い。嗅覚が詰まる。

忘却は、症状であった。

脳を破壊されたことによる、深刻な機能障害。

「ブッ、ゴブッ、アゥ、グゥ」

「貴様のそれは、平衡感覚異常による嘔吐反射だ。脳幹と共に、骨半器官からの平衡感覚を伝達する索状体——下小脳脚を破壊している。飛行はおろか、上下の区別すらつかん」

素晴らしい。素晴らしい。

この世界の存在には、こんなことができたのか。

あの時、飛行機械を勢い余って消し飛ばしてしまったのは、毒による不調のためではなかった。

生物としての本能が、本当の脅威の方向を正しく直感していたからだ。

しかもこの粘獣《ウーズ》は、試合が開始したことをルクノカに知らせてくれた。

待ち望んだ通りの時、待ち望んだ通りの場所に、無尽無流《むじんむりゅう》のサイアノプは本当に現れたのだ。

不意を打つことなく、そうでありながらルクノカの本能が反応する殺意を消して、首筋を反射的に払い除けた時には、驚嘆すべき手際で必殺の一撃を打ち込み終えていた。

粘獣《ウーズ》であればあの一撃で全身が消し飛んでいるはずなのに、まだ生存している。

生術《せいじゅつ》だろうか。全身を再生できる人間《ミニア》と、遠い昔に戦ったことがある。

「グ、フフッ、ブフッ、ググ……」

素晴らしい。素晴らしい。

その勇気も技量も、無尽無流《むじんむりゅう》のサイアノプは、星馳《ほしは》せアルスにも劣らぬ強者だった。

「——無駄だ！」

自分に呼びかけているのだと分かった。

無意識のうちに、ルクノカは爪を振り回していた。地表がごっそりと削られ、消えていく。

翼を広げ、よろめき、前肢を突く。顎は、何も存在しない空を噛んだ。

本来の優美さとは程遠い、詞術《しじゅつ》の通じぬ獣のように、冬《ふゆ》のルクノカは悶えていた。

「冬《ふゆ》のルクノカ。貴様は……死ぬ！」

「ゴッ、グブッ、ブブッ、ブ、ブブ」

中途で千切れた尾が、狂った蛇竜《ワーム》の如く大地を薙いだ。

その軌跡に沿って土砂が舞い上がって、空に黒い壁を描くようだった。

全てを破壊する圧倒の身体能力があったとしても、狙いを定めることができない。

近接戦闘を否定する高速飛行能力を、もはや制御することができない。

さらに呼吸器を塞ぐ自分自身の吐瀉物《としゃ》によって、息《ブレス》を詠唱することもできない。

なんて素晴らしい。

「グブッ、ガバッ、バ、バッ、フ、ッ、フフブフフフ……！」

思う存分、戦うことができるのだから。

◆

神にも等しかったはずの、美しき竜《ドラゴン》が地に堕ちる。

ひどく冒涜的な断末魔の光景が、サイアノプの眼前に広がっていた。

（〝嘯液重勁《しょうえきじゅうけい》〟が完全に入った。生命活動の維持は不可能だ）

ルクノカの巨大な翼が、真上から恐るべき速さで叩きつけられる。

それが回避不可能な速度と攻撃面積だとしても、動作の兆しは全て、十分に観察している。全てを予知していたかのように動き、回避する。

「まだ……動いて……足掻《あが》くのだな。ルクノカ……」

夜の闇の中にあってサイアノプは、敵のあらゆる動作を見逃していない。戦闘の行く末を、無限の戦闘分岐を演算し続けている。それでもまだ及ばぬほどの力の差がある。

何もかもが粘獣《ウーズ》と絶望的に尺度の異なる竜《ドラゴン》を相手に、躱し続けることができるか。

最初の一撃でさえ、相打ちを前提とした決死の策であった。

残り三度の全再生のうち一度を費やして、引き換えに一撃必殺の〝嘯液重勁《しょうえきじゅうけい》〟で仕留める。

まだルクノカは死んでいない。サイアノプは戦い続けなければならない。

体の捻転に伴う尾撃を、僅かな地形起伏を用いて回避する。暴れ狂う竜爪の中で、自身に迫る一撃のみを判別し、体ごと躱す。

冬《ふゆ》のルクノカの機能は既に殺した。超絶の暴力も長くは続くまい。

サイアノプがあと僅かの時さえ稼げば、力尽きる。

（僅か）

勝つ。そして生き延びる。

冬《ふゆ》のルクノカが相手では願うべくもなかったその二つが、すぐ目の前にある。

あと僅かで——

（僅か、が、これほど遠いのか……！）

絶え間ない回避の直後、再び竜爪が襲った。

この世の何よりも無秩序で、致死的な嵐。

それでもなお、サイアノプは動作の兆しを観察している。

全てを読み尽くし、対応する。

回避はできなくとも、受け手を構えるには十分な猶予があった。

（〝化勁《かけい》〟）

逃げ場のない空中でもなお、砲弾の雨の如き土砂を凌ぎ尽くしたように――

重心と運動方向の操作で衝撃を受け流す、敵の力の大小を問わぬ防御の技巧だ。

爪が来る。

サイアノプは全力で力を流す。接触。作用。

ビシャリ、という音が鳴った。

半身が千切れ飛んだ。

「……ッ、【満ちる大月《por pupeon》。巡れ《perpipeor》】……！」

――受け切れたはずだ。

サイアノプの技に狂いはなかった。

それは死に瀕《ひん》した獣の単純な足掻きで、方向も直撃の瞬間も明白な、力任せの攻撃に過ぎない。

事実、そうであった。

長い年月の果てに極めた技が、一撃で。

「……莫迦《ばか》な！」

叫んでいた。防げたはずのたった一撃が、粘獣《ウーズ》の余命を大きく刈った。

冬《ふゆ》のルクノカは致命傷を負っている。これまでの戦闘で消耗しているかもしれない。

それでもなお、技術すらもねじ伏せてしまうのか。

「僕は……！」

防御不能。

致命傷の有無など一切関係なく、冬《ふゆ》のルクノカの攻撃はサイアノプを跡形もなく殺して有り余るのだ。

全再生を用いた直後の朦朧《もうろう》とした意識で、なお予兆を見る。

注視する。観察する。全てを回避しなければならない。

あまりにも隔絶した力を理解して、切迫した恐怖が湧き上がりつつある。

弧を描き振り上げる動き。軌道が見える。到達の時も。

全霊でそれを躱
「かっ」

再び両断された。辛うじて、内核を残したに過ぎなかった。

――二度。

瞬きの速さで、サイアノプは二度死んだ。

回避不能。

「【巡れ《perpipeor》】……！　こ、こんな……」

残りはない。

二十一年を修行に費やしたサイアノプの余命は長くとも二十九年。

一度で五年の細胞寿命を失う全再生に費やせる回数は、五度。

彼岸《ひがん》のネフトに一度。

おぞましきトロアに一度。

そして今、冬《ふゆ》のルクノカに三度。

無尽無流《むじんむりゅう》のサイアノプはこの試合で、全ての未来を失った。

「グブッ、ガバッ、バ、バッ、フ、ッ、フフブフフフ……！」

竜《ドラゴン》の呼吸器から漏れ続けるおぞましい音の正体を悟って、サイアノプは恐れた。

笑っている。

冬《ふゆ》のルクノカは楽しんでいる。

◆

二番本部は高台に位置している。第二十一将、紫紺《しこん》の泡《あわ》のツツリは、その高台から双眼鏡越しに冬《ふゆ》のルクノカを観測していた。

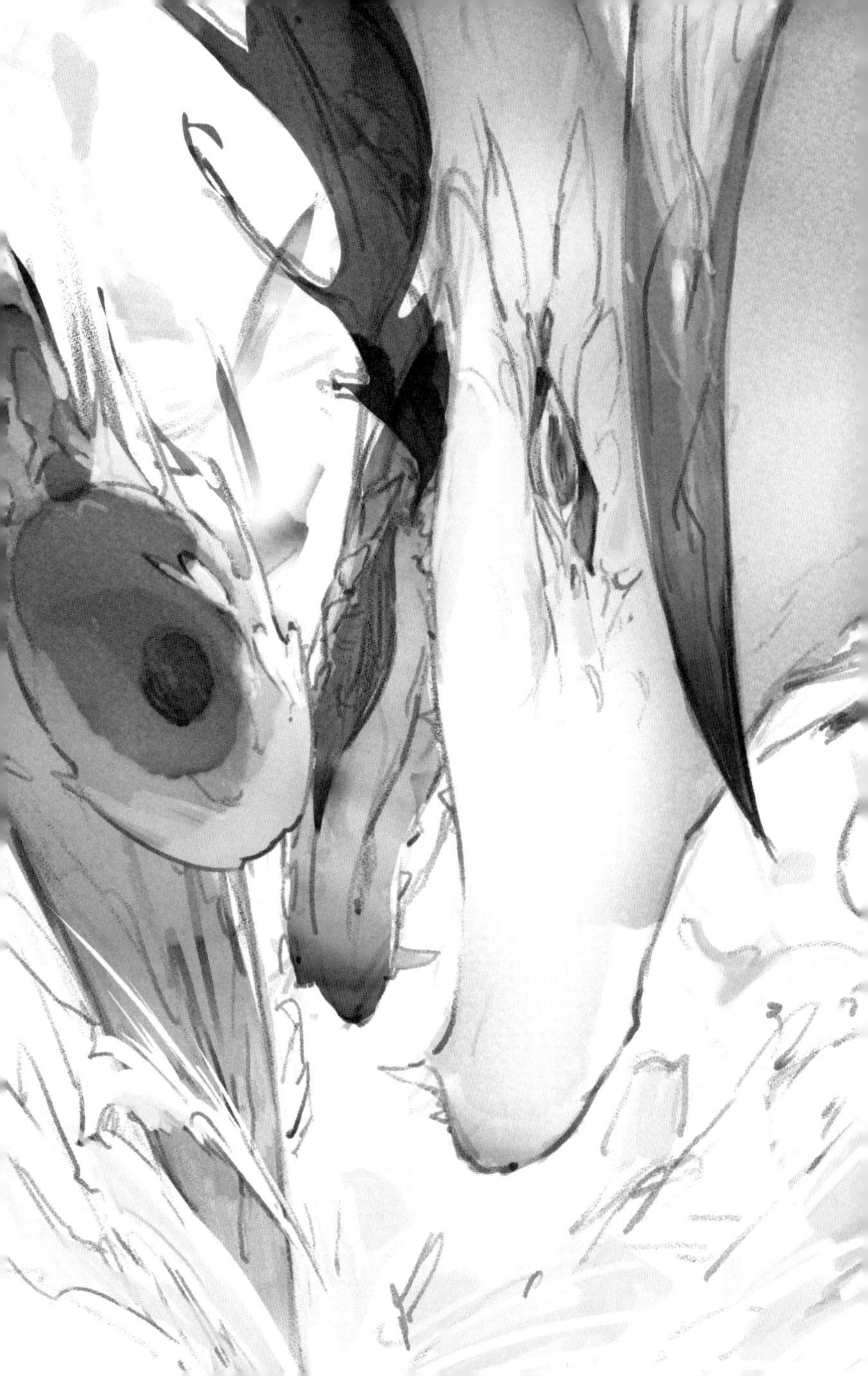

「……何が起こってるんだ」

まったく、何も、理解ができなかった。

先程までルクノカと戦闘していたはずのヴィケオンが、どこかへと消え去っている。

大地には細切れになった何かの残骸が散らばっているが、まさか、竜《ドラゴン》をそのような形にしてしまえるような存在がこの世にあるとは思いたくなかった。

感染させた生物兵器も、とうに効力を発揮しているはずだ。

それなのにルクノカは、なおも何かを相手に戦うかのように暴れ狂っている。

「……なんなんだよ。まずい。これは……まずいだろう……」

双眼鏡を握った手袋の中の指が、鬱血《うっけつ》していた。

殺害までは不可能だったとしても、戦闘困難まで追い込めなければいけなかったのだ。

ツツリの想像が及ぶ限りの切り札を投入した。今、ルクノカが消耗すらしていないということは、最初からこの戦争は手詰まりだったということなのではないか。

〈紫紺《しこん》の泡《あわ》のツツリ。方舟《はこぶね》のシンディカーが死んだ〉

ラヂオからは、観測手の声が聞こえた。

〈機体ごと、跳ね上げられた土砂にすり潰された。空の優位はルクノカに対して無意味だった〉

「……シンディカー先生が？　そんなはずない」

〈お前はこの報告を信じている。自分の心拍数に尋ねてみることだな〉

冬《ふゆ》のルクノカが最強だと知っていた。この世界の誰もが知っている。

それでも、これほどの最強だったなんて、目の前にしても信じられるものか。

〈ヴィケオンもとっくに負けている。竜鱗ごと細切れにされた。ルクノカにとって、本気にすら値しない相手だったということだ〉

「じゃあ……」

冬《ふゆ》のルクノカは戦い続けている。周囲一帯が灯りに照らされていてもなお、双眼鏡越しのツツリの視力では、夜の闇の中で何が戦っているのかを見ることはできない。

「ルクノカは今、何をしてるんだ」

〈無尽無流《むじんむりゅう》のサイアノプと戦っている〉

この第九試合におけるルクノカの対戦相手は、ツツリの作戦に万全を期す程度の囮だった。

この戦いが仕組まれた茶番だったことを知ってなお、愚直にあの場へと向かったのか。

「は、はははは……まさか。サイアノプ……倒したのかよ、アクロムドを……なんで戦ってる？

今更……なんで……」

あらゆる障害を打ち倒して、絶対の敗北のために、自ら地獄の只中へと飛び込んでいく。

そんな愚行を、どうして彼らは為せるのだろうか？

何一つ得られるものなどないのだ。なのに命を懸けている。

立ち向かうことができる。

夢があれば戦うことができる。

〈息《ブレス》を使わずとも、ルクノカの攻撃範囲は極めて広いことが分かった。その二番本部も安全な場所

とはいえない。俺のいるこの距離ですら危険だ。判断を頼む〉

「……そう、だね。グズグズしてられないってか……」

戦争に逐次投入などはあり得ない。ツツリの切り札は、最初に投入したもので全てだ。

このマリ荒野には大量の部隊を展開しているが、人族《じんぞく》の部隊は、ヴィケオンがルクノカを食い止めていられることが前提の、予備的な戦力に過ぎなかった。

迷わず撤退させるべきだ。ハーディに救援を要請すれば、黄都《こうと》の全軍を動かすこともできる。本土決戦は甚大な被害を伴うとしても、ルクノカがツツリ達を追うことなく去る可能性だってある。

この状況でまだ踏みとどまるような指揮官は、無能だ。

「……なあ、戒心《かいしん》のクウロ」

故にその質問は、既に決めていたことを確かめるためのものでしかなかった。

未来すら予知する天眼が、それを徒労だと言ってくれるのなら。

「サイアノプはルクノカに勝てそうかな？」

〈…………〉

天眼は答えた。

〈――わからない〉

ツツリは、仮設指令室へと歩き出していた。

遠くから聞こえる、大地が崩れていくようなルクノカの戦闘音は、世界が終わりを告げていく音色のように思えてならなかった。

「全軍に通達。作戦を継続する」

通信手達へと告げた。

「燻《ふす》べのヴィケオンは撃破されたけれど……一連の作戦は確実に冬《ふゆ》のルクノカを追い込んでる。ルクノカは今、息《ブレス》も飛行も封じられた状態で、無尽無流《むじんむりゅう》のサイアノプが足止めをしている」

あの戒心《かいしん》のクウロが、わからない、と言ったのだ。

あるいは無にも等しい可能性だとしても、勝てるかもしれなかった。

ひどく矮小で、どうしようもなく愚かしい、あのサイアノプが。

自分が逃げてなるものか。

「人族《じんぞく》如きがあの竜《ドラゴン》を倒せる機会は、もう今しかない」

まだ手は残っている。

「三番から四番、機械弓班は一斉射撃準備！　九番から十一番、整備班は射撃時刻に合わせて二十一番、砲撃機魔《カノンゴーレム》を展開！　曳光弾《えいこうだん》と生物兵器弾をありったけ叩き込む！　全機に装填を済ませて！」

冬《ふゆ》のルクノカと交戦して生きて帰れるなど、誰も考えていない。

指揮官のツツリとて例外ではなかったはずだ。

命懸けで戦えるのだ。

「六番詞術班《しじゅつ》！　熱術《ねつじゅつ》を全力で稼働、無人気球をありったけ飛ばしていい！　ルクノカは方舟《はこぶね》のシンディカーを撃墜した——飛行物体に注意を向ける可能性が高い！　一番、有人気球班はこちらからの指示を待って、地上の照明を操作！」
まだ手は残っている。
罠がある。
毒がある。
閃光がある。
爆薬がある。
兵器がある。
まだ。まだいくらでも、人族《じんぞく》である限り、泥臭く、醜く戦い続けることができる。
全隊への指示を終えて、ツツリはよろよろと仮設指令室の外に出た。
シンディカーが散っていったであろう夜空を見上げる。
嫌になるほど満天の星空だった。
「は、はは……ッ、ははははは……」
自暴自棄な笑いが、口の端から漏れた。
これでもう、逃げることはできない。負ければ死ぬ。
いい気分だ。
「はははははッ！　どうだッサイアノプ！　お前だけに命を張らせやしないぞ！」
ツツリは叫んだ。
ハルゲント。クウェル。シンディカー。サイアノプ。

絶望が形を取った最強の存在へと、立ち向かうことができる者達がいる。

「夢なんかなくたって！　強くなくたって！　誰だって……！　ははははは！　命懸けで戦うことくらいできるんだよ！」

そういう連中にこのまま負け逃げされるのは、死んだってごめんだ。

自分のような奴にだって、それができることを証明してやる。

◆

一方で、マリ荒野を遠ざかっていく馬車がある。

陣営にとっての重要人物を優先的に退避させるための車だ。第十八卿、片割月《かたわれづき》のクエワイもその一人であった。

「ツツリさんは撤退するでしょうか。やや判断が遅れているように思いますが」

クエワイは誰に呼びかけるでもなく、俯いたまま呟く。

後に続いてくる馬車がない。

「そうですね。ちょっと遅いですね～」

このような状況にあっても、さざめきのヴィガの穏やかな口調と態度は何一つ変わらない。

「ヴィケオンの屍魔《レヴナント》でも食い止められなかったのは、どうしようもありません。人族《じんぞく》が使えるような兵器では、最初から倒せなかったということです。逃げてしまった方が賢いですねえ」

「私はもっと観察したかったんですがね！」

向かい合わせに座る二人の下から、声が聞こえた。地群《ちぐん》のユーキスである。

いかなる奇癖がそうさせるのか、この男は席に座らず床に横たわっていた。

「ネクテジオが産み出したまったくの新種菌への耐性を既に獲得している……！　少なくとも菌が生成する毒素への耐性がある！　これは生物として凄まじいことですよ！　素晴らしい！　美しい！　詳しく解析すれば私の研究をもっと先に進めることができるのに！　ヒーッもどかしい！」

「お二人はそもそも前線に出ていただくような人材ではありません。新兵器運用にあたり不測の事態が発生した場合に備え立ち会っていただく必要があっただけです」

燻《ふす》べのヴィケオンの屍魔《レヴナント》は、ヴィガが生成しユーキスが菌糸による自動補修機構を組み込んだ、前例のない複合詞術《しじゅつ》兵器であった。不調や暴走が発生してしまえば、生成に携わったこの二名以外に対応できる者はいない。

よってヴィケオンが撃破された以上、速やかにヴィガとユーキスを退避させることがクエワイの役目だ。魔族《まぞく》生成が可能なこの二名は、イリオルデ陣営にとって極めて大きな戦略的価値を持つ――恐らくは、二十九官であるツツリやクエワイ以上に。

「お二人には今後の計画で役に立っていただかなければなりませんので」

「ん～、私も人間《ミニア》相手のほうがやりやすいんですけど……そもそも機会なんて来るでしょうか？」

ヴィガは微笑みを変えずに言った。

「冬《ふゆ》のルクノカがその気になれば、転覆させるべき黄都《こうと》が消し飛んじゃうんですから」

「私はそれでも構いませんね！　黄都《こうと》が転覆しても、滅亡しても、どちらにせよ王国消滅！　弾圧の心配なく、のびのびと研究ができるというものです！　クエワイさんもいかがですか！」

「いえ結構です」

「冷たい！　クエワイさんは研究向きだと思うんですけどね！」

ツツリがまだあの地に踏みとどまっている理由があるのだとすれば、そのような無秩序な世界を食い止めるためだろうか。そうではない気がした。ツツリは少なくとも、秩序や正義などのために戦う人物ではない。

（ツツリさんに理由があるとすれば――）

クエワイは知る由もないことだったが、それは魔王自称者アルス襲来の日、サイアノプがこの道でトロアへと答えた、冬《ふゆ》のルクノカを相手に戦う理由である。

（意地）

◆

ルクノカの白い竜鱗の表面へと、爆発が続けざまに着弾する。

盆地を囲む丘には計六十一体の砲撃機魔《カノンゴーレム》が並び、絶え間ない砲撃を続けていた。

シンディカーが駆った飛行機魔《クラフトゴーレム》と同様にケイテ陣営から接収した、軸《じく》のキヤズナの手による機魔《ゴーレム》だ。即《すなわ》ち当代最高峰の性能を持つ機魔《ゴーレム》であったが――この中隊規模の砲撃機魔《カノンゴーレム》すら、ヴィケオンの代替を担う捨て石に過ぎない。

弾頭にはユーキスの生物兵器を搭載している。既にルクノカはヴィケオンとの戦闘の最中で感染しているはずだが、万が一そうでなかった場合でも、確実な手段で感染させる。

何よりも、精密な照準を要さない陽動と感染を狙った砲撃は、事前に設定された通りに動くだけの、心持たぬ機魔《ゴーレム》と相性が良い戦術だ。

「地面には当てさせるな！」

ツツリは、ラヂオの向こうの整備班へと指示を下す。

「サイアノプの行動の妨げになる！　外してもいいから照準は頭部付近、撹乱に徹して！」

整備班は、砲撃機魔《カノンゴーレム》の調整にあたる――即ち冬《ふゆ》のルクノカのほぼ目の前で行動している。

魔王自称者ならば容易く操作できる機魔《ゴーレム》であっても、そうでない軍人は機魔《ゴーレム》二体につき一人、現地で運用する人員が必要だ。

ツツリの指示が終わらぬうちに、ラヂオから声が響く。

〈――血液剤散布開始！〉

有人気球からの毒物散布。

塩化シアン系のガスは、生物の細胞内呼吸を塞ぎ息《ブレス》の脅威を無力化する。

これはユーキスの生物兵器とは異なり、言うまでもなく、現地に展開している人間《ミニア》の兵にすら有害だ。彼らは全員が防毒兜を装着しているが、僅かにでも誤れば苦しみ抜いて死ぬことになる。その上、恐らく有効性においても生物兵器以下だろう。

それでも、重ねて撃つ。打てる手は全て打つと決めている。

「効いてくれ……！」

ルクノカの白い巨体が痙攣して、荒れ狂っていた竜爪の嵐が、一瞬停止したように見えた。

それは遠目に観測しているための、希望的な錯覚に過ぎないのかもしれない。

あるいはサイアノプが繰り出したという〝嘯液重勁《しょうえきじゅうけい》〟が、運動中枢を破壊したためにもたらされたものだろうか。

「頼む……！」

ツツリは、半ば願っていた。

クウロの観測では、ルクノカはとうに致命傷を負っているはずだという。

ならば、無理を押してでも死に際の彼女の動きを撹乱し続け、サイアノプに集中させ続ければ、誰一人犠牲を出すことなく全てを終わらせることができるはずだった。

「詞術《しじゅつ》班！　無人気球はもういい！　ルクノカは気球に注意を払っていない……！　六五八／二十一地点まで移動！　機械弓班の照準を支援して！　点灯の時にはこっちから指示する！」

〈了解です！　移動開始！〉

ラヂオが、別の部隊の動向を伝えてくる。

〈ツツリ閣下。機械弓の準備整っています！　今、目標を視認可能ですが……〉

「まだ待って……。方向的にさ……確実に、全弾叩き込める位置取りじゃあないと、全部無駄になっちゃうから！　まだ……！」

願っている。

今この瞬間にもルクノカが口を開き、凍術《とうじゅつ》の息《ブレス》を吹きかければ、何もかもが終わる。

紫紺《しこん》の泡《あわ》のツツリは、可能性に賭けることをしない。

いかなる偶然も起こしてはならない。

冬《ふゆ》のルクノカは今、必然的に死ななければならない。

「死ねよ、ルクノカ……。頼むから……」

光の線が細い雨のように飛来し、ルクノカの表面で閃《ひらめ》いている。

詞術《しじゅつ》班による熱術《ねつじゅつ》の炎だ。言うまでもなく、殺傷を狙った攻撃ではない。

有人気球が燃料を散布して支援している。夜闇の中、ルクノカの体を淡い火炎が包んだ。

照準を定めやすくなるということだ。

「頼むから、死んでくれ……！」

ツツリにとっての本命は、機械弓による一斉攻撃だった。

好機は来る。あと僅かだけ、体を詞術《しじゅつ》班の側へと向ければ。

「まだだ、まだ……！」

ルクノカが詞術《しじゅつ》班の方向を振り向く。

その姿勢は。

（……重心が沈んでいる！）

ツツリはラヂオへと叫んだ。

「詞術班《しじゅつ》退いて！　攻撃がそっちに来るッ！」

〈見えています！　しかしこの距離――〉

冬《ふゆ》のルクノカが、倒れ込むようにして大地を薙いだ。

ツツリの距離にまで、その爆発音は響いた。

地形を一変するほどの土石の奔流で、詞術《しじゅつ》班は全て轢《ひ》き潰《つぶ》された。

「……ハ、ハハ」

分かっていた。息《ブレス》を使うかどうかなどという問題ではない。

遥か上空のシンディカーすら、戦闘の余波で撃墜したのだという。

今の土石流も意図した攻撃ではなく、刺激に対する反応に過ぎなかったのであろう。

国を滅ぼして余りある毒を受け、脳幹を破壊する致死の一撃を受けて、なお、こうだ。

安全圏などない。

「なんだそりゃ……」

「ツ、ツツリ閣下。やはり我々も撤退――」

「有人気球班！　地表照明に工術《こうじゅつ》を作用！　真っ暗闇にしていい！　機械弓班は構えを継続、撃つ時は観測手の判断に従え！　光も物音も絶対に漏らすなよ！　ルクノカは……冬《ふゆ》のルクノカは、熱《ねっ》術《じゅつ》の温度変化の方向まで感知して反応している可能性がある！」

地表に据えられたランプが次々とその炎を落としていく。

気球班の工術《こうじゅつ》がランプを閉鎖し、空気を遮断しているのだ。

試合開始を夕刻にしたのは、光に慣れた視界を暗闇に落とすこの仕掛けのためでもあった。

（今更……こんな小細工にどれだけ効果がある!?　こいつは冬《ふゆ》のルクノカだぞ……！）

ルクノカの動きが、平衡を取り戻しつつあるように見えた。

破滅的な潮騒のように、遠く、竜《ドラゴン》の唸りが聞こえている。

笑っているような。

「ふッざけんなよ……！」

ツツリは歯を食いしばった。

この最強の竜《ドラゴン》を殺してやる。

そう決めた以上は、必ずそうするのだ。

「誰、が……この程度でビビってやるか……！　冬《ふゆ》のルクノカ！」

◆

ルクノカの目に映る光景は、朧《おぼろ》な影のようだ。

あのイガニアの凍土と同じようなマリ荒野には、彼女の辿ってきた過去が、幾多の英雄達との戦いが、チカチカと重なり合って過る。

その中には、竜爪に迫るほどの速度を誇る者もいた。

幾度も再生する不死身の肉体を持つ者もいた。

毒物や火を吹く武器を用いる者もいた。

ルクノカは今、その全てと戦っているようだった。

けれど、そのどれとも違う。ルクノカはそれを知っている。

(サイアノプ)

今、ルクノカの視覚は機能していない。

けれど、気配を見ている。それに触れようとする。

朦朧とした意識では常のように加減をすることもできなかったが、爪が影を捉えたように思えても、それはまるで夢の残滓であるかのように、彼女の手をするりと抜けていく。

(……あなたの名前は、サイアノプというのね)

攻撃が当たらないのだ。

視神経異常による幻覚なのか、動きの精妙さを破壊されてしまったためだろうか。

そうではないと、ルクノカは信じたかった。

(私の爪から、生き延びている――)

僅かの不運で消し飛んでしまうような、儚い奇跡であるとしても――

その奇跡は、この小さき粘獣《ウーズ》の、果てしない研鑽の故であると。

「ゲボッ、ゴホッ、グッ、グブブッ、ブブ」

悶え、暴れ狂い、血を吐く。

それでも彼女は、朧な認識のままに戦い続けている。

遥かな年月に刻み込まれた、恐るべき戦闘経験で、それを成し遂げ続けている。


――脳幹の呼吸中枢が停止した生物は、新たに酸素を取り込むことができない。

心臓中枢に異常をきたしたならば、拍動は不規則になり、血流は停滞する。

大脳へと向かう信号の遮断は、意識の喪失……昏睡《こんすい》状態を意味する。

（ああ。素晴らしい――）

ならば……半ば以上昏睡の夢現《ゆめうつつ》にありながら、死にゆく肉体にあって、なお戦闘を継続し続けるものを、果たして生物と呼ぶことができるだろうか。

脳幹への負傷で、手先の末端の機能は停止しはじめている。それでも稼働の能《あた》う肩や背の筋力のみで爪を振るうことができた。今なお、何もかもが、一軍を壊滅させて余りある暴力であった。

――〝彼方《かなた》〟の長い歴史ですら、その到来を止められた者は一人もいない。

生物ではない。

それは現象であり、摂理であり、絶望である。

「……ゴボッ、フ……フッ、フフフ……フフフ！　フフフフフフ……！　クッ、ウ……ウッフフフフフフフフフフフ！」

〝客人《まろうど》〟の来る〝彼方《かなた》〟は、土地ではなく時によって気候の移ろう世界なのだという。

そして一年を四つに分けた内の一つに、そう名付けられた時節がある。

何もかもが静まり返り、美しい氷に閉ざされて、次の再生の時まで、植物も動物も、世界の全てが一度死ぬ時が来る。

——冬、という。

◆

必死だった。

サイアノプは文字通りの必死で、ルクノカの攻撃を避け続けている。

爪と尾。あるいは悶えるように戦場を薙ぎ払う巨体そのもの。

どちらの方向から、どのように来る——ということを把握できる段階では、もはやない。

死の淵にあるはずのルクノカの挙動の一つ一つが、サイアノプの全力の防御をすら貫き、全霊の回避にすら追いつく攻撃であった。故に、逃げるしかなかった。

跳躍し、這い、変形する。極限の技術。莫大な経験。不定の身体性能。その全てを出し尽くすようにして、無尽無流《むじんむりゅう》のサイアノプは、ただ逃げ回っている。

なりふり構わぬ必死さで体を動かし、奇跡的な幸運を掴み続けるかのような。

全ての一瞬が、脆弱な粘獣《ウーズ》であるサイアノプがこれまで生きてきた命そのものを凝縮しているかのように思えた。

(何かを……克服できたことなどなかった)

思考すら、もはや断末魔の如く、脈絡のない言葉を紡ぎつつある。

(いつも僕は、命を脅かす脅威から……ただ、運良く)

衝撃がある。全身が飛散してしまうような爆発に、耐えなければならない。

冬《ふゆ》のルクノカの攻撃が直撃したわけではなく、ましてツリ達が使役する機魔《ゴーレム》の砲撃をそう感じているわけでもない――ただの余波だ。

一度は命尽きると思われた冬《ふゆ》のルクノカは、さらにその威力を増して竜爪で大地を抉り、回避してなお衝撃波でサイアノプを苛んでいるのだ。

機魔《ゴーレム》の砲撃が、熱術《ねつじゅつ》の火線が、夜闇の空を瞬いている。

それらはルクノカの足元のサイアノプにも例外なく降り注いでいるが、眼前にいる冬《ふゆ》のルクノカの恐ろしさと比べれば、安堵すら覚えてしまう。

(退《ひ》か、なければ)

確信を持って致命打を与えた以上、射程内に留まることは愚策に過ぎぬ。

サイアノプとてそれを分かっている。事実、そうしている。

だが、依然として、サイアノプはルクノカの攻撃を回避せざるを得ない。

なぜか。

(なぜ動ける。なぜ戦える。なぜ……)

脳幹の広域を破壊され、平衡感覚を失い、それでもなお、冬《ふゆ》のルクノカは。

「フ……ウッフフフフフフフフフ！」

（なぜ追える）

冬《ふゆ》のルクノカは、明確にサイアノプを捉えようとしている。

究極の身体能力と、壊滅的な凍術《とうじゅつ》の息《ブレス》。

冬《ふゆ》のルクノカはそれだけの存在だと、誰かが言っていただろうか？

柳《やなぎ》の剣《つるぎ》のソウジロウ。厄運《やくうん》のリッケ。通《とお》り禍《か》のクゼ。そして戒心《かいしん》のクウロ――稀なる才能を持つ戦闘者が、時に常人と異なる感覚で世界を捉えているように。

冬《ふゆ》のルクノカは、それすらも備えているのだ。

第六以上の感覚によって、視覚も聴覚も平衡感覚も破壊されてなお、戦い続けることができる。戦闘の申し子。何もかもが、異なる次元の存在だった。

（僕の）

もはや、認めるしかなかった。

（……僕の見立てが、及ばなかったのだ。極限の身体能力と、天地壊滅の息《ブレス》。絶対硬度の竜鱗。飛行。反射速度。戦闘経験。それ以上はないのだと、僕は……油断をしていた……）

数百年。あるいは千年かもしれない。

その長い時の間、どれだけの数の英雄が、どれだけの手段を尽くして、冬《ふゆ》のルクノカという真の最強を打ち倒そうとしたのだろう。

およそ知的生命体の考えが及ぶ手段の全てが、一柱の竜《ドラゴン》を倒すために消費し尽くされてきたに違いなかった。

冬の到来を止めることができた者はいない。

（僕は死ぬ）

この戦いでは三度死んだ。

ルクノカは様々な要因で力を削がれ、一方で、サイアノプは全力だった。

それでも生還できているのは、幸運だ。ただの幸運に過ぎない。

ルクノカの側は暗闇に沈んだ大地を明瞭に目視できず、サイアノプの側は明確に攻撃に対処できるこの状況にあってなお、攻撃を回避できることは幸運なのだ。

「ウッフフフ！　フフフフフフ！」

（……だと、しても）

逃げ回っている。

全てを懸けた一撃を当てたサイアノプに、他に可能なことなどないからだ。

自分には、この恐怖と焦燥よりも遥かに強い記憶があるはずだ。

（思い出せ。思い出せ、思い出せ、思い出せ！）

ロムゾ。アレナ。ルメリー。フラリク。ユウゴ。イジック。そしてネフト。

あの〝最初の一行〟の一員だった誇りのために、サイアノプは鍛え続けてきた。戦ってきた。

サイアノプを追放した彼らは間違っていた。

なぜなら、あの最強の七名にサイアノプが加わっていたなら。

あの日、サイアノプが無尽無流《むじんむりゅう》のサイアノプだったのなら。

きっと、自分達は〝本物の魔王〟に勝てたに違いないのだ。

(僕はあの時も、死ぬ覚悟をしていたはずだ！　〝最初の一行〟に追いつけなかったあの時。〝本物の魔王〟が心の底から恐ろしくても。僕を生かしてきた幸運が終わる、避けようのない運命が待ち受けているとしても……僕は！)

竜爪が降る。大地の亀裂が走る速度は、もはや電光のようだ。

サイアノプは回避している。

走る。走る。

かつての記憶がサイアノプの心を走る。

「ああ……すてき。ゴボッ、フフ、フフフフフ……！」

二十一年も昔の話だ。

悔恨が色褪《あ》せることがなかったのは、それこそが、同時に誇りでもあったから。

(あの時、皆とともに行きたいと願うことができた。あの時だけは)

尾が大地を薙ぎ払っている。逃げ場のない一撃を、先程ルクノカが割った亀裂の隙間で躱す。直後、蹴りの竜爪がその地点を深層まで吹き飛ばす。サイアノプは逃れている。

ルクノカの後肢が一歩を踏み出そうとしている。

今だけは、相対する竜《ドラゴン》の骨格構造を、攻撃に伴う体勢の変化を、次に踏み出す一歩の位置を、サイアノプは明瞭に見立てている。

五感に頼らずとも、彼女が自分を追跡してくるというのなら——

その一歩を、狙い違わず誘導することもできる。

自分自身の体重で、シンディカーの〝霆笛《ていてき》〟が壊滅させた地形で、ルクノカの左前肢が沈む。

無論それは、ルクノカの巨体にとっては多少均衡が崩れた程度の障害に過ぎない。

「あな、たは……」

「僕は〝最初の一行〟だ」

だが、格闘家にとっては。

――ルクノカが足を踏み出す地点で、サイアノプは既に構えている。

「名は！　無尽無流《むじんむりゅう》のサイアノプ！」

「【コウトの風へ《co chwelne》――】」

「させん！」

平衡感覚を既に破壊された状態。踏み込み、重心が崩れた瞬間。

冬《ふゆ》のルクノカに対してのそれは、寸分違わぬ機を捉えた全力の打撃で、ようやく可能となる。

極限に鋭利化された打撃が、ルクノカの体重の軸を僅かに傾けていた。

「〝出足《であし》……払《はらい》〟ッ！」

「……！」

地響きがあった。

冬《ふゆ》のルクノカが転倒している。

巨体の負荷は支えるべきでない箇所へと分散していて、その一瞬、まるで自ら転倒を選んでいたかのように、倒れた。

竜《ドラゴン》の掌よりも小さな粘獣《ウーズ》が、真に最強の生命体を地に沈めていた。

「……。【果ての《cyul》……光に《cas》】……」

——それでもなお、冬《ふゆ》のルクノカは戦おうとした。

命尽きる瞬間の、最後の一呼吸までも詞術《しじゅつ》に注ぎ込もうとしている。

「……」

この美しい竜《ドラゴン》は、天より与えられた全てが、闘争のために存在したかのようであった。

だが、サイアノプはどうだっただろうか。

戦うべきでない体で生まれた自分は、なぜ戦っていたのだろうか。

黄都《こうと》の民を冬の脅威から救うためではない。元より彼らの生死に興味などない。

最強の竜《ドラゴン》を討ち果たすためではない。冬《ふゆ》のルクノカを憎んでなどいない。

勇者の栄誉を摑むために。そうではない。彼は、真に栄誉を摑むべきだった者達を知っている。

自分ならば〝本物の魔王〟に勝てたのだと、最強に挑んだ者として、矮小な意地を通すために。

彼自身がそう信じていても、そうではなかった。

……かつて、彼でも戦えた日があった。今のような武がなくとも、何も知らぬ弱者のままでも、戦えたのだ。

何よりも誇り高い輝きを、自分自身の魂に、確かに見た日があった。

「ああ……今だ……。……僕にとってのそれは、今なんだ！　あの日と同じ心が欲しかったんだ！」

――勇気を。

「冬《ふゆ》の……ルクノカ！」

サイアノプは倒れた竜《ドラゴン》へと、その一撃を見舞い――

◆

悪夢のような死が、紫紺《しこん》の泡《あわ》のツツリの視界を埋め尽くしていた。

双眼鏡の向こうで、砲撃機魔《カノンゴーレム》と整備班がルクノカの戦闘に伴う土砂で粉微塵になって死んだ。最初の一角が崩れた時点ですぐさま撤退命令を発したが、全滅だった。

撤退し、多少の距離を離した程度で、逃れられるような破壊ではなかったのだ。

有人気球班も、二班を残して全滅した。ルクノカの破壊は地上に留まるものではなかった。死に際の足掻きで巻き上げられる土砂は決して気球を狙ったものではなかったが、それでも彼らにはシンディカーのような機動力はない。回避できずに墜ちていった。

死の恐怖がある。

自身が死ぬ恐怖だけではない。敵が死なない恐怖。

それでも、踏みとどまっていることができた。

最悪なことに、まだ、意地を張らなければいけなかった。

「サイアノプ」

遠方の丘から観測していてなお、それは明瞭に認識できた。

あり得ないものを見た。

「……サイアノプ！」

冬《ふゆ》のルクノカが倒れている。

燻《ふす》べのヴィケオンにも、方舟《はこぶね》のシンディカーにも、星馳《ほしは》せアルスにすら成し遂げることのできなかったことだった。

この世界の何よりも、最強の存在だったのだ。

「なんだお前……！　冗談じゃなかったのかよ……」

あの時。サイアノプと会話をした時、あの粘獣《ウーズ》は本気でそう言っていたのだ。

「……雷に勝つだって？」

ラヂオへと指示を下す。通信先の部隊も見たであろうこの好機を、逃してはならなかった。

「機械弓班撃て！　……あいつ……あの野郎、なんて奴だ……！　ルクノカの動きを完全に止めやがった！　これだ……この位置なら……！　竜鱗の隙間が完全に狙える！」

必殺の狙撃を構える機械弓班の配置は、認知の盲点にある。

これまでの攻撃の方向とは異なる、マリ荒野の広漠な闇の只中の、孤立した一点。

〈機械弓、狙え〉

機械弓班を誘導する観測手の声が聞こえる。

闇の中で軍勢が一斉に兵器を構え、ただ一点を狙う。

天眼を持つ観測手は、環境と個々人の照準によって異なる無数の射線が交錯する弾幕の命中率が最も高くなる一瞬を、この暗闇の只中で観測することができる。

〈総員、五つ数えてから撃て。五。四。三……〉

——機械弓、と仮に呼称しているが、弓ではない。

ケイテ陣営から接収したそれは本来、この世界の誰も正式な名称を知らぬはずの兵器であった。

だがそれでも、ツツリはその兵器の優位点を正確に認識している。

弓や詞術《しじゅつ》の運用不能な完全な暗闇の中でも、第三世代暗視装置を備えたそれは、一方的に対象への照準が可能であるということ。

２３０ｍ／ｓにも達するその初速は、冬《ふゆ》のルクノカの反応速度を以てしても回避が困難であるということ。

その射出弾頭の一撃ずつが、均質圧延鋼板《RHA》に換算して８００ｍｍ以上の貫通性能を持つということ。

〈……二。一〉

「今だ……今！　伝説を……殺せ！」

それは最大の破壊力を誇る携行型対戦車兵器である。

〝彼方《かなた》〟においての名を、〝パンツァーファウスト3-ＩＴ６００〟といった。

火と、音が走った。破滅的な流星雨のようであった。

真昼のような爆発が、ルクノカの首筋で立て続けに咲いた。

明るすぎる炎が、倒れた白い竜《ドラゴン》の体を照らしていた。

「……ルクノカ」

ツツリは祈るように呟く。

斉射は終わりではなかった。

次の砲を構えた部隊が、再び成形炸薬弾を撃ち込み続けた。

第二試合において、星馳《ほしは》せアルスが竜鱗の防御を焼いた首筋である。アルスの狙いも、あの一撃による必殺であったはずだ。

たとえ竜《ドラゴン》であろうとも、頸動脈を切断すれば急激な血圧低下で死に至る。着弾地点から伝播する衝撃波は頸椎を砕き、速やかに生命を絶つ。ヒレンジンゲンの光の魔剣が焼き滅ぼした首の竜鱗は、そのような急所だ。

射撃の嵐を眺めながら、ツツリの唇の端が震えた。

「ルクノカ……待てよ、なあ」。

……星馳《ほしは》せアルスが、全ての魔具を尽くして、絶対の伝説に一点の綻びを産んでいる。

黄都《こうと》の軍勢がその威信を賭けて、ルクノカを策謀で包囲している。

長き求道の末に辿り着いた無尽無流《むじんむりゅう》のサイアノプの技が、一撃必殺を叩き込んでいる。

地平に二度と生まれぬ最強の英雄二名の命と、世界最大の軍の力を費やした。

だからこそ、今、この機会に――

「いや、いやいやいや……待て」

――殺せなければ、もう後はない。

「待てエッ！」

兵の目を憚らず、ツツリは叫んでいた。

嘘だ。

見間違いではないのか。

〝彼方《かなた》〟の兵器の、数十発もの爆撃の中、ルクノカは身を起こしつつあった。

巨体が身動ぎする姿が、遠く丘の上からも見えた。

「ふざ、ふざけんな……！　く……首にッ！　弱点に当てているんだ！」

「【コウトの風へ《co chwe lne》】」

囁くような弱々しい声は、遠く離れたこの丘の上にも聞こえた。

詞術《しじゅつ》は世界へと呼びかける言葉である。

冬《ふゆ》のルクノカにとって、距離は一切の障壁にならない。

「……やめろ、駄目だ、もうないんだよ！　どうすればいい!?　どうすればよかった!?　死んでくれよ！　死ねよォッ！」

毒と炎の煙が、呼吸器を焼き続けているはずだ。

〝彼方《かなた》〟の兵器が、発音を行うべき器官を破壊したはずだ。

何よりもサイアノプの技が、発声を司る脳を砕いたはずだった。
たった一呼吸の詠唱が
ひどく
長いように
「【果ての光に枯れ落ちよ《cyulcascarz》――】」
空気と大地が変動した。

全てが死んだ。

◆

試合場は、壊れた。

盆地に限ったことではない。マリ荒野そのものが。

「冬《ふゆ》の……ルクノカ……」

凍術《とうじゅつ》の息《ブレス》が直撃したわけではない。

後に続く真空の爆裂をも事前の見立てで知っていた。

故に、真空に巻き込まれながらも、二十一年培った力と技は、破壊の渦からサイアノプを生かすことができた。仮足で地を噛み、低く重心を構え、衝撃を逃した……だが。

そのようにして生き延びたところで、何になるというのか。
サイアノプの一撃必殺では、冬《ふゆ》のルクノカを殺し切ることは叶わなかった。
冬《ふゆ》のルクノカを転倒させてなお、止めを刺すには至らなかった。
それを遮るが如く、〝彼方《かなた》〟の兵器がルクノカの頸部へと殺到し――
……血が流れている。それだけだ。
「ウッフフフ！　フフフフフフフフ！　フフフフフフフ！　……ああ、かゆい……」
「……ッ、なぜだ」
――自分は死ぬというのに、なぜ生きている。
あまりの理不尽を前にして、そんな見苦しい言葉すら出た。
あのたった一度の機会に、〝嘯液重勁《しょうえきじゅうけい》〟の必殺が届かなかったのか。
一撃を外したのか。鍛錬が及ばなかったのか。
だが、答えは単純なのだろう。
信じたくないというだけだ。
ルクノカが生きている理由は――ただの、まったく単純な生命力だ。
「なぜ死なんッ！　なぜ……う……貴様……き、貴様は……！」
次の動きに移ることができない。
力や技の問題ではなかった。
冬《ふゆ》のルクノカが、凍術《とうじゅつ》の息《ブレス》を使ったのだ。

全てが凍えていく。終わり、滅びていく温度だった。

「なぜ、強い……！」

「……どこ、ゴボッ、どこに、いるのかしら……」

天を衝く巨体が、首を巡らせていた。

——敵を探しているのだ。

先程までのような、本能的な追撃とは違う。

もっと、根本的な命の在り方として、冬《ふゆ》のルクノカは敵を探していた。

微睡《まどろ》みの内で、夢見るように。

流れて溶けゆく過去の残影の中で、淡い期待を抱いている。

無敗の強さがあれば。長き時の研鑽がそこにあれば。

それとも、時代の流れが彼女を越えるのか。そのどれでもない精神の輝きが起こす奇跡であれば、あるいはきっと。

きっと。もしかしたら、戦いになるのだと信じた。

「もっと……もっと強い英雄が、待ってい……でしょう……ハルゲント……」

「うあああああッ！　ああああああ！」

冬《ふゆ》のルクノカに、サイアノプの声は届いていない。

彼女の目に映るものはない。

「僕は——」

故に、まったく無造作に、ただの粘獣《ウーズ》を殺すように、サイアノプを叩き潰した。

それが自身の求め続けていた強者であったと、気付くこともなかった。

◆

「……まだ、ハハ……まだ、だろ……なあ……！」

ツツリは笑っていた。肺が酷く痙攣して、空気を吐き出しているせいだった。

二番本部の将校は、大半が死んだ。

決して息《ブレス》の直撃を受けたわけではない――直撃したのは、機械弓班だ。彼女らの陣地とは、真横ほどにも方角が離れている。

紫紺《しこん》の泡《あわ》のツツリらが死に瀕している理由は、急激な低体温症と、息《ブレス》の余波真空による衝撃波のためでしかなかった。

ただの人間《ミニア》は、それだけで死ぬ。

「サ、サイアノプ……お前は……ハハ。とんでもないヤツだった……自分で言った通りに……た、戦ったんだな……冬《ふゆ》の、ルクノカと………」

理解できない矜持だと思った。

けれどサイアノプは、本当にそのために命を懸けてみせた。

どれだけの想念の積み重ねがあれば、そんなことを成し遂げられるのだろう。

ツツリのような人間《ミニア》には信じられない、狂気にも近い意地だった。

「負けないぞ……」

壊滅した陣地の中を、よろよろと歩いた。

左手に違和感があるように思ったが、見ると、中指から小指にかけて、掌のちょうど半分が、ごっそりと欠損していた。

なんだ、こんな程度か。と思う。

「……ツツリ閣下」

倒れている兵の誰かが呻いていた。

「やめましょう。……作戦は、失敗…………………」

「あ？」

ツツリは見渡したが、どの方向からの声かは、分からなかった。

見渡す限り、死人か、ほとんど死人のようなものしか倒れていなかった。

ツツリが掌を欠損した程度で生きているのは、紙一重の差に過ぎなかった。ルクノカが凍術の息《とうじゅつのブレス》を吐いた時——戦況を観測していたツツリは、咄嗟に地面に伏せることができたから。

「……」

兵士の声も、それきり聞こえなくなった。

死んだのだろう。

「…………ふざけんなよ？」

その、どの方向の、誰ともしれぬ死体に、ツツリは答えた。

両目を見開いていた。

まだ戦わなければならない。自分にはその責任がある。

これだけの人間《ミニア》を死なせて、これだけの誇りを踏みにじって……

冬《ふゆ》のルクノカだけがのうのうと生きているなど、割に合わない。

「あたしはな……やるって言ったら、マジでやるんだよ！　サイアノプはな、逃げなかったぞ！」

死体の只中で、ツツリは叫んだ。

「あの雑魚みたいな粘獣《ウーズ》が戦って……お前らのうちの誰かが、あんな化物相手にあそこまでやれたのかよ!?」

結果はもはや出てしまっていた。

もはや全てが手遅れだった。

この世界の何もかも、最強の生物に通ずることはない。

「やってやる」

紫紺《しこん》の泡《あわ》のツツリは、怨念のように呟いていた。

死ぬと分かっていても、戦いを挑むべき最後の理由がある。

意地だ。

「サイアノプが死んでも……冬《ふゆ》のルクノカ！　あたしが殺ってやるよ！」

◆

真っ白な風景を、ルクノカは彷徨っている。

竜《ドラゴン》である彼女も、ごく稀に、このような夢を見た。

白く、全てが凍てつくような霧の只中を、彷徨う夢だ。

踏みしめる大地の存在すら見えないが、その中には、朧気な影がある。

いくつもの、見覚えのある……彼女の記憶に刻まれた英雄達の影。

「エスウィルダ」

顔のない影に向かって囁く。

「……貴方なら追いついてくれるのでしょう？　他の誰も辿り着けなかったとしても……私を知り、それでも越えようとしてくれた貴方なら。貴方の成長を……ずっと待っているのですよ。私に挑んでくれることはないのですか？」

答えが返ることはない。

とうに死んでいるからだ。ルクノカも数えるのを諦めるほど、遠い昔のことだった。

彼女は霧の中を歩んでいく。

「ユシド。オルギス。……アルス。……私はもう一度会いたいのに」

それは夢であって、夢ではなかった。

誰にも並ぶことのできない彼女が生きた、あまりにも長い――数百年以上もの、現実だ。

「本当に、貴方達のことが好きだったのよ」

冬《ふゆ》のルクノカの知る存在は、ことごとく死んでいった。

一度死んだ程度で、彼らとは二度と話すこともできない。

数え切れないほどの強者がルクノカの前へと現れたが、幾星霜の時を重ねても、滅んでしまった者と同じ者が現れることだけはなかった。

彼女が勇気の美しさを見た者は、その勇気の故に死んでしまうのだった。


――貴様は、なぜ強い。


ルクノカは生まれつき強かった。この世界の歴史上、一柱だけの例外であったのだろう。天に与えられた力の理由を知るため、戦いに明け暮れたこともある。

しかし彼女と戦った者は平等に弱者として死んだ。求めていた理由を知ることができぬまま、他の存在とあまりに隔絶した力の差を思い知るだけだった。そうして積み重なった戦闘の歴史が、ますます冬《ふゆ》のルクノカを強く、孤独にしていった。

一柱が災害にも値する竜《ドラゴン》の中にあって、さらに最強たる個体。

「どうして……誰も、私と一緒にいてくれないのかしら」

竜《ドラゴン》は涙を流すことはない。

けれどルクノカは、いつも悲しかった。

無限に続く霧の中を、俯きながら歩いていた。

「――たかが影法師に、どれほど言の葉を投げたところで」

霧の中の誰かが、初めて答えた。

小さくやせ衰えたその影は、胡座《あぐら》をかいて座っているように見えた。

「返る音は蛻《もぬけ》の殻じみた山彦に過ぎん。静寂こそが貴様の業よ」

「……」

乾燥しきった黒い皮膚は皺に覆われ、痩せさばらえた体軀は骨肉と見紛うほどだ。

一本の毛もない狼鬼《リカント》である。

全ての英雄を心に刻んでいるはずの冬《ふゆ》のルクノカすら知らぬ、異質な死者であった。

「……あなた。いつから、ここに来たのかしら？」

「クゥ、クゥ、クゥ」

狼鬼《リカント》は低く笑った。

「――いつから。この儂へと向かって、いつから、いつから彼岸に居ると問うたか。そうではない、冬《ふゆ》のルクノカ。この儂の姿が見えたということは、まさしく貴様の方がここに来たのだ。もはや分かっておるのだろう」

「分からないわ」

彼の言葉の意味することを考えることはできなかったが、それでも冬《ふゆ》のルクノカの心は無邪気に躍った。

もしかしたら。次に現れる何者かであれば。最後に辿り着く、誰かであれば。

「〝彼岸《ひがん》〟――貴方なら、私と戦ってくれるかしら」

「とうに戦っている」

「そうなのかしら」

そうであったかもしれない。今や全てが朧気だ。

「まさしく今、貴様は戦っている。喜ぶがいい。そうしてここに来たのだ」

「そう……そうだったかしら。私は、今」

先の見えない白い霧。誰も並び立つことのない頂点。

戦いすらをも許されぬ、それは一つの荒涼の光景であった。

「……ああ」

いつか終わりが来るのならば。

◆

ルクノカは目覚めた。朦朧とした脳神経に走る、電光の一瞬が見せた夢であった。

だが、刹那にも満たぬ微睡みの間に。

「【サイアノプの鼓動へ《popoperopa》。】」

詞術《しじゅつ》だ。声は首元から響いている。

竜鱗が焼かれ露出した首筋に、一匹の粘獣《ウーズ》が取りついているのだ。

たった今、竜爪で叩き潰したことにも気付けずにいた、矮小な存在であった。

――どのようにして、凍土の地上から再び彼女の首元へと到達しているのか。

ひどく短い、微睡みの一瞬だったのだ。


極点の格闘家ですら、冬《ふゆ》のルクノカの力を見立てることはできない。

だが一度、その身で受けた攻撃ならば、確かな事実を知っている。

力を受け流す技を以てすれば、竜爪の一撃から内核を残して死ぬことまではできる。

「【停止する波紋《parp pepy》。連なり結べ《pecp porppe》。満ちる大月《por pupeon》】」

確かな事実を知っている。

冬《ふゆ》のルクノカは、かゆいと言った。彼女がそのように言った以上、それは決して虚勢や挑発などではなく、ただの、事実に過ぎないことを知っている。

皮膚の刺激によって生じた掻痒《そうよう》感は、無意識の引っ掻き反射を引き起こす。

脳への打撃で朦朧とした意識で、左頸部のその弱点へと、ルクノカは自らの左の爪で触れた。サイアノプを叩き潰したばかりの爪で。サイアノプは、ルクノカの攻撃を受けたその瞬間に竜爪へと取りついていた。無論それは、死と引き換えの手段だ。だが――

確かな事実を知っている。

一度の使用につき五年。五十年の細胞寿命の内、二十一年の歳月を鍛錬に費やし、そして残る二十九年のうち、二十五年分の全再生を使い尽くしたのだとしても。

二年と半年を用いた半再生ならば可能である、ということ。

ならば一触れで全ての細胞を消し飛ばす竜爪の威力の、残り半分は。

「【巡れ】《perpipeor》——冬《ふゆ》のルクノカ」

黒い竜鱗で、防いでいた。

それは激戦の最中で砕かれ飛散した、燻《ふす》べのヴィケオンの破片であった。

「き……貴様が……死の、宿命すら……蹂躙するのならば……そうしてやる」

そして、サイアノプが狙う一点。

ルクノカ自身によって運ばれたその位置は、第一回戦——星馳《ほしは》せアルスのヒレンジンゲンの光の魔剣によって竜鱗を失った、ツツリの部隊の総攻撃によって痛痒を与えられた、彼自身が一度の必殺を打ち込んだ、最強の竜《ドラゴン》の左頸部である。

「——一撃必殺を、二度呉《く》れてやる！」

ルクノカの首元で、仮足を大きく広げている。

踏みしめている。竜鱗を失った首筋が眼前にある。

体重。動作。力。技。

生命ごと、サイアノプの何もかもを叩き込む必要があった。

クウェルと共有した戦いの矜持を。

砂の迷宮での二十一年間の修行の歳月を。

〝本物の魔王〟を打ち倒せなかった悔恨を。

〝最初の一行〟と過ごした素晴らしい日々を。

倒すために。

何かを倒すために、彼はここまで辿り着いたのだ。


彼岸《ひがん》のネフトを打ち倒した技だ。

無尽無流《むじんむりゅう》のサイアノプが生み出した技だ。

それは〝最初の一行〟の、魔王を倒すべきであった格闘家だけが可能な技だ。

その名を。

「〝嘯液重勁《しょうえきじゅうけい》〟！」。

「カッ――ク、フ――！」


全身全霊を以て打ち込まれた衝撃は、一度脳内に刻印された損傷の痕跡を伝導するが如く、頭蓋の内部でさらに荒れ狂った。

首筋への一撃は大脳脚を破壊し、間脳にすら到達した。

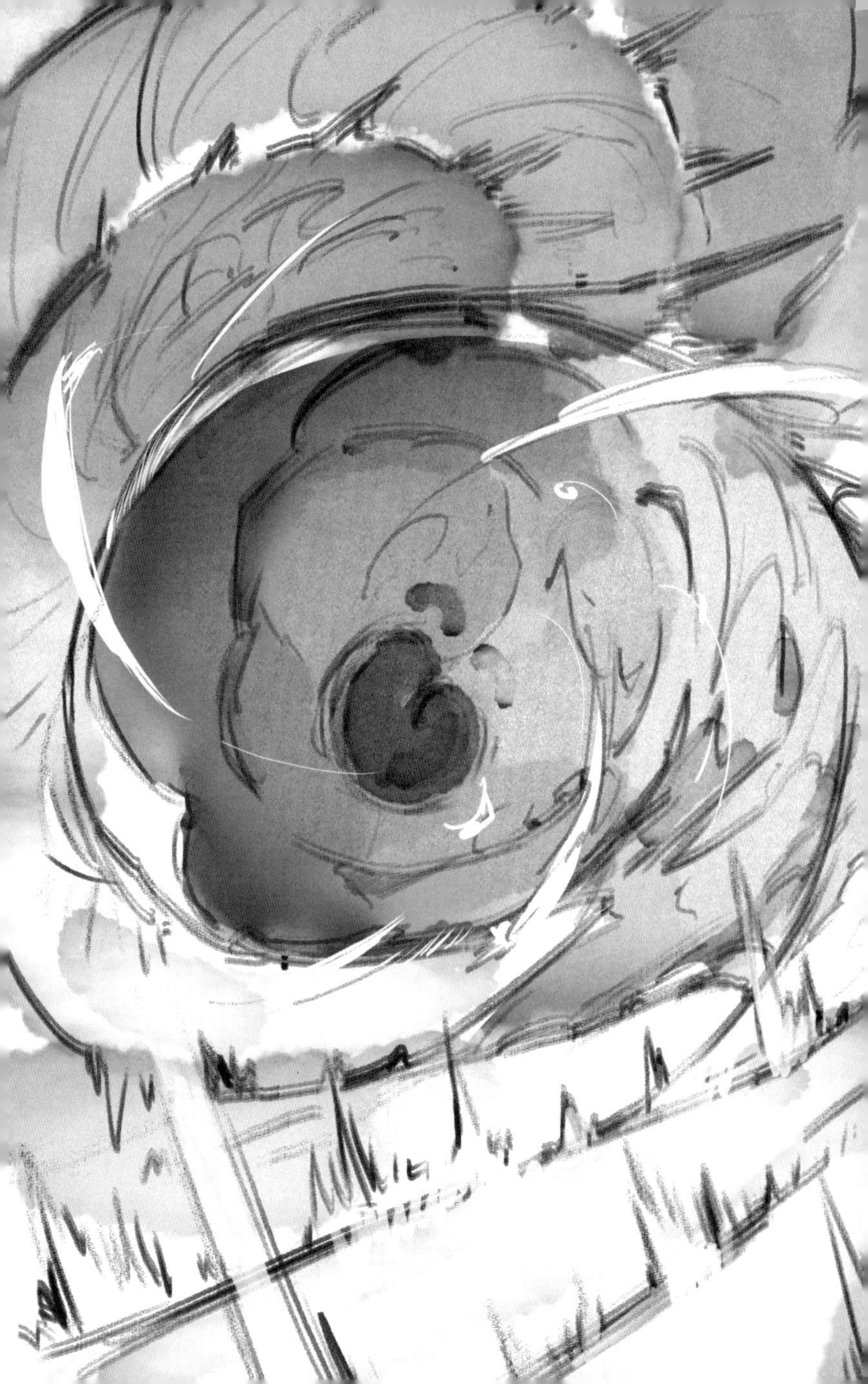

「フ、フフ、フ……！」

冬《ふゆ》のルクノカは笑った。

そのように見えただけであったかもしれない。

これまでがそうであったように、死の間際の反射行動ですら、彼女は戦うことができた。

最強の竜《ドラゴン》は、徹底的な脳の破壊に至って、なお停止しなかった。

なおもサイアノプと戦おうとした。

打撃を繰り出した直後のサイアノプに、竜爪が迫っていた。

「……〝化《か》……勁《けい》〟……！」

それは防御も、回避も不能な一撃である。

サイアノプの技を以てしても、その防御ごと微塵に砕く――

しかし、それと同時に爆光が閃いていた。

「――サイアノプ！」

蒸気自動車の光があった。

紫紺《しこん》の泡《あわ》のツツリが、車上で機械弓を撃ち放ったところだった。

まったくの偶然に過ぎないのだろう。

〝彼方《かなた》〟における最強の携行兵器の一撃を受けて、爪の軌道は僅かにぶれた。

その、死の間際のルクノカの一撃が、サイアノプを掠めた。

「……」

大地へと、サイアノプは落ちていった。

この世界で最強の竜《ドラゴン》も、それと同時に崩れた。

◆

冷えきった夜の天上から、二つの月が見下ろしている。

「フ、フフ……ウフフフ……」

冬《ふゆ》のルクノカは笑っていた。まるで少女のように笑っている。

何もかも全てが、美しい夢のように思えた。

「……サイアノ……プ。ああ……無尽《むじん》……無流《むりゅう》の……」

それが英雄の名。忘れるはずがない。

最期の瞬間まで、彼女の愛した英雄の記憶は、彼女だけのものであるから。

「……冬《ふゆ》の……ルクノカ……」

声があった。無尽《むじん》無流《むりゅう》のサイアノプ。

ルクノカの放った最後の一撃は、ついに彼の命を捉えたのだろうか。

もはや目も見えてはいないが、そうではないと信じたかった。

「貴様は今、何を思っている……抗えない終わりの……敗北の時に、何を……」

無限に戦い続ける限り、いつかは必ず敗北の定めがある。

真に最強の存在であったとしても、その終着からは逃れることはできない。

なんて無慈悲な真実なのだろう。

冬《ふゆ》のルクノカはいつも、いつまでも、それを見続けていた。

「ウッフフ……フ、フフ……」

「……」

「戦って……最後まで戦って……死んでいったのよ……皆、そうして……」

その輝きを、自分に持ち得なかったものをこそ、焦がれ、尊いと思う。

絶対の強者へと挑む勇気と、無謀を。その心が何よりも美しいものだと、信じていたのだ。

彼らを愛していた。

「私も、同じ……皆の、ところに……」

「……」

戦い続ける限りは、誰であろうとそこに行き着く。

もはや二度と会うことのできない英雄達が、そこにいるのだ。

闘争の末にしか見ることのできない終技点へと、辿り着きたかった。

「……僕は」

サイアノプは呻くように言った。

「冬《ふゆ》の……ルクノカ。貴様は……全ての力を尽くした戦いでは、なかったはずだ。この戦いは、一対一ではなかった。僕とて……それを知っていて、看過したのだ。……僕では……冬《ふゆ》のルクノカ。

貴様を越えることは、できなかった……」

「……ああ――そうだったの。ウッフフフ……フフ……」

ルクノカは笑っていた。

つまらないことを気にするものだ。

全力だった。

死にものぐるいになるほど、全力を出すことができた。

それ以上の力がどこにあるというのだろう？

どれだけの数が相手だろうと。どんな手段を使われようと。

生きてきて、これほどまでに全力を出せた戦いなどなかった。

「楽しくて……ああ、とても、楽しくて……楽しすぎて……フフフ……」

絶望の具現である冬が、そう思ったのだ。

「……そんなこと……全然……気づかなかったわ…………」

何もかもが、ひどく静かだった。

世界そのものが、穏やかに、眠りについたように思えた。


一つの季節が終わった。

「……勝った」

残された僅かな命を引きずるようにして、一匹の粘獣《ウーズ》が去っていく。

終わりを告げた伝説と比べれば、ひどく矮小な弱者に過ぎなかった。

しかし、その弱者は勝って、生き残っていた。

「僕は……勝ったぞ。クウェル……」

第九試合。勝者は、無尽無流《むじんむりゅう》のサイアノプ。

十二 勝者

大理石造りの広い一室は、実際の気温よりも僅かに肌寒い印象を与えている。

そこは中央王国時代からの貴族の家系が所有する迎賓館だったが、異相《いそう》の冊《ふみ》のイリオルデはたとえ招かれずとも、自由にこうした施設を使うことができた。

「――〝本物の魔王〟。今は懐かしい名だ」

大机の向かいに座る絶対《ぜったい》なるロスクレイに対して、そんな言葉を、戯言《ざれごと》でも虚勢でもなく、本心から述べているようであった。

〝本物の魔王〟のことを過ぎ去った恐怖のように語れる者などいない。それを理解していてなお、そう装うことができる。この声と語りこそが、異相《いそう》の冊《ふみ》のイリオルデをかつて第五卿――黄都《こうと》の中枢へと至らしめた力の一つだった。

「月日の流れはあまりに早い。今となっては、民は〝本物の魔王〟に代わる、新たな脅威を恐れているそうではないか……。どのように彼らを宥めたものか、君も頭を悩ませているのではないかね。ロスクレイ」

「まさか」

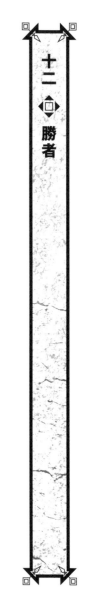

ロスクレイは、左右対称の笑みを浮かべてみせた。

彼の左には第九将《たが》鏨《ね》のヤニーギズが着席し、イリオルデの一挙一動に、張り詰めるような警戒を向けている。出席者は、他にはイリオルデの四名の護衛だけだ。

黄都《こうと》の光と影。ロスクレイとイリオルデがこうして直接的に対峙するのは、イリオルデが追放されて以来なかったことである。

「ご存知の通り、我々は黄都《こうと》の力を以て星馳《ほしは》せアルスを撃破しました。冬《ふゆ》のルクノカも……もはや、魔王にはなり得ません」

「さすがは、絶対《ぜったい》なるロスクレイ。正しく……とても正しく、今の状況を理解しているようだね」

純白のローブの袖から、イリオルデは節くれだった指先を伸ばした。

「怪物は死してこそ、安堵できる。黄都《こうと》を……人族《じんぞく》の最後の生息圏をも脅かしかねなかった最強の竜《ドラゴン》はついに討たれた。実に喜ばしいことだ……」

「確かに。冬《ふゆ》のルクノカに打ち勝った無尽無流《むじんむりゅう》のサイアノプは、勇者を名乗るに違わぬ強者でした。六合上覧《りくごうじょうらん》の行く末にも希望を与えることでしょう」

それがどれだけ事実から乖離していたとしても、そう扱われなければならない。

市民の目撃者が存在しない限り、無尽無流《むじんむりゅう》のサイアノプは公正な試合で冬《ふゆ》のルクノカを打ち倒した英雄であり、いずれ〝本物の勇者〟がその力を上回ることを証明しなければならない。

「サイアノプ。はて。サイアノプか……粘獣《ウーズ》が史上最強の竜《ドラゴン》を討った。誰がそれを信じる……？この期に及んで、まだ試合をするつもりでいるのかね？」

異相《いそう》の冊《ふみ》のイリオルデがこのようにして表舞台に姿を晒し、ロスクレイと直接会合の場を設ける——それが意味することは一つしかない。

「〝本物の勇者〟を決める、真業《しんごう》の試合。そのような茶番は……もはや必要あるまい。これ以上無用な犠牲も損失も出さぬ方法は……お互い、既に知っているのではないかね……」

この政争の趨勢《すうせい》が決したということ。

彼が告げているのは、黄都《こうと》政権に対する勝利宣言だ。

ハーディの背後に潜んでいたイリオルデが狙いを定めたのは、六合上覧《りくごうじょうらん》の勝利などではなかった。それよりも遙かに直接的な手段で、〝本物の勇者〟に匹敵する英雄性を手に入れること。

史上最強として何よりも名高い冬《ふゆ》のルクノカは、確かにその功績に値しただろう。

歴史上、彼女を打倒できた存在などいなかった。〝本物の魔王〟よりも遥かに長く、伝説であったのだ。

「六合上覧《りくごうじょうらん》の中止がその方法だとは、私には思えませんが」

「ロスクレイ。君は……まだ若い。それは素晴らしいことだ。だが故に、ルクノカを討つという賭けに一歩出遅れてしまったね。……弾火源《だんかげん》のハーディは、君よりも遥かに早く動いていた。どれほどの戦力を費やそうとも、君に先んじて黄都《こうと》の民を守ることを決断した……」

改革派に匹敵する、あるいは上回るほどの軍事力を保有しながら、それを黄都《こうと》転覆の際の軍事衝突ではなく、改革派に優越する正当性を得るためにルクノカへと差し向けた。

どれほどの力を有していても、簒奪《さんだつ》者の立場であるイリオルデ陣営に足りなかったものはその正当性であるからだ。彼らが本当に民を味方につけたのなら、軍事衝突に到るまでもなく大勢は決着することになる。六合上覧《りくごうじょうらん》の中止が、その第一歩。

「そしてハーディも、喜ばしいことに私と同じ気持ちでいる……星馳《ほしは》せアルスや冬《ふゆ》のルクノカ……軸《じく》のキヤズナや、血鬼《ヴァンパイア》連中のような者を招き入れた六合上覧《りくごうじょうらん》は、黄都《こうと》にとっての災厄に他ならないものだと。……勇者の名などより、民の安全を。君達も無論、賛成してくれると思うが……」

「お言葉ながら……イリオルデ卿。六合上覧《りくごうじょうらん》の継続の決定権は黄都《こうと》議会及び、女王陛下にあります。どのような事態が起ころうとも、黄都《こうと》の威信に懸けて継続される事業となるでしょう。私や、あなたの意見で左右できるようなものではないということです」

「いや、いや、いや……くくく」

イリオルデは心底から愉快そうに笑い、ロスクレイの言を繰り返した。

「『どのような事態が起ころうとも』」

明晰《めいせき》な知性と洞察力を持つロスクレイすら、対面してしまえば、本心を読むことができない。

イリオルデもまた、恐るべき異能者である。

「……思えばこの催しでは、そのような話ばかりをよく聞いたものだ。『無敵の』異能。『必殺の』絶技。『不敗の』神話。――『絶対なる』英雄。く、く。好ましい、空虚な言葉だな。まるでそのようなものがあってほしいと、願っているかのようだ」

「……」

「『何が起ころうとも』。そう言ったな。果たしてこの戦い、全てが君の想定の内だったかね」

誘導されていると知っていても、思考を巡らせてしまう。

それは半ば、ロスクレイに染みついた本能のような癖である。

(世界詞《せかいし》のキア。あれは、そうだったか)

第一回戦からロスクレイの計画を瓦解させかねなかった少女だ。

あれがどのような領域の詞術士《しじゅつし》であったのかを、未だに誰も理解できていない。キアの僅か一言で破壊された彼の両膝は、治癒に重い代償を強いた。

それがイリオルデの計略の内であった、と仮定する。

(否だ)

あの一件は、赤い紙箋《あかいしせん》のエレアただ一人の計画であったはずだ。

他の者がエレアの背後にいたならば、灰境《かいきょう》ジヴラートなどよりも遥かに手綱を握りやすい、表に立たせる最適な人材を用意できたことだろう。

あれほどの手駒を擁しながら、赤い紙箋《あかいしせん》のエレアが反逆に失敗した理由は、彼女がたった一人で……キア本人とすら共謀せず、個人の力で全てを為さねばならなかったからだ。

(冬《ふゆ》のルクノカの参戦が仕組まれていた可能性は？)

続く想定外があったとすれば、冬《ふゆ》のルクノカの存在そのものだ。

黄都《こうと》を滅ぼしかねない彼女は、ロスクレイ陣営が当初想定していた排除策——魔王自称者認定による討伐すら、現実的には不可能な存在であった。

ハルゲントの探索行の裏で、何者かの後押しがあった可能性は。

「――それは、イリオルデ卿。あなたは全てを想定していたと取ることもできますが。冬《ふゆ》のルクノカの一件すらも、と考えてよろしいのですか？」

「く、く、く。その手は喰わんよ……。私は破滅主義とは正反対の人間だ。黄都《こうと》を滅ぼそうなど、まさか夢にも思うことではない。冬《ふゆ》のルクノカを招き入れたのは……ああ、何だったか……名前は忘れたが、ただの愚行だ」

「ええ。私もそう思います。あなたとて、全てを手の内に収められるわけではない」

イリオルデ陣営は冬《ふゆ》のルクノカに、〝本物の魔王〟に代わる人族《じんぞく》の脅威として、死せる魔王の役目を担わせるつもりでいた。

最初からそのような目論見があったとして、確実に成功する保証はなかったはずだ。

（嘘をついてはいない。……彼らとて、ハルゲントを操ったわけでも、冬《ふゆ》のルクノカの存在を想定していたわけでもない……）

ルクノカを探索させる役回りであれば、ハルゲント以上に優秀な者はいくらでもいた。彼が冬《ふゆ》のルクノカを相手に交渉を成功させるなど、誰が想像できたというのか。伝説の竜《ドラゴン》の脅威のほどを正確に見積もることは、星馳《ほしは》せアルスにすら不可能だった。

こちらの想定外も、当初から仕組まれたものではないと判断する。

（……口先でこちらを混乱させようとしているだけだ。私の想定は、まだ崩されていない）

「考えているな、ロスクレイ。君は素晴らしい思索の能力を持っている。それは……市民が君を評価する以上の力だ。二つ目の名の〝絶対《ぜったい》〟などより、ずっと素晴らしい……」

「ええ。私の二つ目の名は〝絶対《ぜったい》〟です。イリオルデ卿。せっかくの会談の場、無為な言葉でイリオルデ卿のお口を煩わせたくはありません」

「く、く、く。そう言うな。互いに争わず、手を取って黄都《こうと》を動かしていく気はないかね。その提案のために……今日、君と直接話をしているのだ。今ならば……誰も傷つくことはない……」

イリオルデとて、この言葉でロスクレイが本気で翻意するなどと考えてはいないだろう。

少人数で会談の場を設けたのは、十分な勝算を持っていることを知らせるためだ。他にこのような接触を受けた者がいる可能性への疑念をロスクレイに植えつけ、陣営を機能不全に陥らせようとしている。

「私は、ロスクレイ……若い者に政治を任せたい。……心からそう思う。新たな国を始めなければならない。黄都《こうと》は一新されるべきなのだ」

黄都《こうと》は一新されるべきだ。ロスクレイもそう考えている。

だが、イリオルデのような方法ではない。

〝本物の魔王〟の恐怖を払拭せぬままにこの世界を支配しようとすれば、その恐怖は必ず何もかもを破綻させる。六合上覧《りくごうじょうらん》に矛先を向けている今ですら、その兆しはある。

ロスクレイもジェルキも、民の恐怖を理解しているからこそ、勇者を欲しているのだ。

「絶対《ぜったい》なるロスクレイ。その二つ目の名が空しくなったことはないかね。愚かな民を恨む心が、どこにもないと誓えるかね……私達は、民に自由を与えすぎたのだ。英雄にすがり、恐怖し、狂う自由すら与えてしまった。〝本物の魔王〟の恐怖。英雄への信仰。流入が続く一方の〝彼方《かなた》〟の文化。

世界になる……」

異種族。〝客人《まろうど》〟。そのような混沌の全てが整理された未来は、きっと人工の英雄すら必要としない

「……黙って聞いていれば」

鏨《たがね》のヤニーギズは、この瞬間まで本当に黙っていた。

彼は席を蹴って立ち上がり、剣の柄に手をかけてすらいる。

イリオルデを護衛する森人《エルフ》が、即座にヤニーギズを狙う。彼は構わず言葉を続けた。

「政治を動かす役人でもない……どこぞの老いぼれ如きが、まるで対等の立場に立ったみたいに……一体いつまで勘違いしてるんですかねェ！　アナタ如きにロスクレイが負けるとでも――」

「んん？　既に負けているだろう？」

イリオルデは、むしろ嬉しそうに答えた。

「第二回戦でハーディと当たる組み合わせを選ばされた時から、とうに負けていた。……そうだろう、ロスクレイ」

「……それは」

絶対《ぜったい》なるロスクレイは、必勝の対戦組み合わせを決定する権利を持っていた。

その事実こそが、想像の果てをも越えた怪物達が集う六合上覧《りくごうじょうらん》において、常人であるロスクレイが切ることのできた、最強の札だったのだ。

「く、く。私には……君の気持ちがよく分かるよ、ロスクレイ。成功し続けられる者など……過つことなく全ての選択肢から正解を選び取れる者などいない。にもかかわらず、そこのヤニーギズの

如く、完璧を無責任にも他者に求める愚昧のなんと多いことか――」

「会合は終わりです！　イリオルデッ！」

ヤニーギズは、後先を考えず斬りかかりかねない様相であった。

「そうするべきだろうな」

イリオルデは、ゆっくりと立ち上がった。

退室の間際に、ロスクレイを見て口元を曲げる。

「君を理解する者はいない」

「……」

ロスクレイは、言い返す言葉を持たなかった。

ヤニーギズとともに白い広間に残され、沈黙を保ったままのロスクレイは、まるで無残な敗者のように見えるかもしれない。

「ヤニーギズ」

「はい」

だが絶対《ぜったい》なるロスクレイは、いつでも必然によって勝ち続けてきた英雄だ。

そのような時にロスクレイが見せる表情は、イリオルデとは違う。

笑っていない。

「いい演技だった」

◆

弾火源《だんかげん》のハーディは、その日も兵舎の執務室で、大柄な体を椅子に預けていた。

黄都《こうと》最大の軍閥を率いるこの男こそ、異相《いそう》の冊《ふみ》のイリオルデが擁する、最強の手駒である。

背後には、中庭に臨む大きな窓がある。

狙撃への備えのために決して見晴らしが良いとは言えなかったが、日当たりの良い部屋だった。

この部屋を気に入っていた。

「ここの眺めも見納めかもしれんな」

行動の時が迫っていた。

この日のために、ハーディは全ての準備を進めてきたと言ってもいい。

星馳《ほしは》せアルスも、冬《ふゆ》のルクノカも、死力を尽くしてもなお足りぬ——黄都《こうと》を滅ぼすほどに絶大な敵だったが、ハーディにとって最良の戦いではなかった。

中年の女性参謀に尋ねる。

「首尾はどうだ」

「あまりよろしくはありません」

彼女の声には、やや戸惑いの色が見える。

確かに、不可解な指示に思えるだろう。

「これまで通り軍内部の指揮系統を用いるならばともかく、イリオルデ閣下の私兵や国防研究院にも独自の伝達網を構築するというのは……却って統制が乱れ、混乱を招きかねません」

「イリオルデのジジイにそういう約束を取りつけたんだよ。ルクノカ討伐のご褒美に、俺が陣営の兵隊全部を動かせるようにってな」

ツツリとサイアノプの健闘は、ハーディの想像以上だった。

ならばその功績を有効活用しない手はない。

どうせ戦争を始めるのなら、全軍を巻き込む戦争がいい。

「しかしイリオルデ様が交渉に臨んでいる現状で、軍を動かしはじめるのは……」

「心配するな。全部上手くいくようになっている」

冬《ふゆ》のルクノカを殺すという、最難の作戦は既に完遂した。

これからの仕事は、楽しみにしていたデザートのようなものだ。

「なに、大した仕事じゃァない」

軍勢が動く。これまでにない規模の血が流れる。

差し迫った熱の予感に、ハーディの唇は吊り上がっている。

〝本物の魔王〟の時代から、どれほどの地獄を見て、いくつもの悪夢を味わっても、世界が平和を取り戻しても、その熱を忘れられずにいる。

戦争の熱だ。

「たかが六合上覧《りくごうじょうらん》をぶち壊すくらいだ」

第二回戦、第十試合。

剣技と策謀。それは人の極北に立った人間《ミニア》と人間《ミニア》の死闘であると同時に、その修羅の裏側で蠢く黄都《こうと》の二大勢力が衝突する、まさしく人の戦いでもあった。

最大規模の政争である。

十三 ◇ 密命

イリオルデ陣営にありながら、冬《ふゆ》のルクノカ討伐作戦に加わることのなかった魔王自称者が一人いる。千里鏡《せんりきょう》のエヌとともに国防研究院に編入された、棺《ひつぎ》の布告《ふこく》のミルージィである。

もっとも研究開発の期間に鑑みれば、第一回戦終了後に加わったミルージィが、ルクノカに対抗し得る兵器を作り出せるはずもない。現在彼に与えられている役割は、主に国防研究院における各種最新機械の維持管理。そして次の作戦を見据えた兵器開発である。

「……心を持つ機魔《ゴーレム》を、作ってみたいものです」

ミルージィはそう呟いたが、隣に立つエヌに向けての言葉ではなかったかもしれない。

彼は、格納庫に立ち並んでいる機魔《ゴーレム》を眺めている。その殆どが、ツツリがケイテ陣営から接収した軸《じく》のキヤズナの手による機魔《ゴーレム》だ。

同じように工術《こうじゅつ》を極め、機魔《ゴーレム》を研究し続けた魔王自称者であっても、キヤズナとミルージィとでは隔絶した力量差があるということを、誰もが知っている。

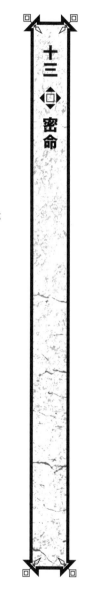

「それは窮知《きゅうち》の箱《はこ》のメステルエクシルのような、ということかね」

「軸《じく》のキヤズナを模倣したい……ということでは、ないのですがね。しかしこの歳になると、彼女が言っていたことが分かるような気がします。自ら作り上げた、心ある機魔《ゴーレム》こそ……我々のような工術《こうじゅつ》に命を捧げたものにとっての、子供なのだと」

「君もそれを作るつもりなのか」

「ええ。そう願っています。ここには予算や物資の制約はない。それどころか、人手すら使うことができます。王国の目から逃げる必要もない。かつて私が作った国のようです。……最後の研究に、没頭できるでしょう」

ミルージィは微笑んだ。

魔王自称者としては珍しいほど穏やかな気性の老人であった。

だがエヌは、その奥底にある危険性を理解している。

ミルージィはもはや、人生の結論を出すためだけに生きている。そのためにはなんでもする。

「……国防研究院としては、役立つ結果を出してくれさえすれば問題はない。たとえ、誰の思惑で行動していようともね。期待している」

棺《ひつぎ》の布告《ふこく》のミルージィは、黒曜《こくよう》リナリスの操作を受けて国防研究院に潜入している。その目的は国防研究院の内情調査と、エヌの監視であろう。

あまり、行動をともにしすぎるのは危険だ。

(危うさでは、人のことを言える立場ではないか――)

その場を立ち去りながら思う。

表向きは黄都《こうと》第十三卿として活動する裏で、千里鏡《せんりきょう》のエヌは、血鬼《ヴァンパイア》の生きた試料を国防研究院に提供するための暗躍を続けてきた。それは六合上覧《りくごうじょうらん》が始まる前からの、エヌ自身の人生を費やすに足る計画であった。

六合上覧《りくごうじょうらん》を前に〝黒曜の瞳〟に敗北し、奈落《ならく》の巣網《すあみ》のゼルジルガの傀儡めいた擁立者として立ってからも、その目的は変わらなかった。擁立者としての利用価値と、二十九官内部の情報を提供することで綱渡《わた》りのように命を保ちながら、国防研究院との繋がりを維持し続けた。

現状、〝黒曜の瞳〟はゼルジルガによる試合を通じてメステルエクシルの支配に成功し、別の手駒である棺《ひつぎ》の布告《ふこく》のミルージィを国防研究院内部に潜入させている。彼女らが二十九官としての利用価値が消えたエヌを生かしておく理由は、ほぼ消えたといっていい。

――だが、それでもエヌの目的達成は目前に迫っていた。

黒曜《こくよう》リナリスこそが、彼の求めるものへと大きく近づく可能性を秘めた血鬼《ヴァンパイア》の変異種なのだ。ここまで来て、何もかもを諦めるわけにはいかなかった。

イリオルデ達は、近く大規模な紛争を起こすつもりだ。誰もが行動を強いられる時が来る。

(……人生の結論を出さなければならないのは、私も同じか)

エヌが生物実験棟を訪れた時、さざめきのヴィガは手を洗っているところだった。

身につけた前掛けには、細かな血飛沫が散っている。

ヴィガは冬《ふゆ》のルクノカ討伐に大規模な兵器を投入したというが、何も変わった様子はない。

「ヴィガ君。研究の調子は？」

「ん〜。どうでしょうねえ」

黄都《こうと》に属していた頃から、同じ国防研究院のヴィガとは通じていた。

エヌが続けてきた血鬼《ヴァンパイア》の試料採取は、彼女に頼んでいる仕事を助けるためのものだ。

「第九試合に投入した屍魔《レヴナント》は撃破されてしまいましたけど……やっぱり、もともと完成度の高い兵器を修理するほうがいいような気もしています」

「間に合うだろうか？　ハーディ君達の行動は、恐らく第十試合開始に合わせたものになる。ロスクレイ君も、可能な限り試合開始を引き延ばそうとするだろうとは思うが……」

他愛のない会話のようだが、互いの言葉の裏には異なる意味があった。

六合上覧《りくごうじょうらん》以前から、エヌが個人的に依頼していた研究がある。黄都《こうと》転覆計画の開始までに、その研究を完成させることができるか。

「そうですね。もともとあるものを利用するのでしたら、そう時間はかかりません」

「……なるほど。修理ではなく複製では難しいのかな」

「元の完成度が高いだけに、複製ではちょっと限界がありますね〜」

従鬼《コープス》から採取したものでは限界がある。血鬼《ヴァンパイア》の試料の、現物が必要だということだ。

それも、完成された変異種——黒曜《こくよう》リナリスの生きた細胞が望ましい。

「なるほど。助けになれる範囲であれば手配しよう」

「気をつけてくださいね？　星馳《ほしは》せアルスの一件で、従鬼《コープス》蔓延の話もありますから……」

「ふむ。もしかして、その血清を作っていたところかな」

解剖台の上には、首のない女性の裸体が横たわっている。先程まで、ヴィガが切り開いていた死体だ。第九試合に前後して蠟花《ろうか》のクウェルが行方不明になったという事件は、市民の間でも知られつつある。

「解剖にご興味がおありですか～？」

「いいや。血鬼《ヴァンパイア》に携わる仕事をしていて恥ずかしい話だが、少々苦手だ」

長い間接触していれば、ミルージィの他にも潜入しているであろう〝黒曜の瞳〟の従鬼《コープス》から怪しまれかねない。ヴィガの悪趣味にあまり付き合いたくはない、という理由もあるが。

「邪魔をしたね。よい成果を期待している」

「ありがとうございます」

エヌは、ヴィガに何も受け渡していない。だが、エヌの方向を見ていた彼女ならば、エヌの背後にあった棚に小瓶が一つ増えたことを認識できるはずだ。棺《ひつぎ》の布告《ふこく》のミルージィから採取した細胞試料である。

（これではまだ足りない。元〝黒曜の瞳〟……戒心《かいしん》のクウロがいたか）

彼の力を借りれば、黒曜《こくよう》リナリスと再び接触することもできるだろうか。

大規模な戦争と恐慌の勃発は眼前にまで迫っている。

血鬼《ヴァンパイア》の力で意思を統一し、かつ、支配されない手段が必要だ。

（一刻も早く完成させなければ。――血魔《クルースニク》を）

新たな魔族《まぞく》によって何かを成し遂げようとする者は、ミルージィやヴィガだけではない。

◆

館に運び込まれてからのリナリスはずっと寝室に臥せったままで、丸二日の間、遠《とお》い鉤爪《かぎづめ》のユノは帰還した彼女への面会も許されなかった。

それに続くようにあの星馳《ほしは》せアルスの襲来事件も起こって、もしかしたらリナリスはとっくに死んでしまっているのかもしれないと、嫌な想像をしたこともある。

ユノは、リナリスの言う『お父様』の姿を見たことがない――それと同じように、リナリスもいつの間にか儚く消えてしまって、生きているように扱われるだけの存在になるのではないかと。

だから、ようやくリナリスとの面会が許された時は、むしろ安堵の気持ちのほうが勝った。

「リナリス」

ベッドの脇へと小走りで寄る。

大きなベッドの只中にぽつんとあるリナリスの小さな顔は、本当に死体のように見えた。

「……ユノ、さま」

「何があったかは、言わなくていいから。……大丈夫」

あの第八試合の日の外出だけで、どうしてこれほど消耗してしまったのだろう。肉体だけでなく、精神もひどく打ちのめされて、憔悴しているように見える。

熱があるはずなのに、リナリスは健康体のユノよりもなお白い。薄い血色のせいだろうか。

手を握っても体温をほとんど感じることができなくて、安堵は徐々に不安へと変わっていく。

「ま、まだ、回復していないんですか」

ベッドの傍に控えている、小人《レプラコーン》の老婆へと尋ねた。

目覚《めざ》めのフレイという名の家政婦長である。

「最悪の事態こそ免れましたが……残念ながら、回復には至っておりません。これまで、お嬢様の生術《せいじゅつ》治療はハルトル……光摘《ひかりつ》みのハルトルが兼任していたことでございます。この老いぼれの詞《し》術《じゅつ》では、まったく……まったく、力及ばず……！」

常に穏やかで冷静なフレイの目から、涙が流れ落ちていた。

見てはいけないものを見たような気まずさを覚えて、目を逸らしてしまう。

「……そのハルトルさんは？」

時折、館に出入りしていた狼鬼《リカント》の名だった。

だがユノの問いに対しては、フレイもリナリスも、沈黙するだけだった。

「じゃあ……じゃあ、どこかから医者を呼んでくるしかないじゃないですか!?」

「ユノ様……しかし、それでは」

「分かっています。あなた達は表立って黄都《こうと》に助けを求めることができない。黄都《こうと》の医師は全部第七卿フリンスダの管理下だし、場合によっては黄都《こうと》議会に情報が漏れることになる……！」

リナリス達は、秩序の敵だ。

ユノが憎悪している軸《じく》のキヤズナと、どれほどの違いがあるのだろう。

だが、今のユノはどちらにしても破綻者だ。それでも助けたいと思う。

「じゃあ、黄都側じゃない人に助けてもらえばいい……！　私は、そういう人を知っています！

そこには腕のいい医者だっている！」

黄都《こうと》を裏切ってしまった今のユノが頼れる陣営があるとすれば、一つしか思い当たらない。

第三試合直前に起こった狙撃事件で、彼とは一度出会っている。

それは観測不能な異能だ。機会に居合わせ、協力関係を結ぶ、運命的な異能。

「逆理《ぎゃくり》のヒロト――〝灰髪の子供〟と、接触させてください」

「……っ」

リナリスが息を呑んだことが分かる。

「なりません、ユノ様。今、〝灰髪の子供〟との関係は……」

反論しようとしたフレイの言葉は、途中で途切れた。

フレイの手に、リナリスの白い手がそっと触れていた。

行かせてあげてください、と言っているのだろうか、と思う。

「リナリス」

「……」

リナリスの柔らかい手を握る。

弱く、儚い。けれど、なお美しいと思った。

もう二度と、美しいものを目の前で失いたくはない。

「大丈夫。……ハーディ様の動きを心配しているのね？」

ユノの手を握るリナリスの指に、かすかな力を感じる。

二人が初めて出会った日に共有した秘密がある。

――〝大脳〟から〝脳幹〟へ。結果如何では〝末端切除〟の時期修正の必要有。

弾火源《だんかげん》のハーディが、陣営の上位へと向けて書いた伝書だ。

「危ないのは分かっている。でも、それだって交渉材料にしてみせる。私だって……あの柳《やなぎ》の剣《つるぎ》のソウジロウを見つけた、ナガンの学士なんだもの」

リナリスの金色の瞳を見つめる。ユノの瞳を見せるために。

「フレイさん。出発の準備をします。私に監視の人員をつけて、必要なら口封じしてください。私が〝黒曜の瞳〟の情報を漏洩《ろうえい》しないように」

「お嬢様のことを……本当に、助けてくださるのですね。ユノ様」

「……やります。私は……どうしようもなくて、情けない子供ですけど」

靴紐を結び直す。無意識のうちに、笑っているかもしれない。

復讐の他に、そんな途方もないことができるだなんて、思ってもいなかった。

「友達を助けるのなんて、当たり前でしょう？」

十四　予感

オカフ迎賓室黄都《こうと》支所。逆理《ぎゃくり》のヒロトが、高級住宅地に設《しつら》えた応接室である。

しかしこの日に限っては、逆理《ぎゃくり》のヒロトが主とは言い難いだろう――オカフ迎賓室の名を関する以上、オカフの主こそが、常に客を迎える側にならねばならない。

「黄都《こうと》居住の小鬼《ゴブリン》全てに特二級市民権の付与と、将来に渡る居住税の免除」

獣めいて屈強な体格を持つ口髭の男が、黄都《こうと》から発行された印状をめくっていく。

オカフ自由都市を率いる魔王自称者、哨《みはり》のモリオであった。この日は黄都《こうと》議会の要請に応えて黄《こう》都《と》を訪問し、六合上覧《りくごうじょうらん》が始まって以来久しく会わずにいたヒロトと会談をしている。

「鬼族《きぞく》として初の特権であるため、他に黄都《こうと》の市民権を希望する小鬼《ゴブリン》は審査を要する。オカフ自由都市への各種経済制裁は解除され、逆理《ぎゃくり》のヒロトは上級書紀待遇として滞在を認める。……オカフ自由都市は、正式に王国の傘下とする……なんだ、ここだけ気に入らんな」

モリオは片眉を上げた。

上等な色紙の束に処遇の詳細を示す印が為された印状は、明確な共通文字を持たないこの世界では、〝彼方《かなた》〟における公文書に相当する効力を持つ。

「だが、あんたにとっては悪くない話のはずだろう。元の計画では、小鬼《ゴブリン》どもには奴隷階級を手に入れさせる手筈だったはずだ。逆理《ぎゃくり》のヒロト、特二級市民権の何が気に食わん？」

モリオの対面には、十代半ばほどの、灰髪の少年が座っている。大人と子供以上の体格差があったが、ある意味で二人は同じ存在だ。〝彼方《かなた》〟から来訪した〝客人《まろうど》〟である。

「特二級市民権ということは、一代限りの特権となります。現在いる以上の小鬼《ゴブリン》をこの大陸に定着させるためには……これからこちらで生まれる子であろうと、市民権を得るためには黄都《こうと》の審査を受けなければなりません。恐らく、黄都《こうと》議会が狙っているのはそこです」

「……なるほどな。小鬼《ゴブリン》の一代は短い。黄都《こうと》側にとっては、居住税の免除程度は大きな痛手にはならんか。一度この処遇で合意を取った以上、審査に歯向かって小鬼《ゴブリン》を流入させるのは侵略行為って口実もつけることができる」

「特二級市民権は労役を免除される、というのも、私達の目的にとっては枷《かせ》になります。この社会に奴隷待遇で小鬼《ゴブリン》を迎えさせ、労働を通して有益性を示し、徐々に浸透させていく流れを想定していましたが……やはり、六合上覧《りくごうじょうらん》に敗退した以上は、こちらの望みを通せるだけの力関係ではないということです」

「向こうも全部承知の上でこういう手を仕掛けてきたわけだ。面白いじゃないか。こういう頭の切れる奴となると、やっぱり速《はや》き墨《すみ》ジェルキ辺りか……」

モリオは愉快そうに笑った。

黄都《こうと》の強者は、かつて死闘を繰り広げた白織《はくしょく》サブフォムのみではない。

「有山盛男《ありやまもりお》さん。オカフの軍は、まだ戦力を維持できていますか？」

「維持は到底できてはいないが、戦えはする。心臓はとっくに止まっていて、あんたの金を輸血して延命し続けているようなもんだ。あまり長くは保たん」

ジギタ・ゾギは敗退し、残った逆理《ぎゃくり》のヒロトも政治的に敗北した。

モリオの魔王自称者指定が解除されたということは、即ち黄都《こうと》にとって、モリオやオカフ自由都市がもはや脅威にはなり得ないということだ。

いかに星馳《ほしは》せアルス襲来を経て黄都《こうと》軍が消耗しているとしても、ただ衝突すれば、オカフは一方的に負けるだろう。六合上覧《りくごうじょうらん》への参戦と引き換えに傭兵業を停止された結果、資金も、人材も、流出しすぎてしまっている。

「まさか、この状態で戦争を起こすなんて言わないだろうな？　いくらジギタ・ゾギが殺られたとはいえ……あんたの自爆に付き合うのは、さすがにごめんだ」

ジギタ・ゾギの擁立者である荒野《こうや》の轍《わだち》のダントがこの場に居合わせていない以上、そのような申し出がある可能性は危惧していた。ヒロトはオカフのみならず、人脈を築いてきた市民階級すら含む大規模な暴動を起こして、全ての結果を台無しにできるかもしれない。

その場合はどうするのが正解だろうか。少なくともヒロトの首をここで獲って、その後黄都《こうと》議会との交渉に持ち込む必要があるだろう。

――戦士ではない市民を巻き込むことは、モリオの正義に反する。

（あまりやりたくはないがな）

腰の後ろに差しているナイフの位置を意識しながらも、思う。

経緯はどうあれ、モリオもまた、自身の判断でヒロトに賭けたのだ。ヒロトを切り捨てて自分だけが生き残ろうとするのも、筋が通る話ではないだろう。

ヒロトが口を開く。

「軍は、まだ動かしません。ですが必要になる時は近いうちに必ず来るでしょう」

「……敵は黄都《こうと》ではないんだな？」

「はい」

逆理《ぎゃくり》のヒロトは敗北した。陣営ごと包囲されて、全ての力を封じられた、無力な子供。

だが、この男はいつも、何かがあるように思わせてくれる。

「ジギタ・ゾギが遺したある推測があります。第十試合を控えた今、この黄都《こうと》で星馳《ほしは》せアルスの襲来以上の、勢力の大転覆が起こることは間違いありません。あなた達に戦ってもらうのは、黄都《こうと》を覆すための戦いではなく……黄都《こうと》を守る戦いです」

モリオは唇の端を曲げた。

逆理《ぎゃくり》のヒロトと組んだのは、オカフの傭兵達と、自分自身が望む戦場のためだったのだ。

それを提供してくれるというのなら、大歓迎だ。

「有山盛男《ありやまもりお》さん。あなたを味方に引き入れたのは、このような日のためです」

「よし。詳しい話を聞かせてくれ」

十五　穢れなき白銀の剣

事態は、第十試合当日に動いた。

黄都《こうと》の中心よりやや離れた北西に位置する五番城塞には、イリオルデ陣営の主要を占める二十九官が、戦術卓を囲んで集結している。

第十八卿、片割月《かたわれづき》のクエワイ。生まれつき対人能力の障害を抱えながら、それを遥かに補う知的能力で二十九官へと上り詰めた、異形の天才。

元第二十卿、鎹《かすがい》のヒドウ。高い才覚故に自ら二十九官の席を退いた後、ロスクレイ陣営からイリオルデ陣営へと引き抜かれた、若き隠遁者《いんとんしゃ》。

第二十七将、弾火源《だんかげん》のハーディ。数多《あまた》の屍《しかばね》を踏み越えてこの時代に生存してなお、苛烈な戦火を内に灯し続ける、最後の老将。

元第五卿、異相《いそう》の冊《ふみ》のイリオルデ。黄都《こうと》議会を追放されながらその力を失うことなく、隠然たる影響力によってこの大勢力を築き上げた、真の黒幕。

「第一波はユーキスの菌魔兵《ファンギ》だ。こいつらには無差別に市街を襲撃してもらう」

ハーディは事もなげに言った。輸送部隊が黄都《こうと》全域に配置した貨車には、休眠状態の菌魔《ファンギ》が満載されている。菌魔《ファンギ》は単純な生物であり、目覚める時刻も精密に調整可能だ。

「その鎮圧のために、俺達は軍を展開する。当然、改革派の連中はこれを知らない。菌魔《ファンギ》に対処するために出てきたところで、俺達の軍勢と鉢合わせになる。現場で混乱状態を作り出しちまえば、こっちのもんだ。予定通りに動いてるこっちは、一方的に先制攻撃を仕掛けられる。理由は……改革派が俺達を攻撃しただとか、市民を誤射しただとか、適当に喧伝《けんでん》しちまえばいい。戦場になればどうせ何人か、本当にそうなるんだからな」

黄都《こうと》の地図をなぞりながら、ハーディは作戦の概要を続ける。

「ユーキスへの連絡役はクエワイ。市民の連中を動かす筋書き作りはヒドウに頼む。イリオルデの人脈でも使えば、まあ大抵の話は通るだろうがな」

「……ロスクレイはどうする」

ヒドウは、うんざりしたように言った。

成り行きに流されるままこの状況に至ってしまったが、何一つ納得したわけではない。黄都《こうと》転覆計画を引き起こすことも、自分が今、このようになっていることも。

「どれだけこのジジイの影響力が強くたって、絶対《ぜったい》なるロスクレイは別格だ。あいつが市民の前に出てきて一言二言喋れば、俺達の正当性なんか全部ご破産になる」

「だから、ロスクレイが試合する当日を選んだんだよ。奴の動きに対してなら、先手を打つ算段がある。ツツリはそっちの作戦に向かわせているところだ」

第二十一将、紫紺《しこん》の泡《あわ》のツツリ。第九試合での戦闘で、彼女も相当な負傷を負っているとのことだったが……それでも、この重要な作戦をただ欠席しただけのはずがない。

「……秘密主義な野郎だな。そういう話があるなら共有しろ」

「寂しがらせたか？　悪かったたな」

ハーディは、悪びれもせずに笑った。

「……ハーディ」

イリオルデが口を開く。

「私には、戦争の才覚はなくてね。無論……軍事の判断は君に一任している……。しかし、ロスクレイのことは……些か不思議だ。ツツリに留まらず……あの星図《せいず》のロムゾをそちらの作戦に投入してよかったのか……」

当然のように、ロスクレイの無力化作戦を知らされている。

ヒドウは舌打ちした。

(俺だけかよ)

「ヒドウ。ツツリには星図《せいず》のロムゾからの情報で、ある地点に向かってもらっている。ロムゾも元々はお前と同じで、ロスクレイ陣営にいた男だからな」

「嫌味か？」

「クハッ！　そう怒るな。どうやらロスクレイは、東外郭二条にいる誰かと定期的に接触していたらしい。ロムゾ以外の誰も気付いていていなかった。それくらい、慎重を期して会っていた相手だ」

「そいつは俺も知らなかったな。……ツツリとロムゾで、そいつを人質にでも取るわけか。でも東外郭二条だろ？　星馳《ほしは》せアルスに襲われて、そもそも生きてるかどうかも分かんねえぞ」

「人質ってのは……違う。そもそも関係者を人質に取って言うことを聞かせるなんて手は、あのロスクレイには通じねえさ。いたとして、せいぜい殺して嫌がらせに使うくらいだ。俺とツツリが考えてる可能性は、別だ」

六合上覧《りくごうじょうらん》の開催を控えた状況で、あのロスクレイが密かに接触していた者がいた。一度の勝利を確実なものとするために、ありとあらゆる準備を整える男である。

「勇者候補に匹敵する隠し玉を飼っている可能性がある。そうだとしたら……今回の作戦では、ロムゾを含めた奇襲で先んじて動きを止めておかなきゃあならんからな。そういう不確定要素さえ潰しておけば、ロスクレイ本人の動きを止めておくのはそう難しいことじゃない」

「あんたが言うならそうなんだろうがな」

表に出られてしまえば負ける駒なら、表に出さなければいい。

他の勇者候補とは異なり、絶対《ぜったい》なるロスクレイ自身は、ただの騎士でしかない。

黄都《こうと》の軍閥一つと勝負して勝てるわけではないし、外部からの力を絶った状況に追い詰めれば、押さえ込める勝算はあるのだろう。何しろ、ロスクレイとの付き合いはハーディの方が長いのだ。

ヒドウが不本意ながらもこの勢力に加担している理由もそこにある。絶対《ぜったい》なるロスクレイの恐ろしさを熟知している弾火源《だんかげん》のハーディが、何の勝算もなく反乱を企てるはずがない。

ハーディは確かに戦争を何より愛する戦争狂だが、戦争狂故に、負ける戦争を戦わされることを何よりも嫌悪する男だ。より勝ち続ければ、次の戦争を味わうことができる。そう語っていた。

現実的にも、勝算は十分に高いといえる——こちらの陣営には、黄都《こうと》の軍部の大半を掌握するハーディと、今なお黄都《こうと》の裏を支配するイリオルデがいる。そして多数の魔王自称者が属するとされる国防研究院は、都市を滅ぼして余りある魔族《まぞく》を生産し、ケイテ陣営から接収した〝彼方《かなた》〟の兵器すら研究しているという。

「無意味な被害は出ない段取りなんだろうな？」

「別に今回で電撃戦を仕掛けて、王宮まで攻め込んで勝ち切ろうだなんて思っちゃいない。国崩しで重要なのはな。勝つことじゃねえ。こちらをどれだけ優勢に見せるか、だ。誰よりも真っ先に菌魔《ファンギ》を殲滅し、混乱して市民連中に危害を加えた改革派も鎮圧する。そうして軍部派が優勢を取った上で、六合上覧《りくごうじょうらん》の内情と、冬《ふゆ》のルクノカ撃破の真相を吹き込んでやる……恐怖だとか熱狂は、方向性を揃えてやるほど乗せやすくなるだろ？」

（冬《ふゆ》のルクノカの一件で、市民を味方につける。うまく行けば、血は流れない。もしかしたらロスクレイ陣営だって、そこそこの落とし所で手打ちを望むかもな……）

体制側であるロスクレイ陣営は今、同時多発的に対処せねばならない問題を複数抱えている。六《りく》合上覧《ごうじょうらん》によって膨れ上がった政情不安だ。

一つ目は、オカフ自由都市及び小鬼《ゴブリン》国家。千一匹目《せんいちひきめ》のジギタ・ゾギの擁立により、黄都《こうと》への浸透を図ろうとした外患勢力。ジギタ・ゾギが敗死し、本来の計画が潰《つい》えた今、彼らがより政治的優位に立つべく強行手段に出る可能性が存在する。

勇者特権を利用して既に黄都《こうと》内に入り込んでいる彼らが一斉に遊撃戦を開始した場合、正攻法では対処の手が回り切らぬ難敵と化すはずだ。

二つ目は、〝黒曜の瞳〟。〝見えない軍〟の存在が速《はや》き墨《すみ》ジェルキの演説で明らかになった以上、この敵も、もはや正体を隠す必要がなくなったと考えることもできる。

三つ目は、旧王国主義者。現在の女王セフィトを、黄都《こうと》の先王アウルから王位を簒奪した侵略者とみなし、旧王国への回帰を掲げる独立武装集団。

（ハーディ達軍部が反旗を翻したままで、黄都《こうと》がこいつらに対処することは不可能だ。どっちにしても……改革派は軍部派を潰すことはできない。ロスクレイはどうするつもりなんだ？）

一連の考察を終えて、ヒドウは顔を上げる。

「不安かね。鎹《かすがい》のヒドウ」

その時を見透かしていたかのように、イリオルデは尋ねた。

「……イリオルデ」

議会を追放されてから――否。それ以前の中央王国時代から、異相《いそう》の冊《ふみ》のイリオルデは、自らの目的に適《かな》う者への支援と人材提供を裏から行い続けた。その結果がこの万魔蠢く陣営であり、国防研究院だ。

誰かが立ち向かうにはあまりにも大きく膨れ上がった、黄都《こうと》の闇。

「これで良い。良いのだ。私は……野望や復讐の心も、とうに枯れてしまった。君の心配するようなことは……何もしない。黄都《こうと》にも、民にも……」

イリオルデは穏やかに語る。

疑念を秘めるヒドウに対してすら、それを心から語っているように聞かせてしまう。

「……ただ、停滞が崩れる様を見たい。若い……新しき力に、この行き詰まった黄都《こうと》を再生してほしい。君達がその偉業を成し遂げられるなら……それが、私の何よりの望みなのだ」

「ナメやがって」

イリオルデの操るハーディ陣営。その目的も、結局は旧王国主義者と同様の、現政権の解体だ。しかもそれは、他の有象無象の勢力と比較にならぬ規模の作戦行動である。

六合上覧《りくごうじょうらん》という前提を破壊し、冬《ふゆ》のルクノカ討伐という権威を手に、黄都《こうと》の権力の座を手にする。その後はどうなるだろう、と思う。

対立陣営の旗印たる絶対《ぜったい》なるロスクレイを抹殺し、女王暗殺の首謀者として仕立て上げるか、あるいは女王を殺害するまでもなく、彼女を傀儡として手元に置くだろうか。

（こいつらが……俺達が、四つ目だ）

作戦開始の時刻は近い。状況は恐らく、想像を遥かに越えて複雑なものと化す。

誰が動くか。どこで戦いが激発するのか。

武官ではないヒドウは、戦場の混沌を真に知ってはいない。

それを完全に理解しているのはきっと、弾火源《だんかげん》のハーディただ一人だ。

だが、彼らが動くその機は高確率で重なる。

（どいつだ）

それは、既に予定された……黄都《こうと》の民の全てが知る、絶対《ぜったい》なるロスクレイが最もその動きを制約される一日であるから。

（――どの勢力が動く）

時は午前。

第二回戦第十試合当日。

◆

東外郭二条。その運河沿いに、軽装の一団が一定の間隔をおいて展開していた。

彼らの多くは市民のような装いをしている。それでも経験を持つ者の目からは、正規の訓練を受けた、統率された軍であることが分かるかもしれない。

十数の小集団に分散しているのは、即座の散開を想定しているためだ。

軍事的な重要拠点ではない。さりとて、敵がこちらの動きに気付いていれば、対応しないわけにはいかない。第二十一将、紫紺《しこん》の泡《あわ》のツツリの部隊は、この地に先行することで、ハーディ陣営の軍事行動に対する黄都《こうと》軍の対応を探る役目も担っていた。

「……けほっ」

ツツリは小さく咳き込むと、双眼鏡を畳んだ。

あのマリ荒野での戦いから、まるで風邪《かぜ》を患ったような咳が止まらなかった。

半身に負った凍傷は、何重もの包帯で覆っている。

「改革派が監視してる様子もない。こりゃハズレかな。けほっ」

後ろに立つ男に向けて言う。

「さて。あるいはロスクレイ君にとって、それほど……身内にも隠し立てする必要がある者なのかもしれないね」

〝最初の一行〟の生還者、星図《せいず》のロムゾ。言うまでもなく、ツツリはこの男を信頼していない。

本来、彼は旧王国主義者の顧問として破城《はじょう》のギルネスを補佐していた男だ。だが彼は理由不明のまま旧王国主義者を見限り、ロスクレイ陣営へと寝返った。彼の行動が、破城《はじょう》のギルネスを死に追いやったといっても過言ではない。

さらにロスクレイ陣営すらも離反して、イリオルデ陣営へと寝返った。そちらの理由も不明だ。

三度目や四度目も、きっと同じことが起こるだろう。

（何か、別の理想があるとか……ロスクレイが送り込んでる間諜だったとか、そういうオチじゃあないんだろ……ロムゾ）

――〝最初の一行〟。人間《ミニア》としておよそ最高峰の個人戦闘能力を誇り、〝本物の魔王〟との交戦に生還しながら、彼は一切の栄光を掴むことがなかった。〝本物の魔王〟を直視してしまったかつての英雄は、誰かに信頼や評価を与えられるたび、それを自ら踏みにじらずにはいられない破綻者と成り果てていた。

個人戦力としては無敵に近いだろう。だが作戦本部の護衛として置くわけにはいかない。何らかの内通の結果、あるいはロムゾの全くの気まぐれで、幹部が皆殺しにされる可能性があるためだ。決して大袈裟な危惧ではない。

あらゆる怪物を許容するイリオルデ陣営においてすら、この男は許容できない。

（……ジェルキが六合上覧《りくごうじょうらん》で狙ってるのと、同じことをやる。こいつが絶対に裏切る駒だというなら、それ以前の段階で他の強者とぶつけて……潰す。可能なら、今日この場で、あたしの目の前でだ）

〈ツツリ様〉

腰に提《さ》げているラヂオから、報告があった。市街地を見張る兵からのものだ。

〈第十試合の中止が議会より各商店に通達されたようです。柳《やなぎ》の剣《つるぎ》のソウジロウの負傷が深く、女王陛下の御前での万全な試合が不可能であるため……と〉

「やっぱり来たな。織り込み済みの流れだ」

〈こちらの作戦行動が読まれていたのでしょうか？〉

「当然でしょ。ロスクレイがこっちの立場で考えれば、試合当日に攻撃を仕掛けてくることくらいは読む……。こっちにギリギリまで作戦変更をさせないために、当日まで予定通り試合が開催するように装ってたんだ。ロスクレイだって最初から、今日が勝負どころだってことは知ってるよ」

「……それは」

横に立つロムゾが疑問を挟んだ。

「ハーディ君の動きも読まれていた、と見ていいのかな。ハーディ君が招集をかけたのも、今日の早朝だったね。たやすく見破られるような頃合いで急戦を仕掛けるのは失策のように思うが」

「フ……それでも今日、急に仕掛けるからこそ意味があるんだよ。試合当日を狙わなきゃ、ロスクレイを止められないわけじゃない。けれど何もかもが終わるまでジェルキを止めておくことは、この日でもないと不可能だ。作戦決行が今日だという確証がない限り、全部の商店や関係機関への根回しをしておけるはずがない。どうやっても……こほっ、ジェルキ自身が十割の実務能力で試合延期を働きかけて、場合によっちゃ関係各所に直接交渉までやる必要が出てくる。……連中の中で一番優秀な、内政の一角が欠ける。そういう状態で総攻撃に対処させる。それが狙いだ……けほっ」

体制側であるロスクレイ陣営は、もはや六合上覧《りくごうじょうらん》そのものを捨てることはできない。そうしてしまうには大きすぎる資産と犠牲を、この計画に費やしすぎてしまっている。

(何万人死んだって釣り合う――か)

ツツリは軽薄に笑う。

偵察の兵が、目標の小屋に突入したところだった。

すぐさま通信が入る。

「どう？　……げほっ、誰かいた？」

〈いいえ。誰もいません。ただの倉庫――〉

バツン、という音で通信は途絶えた。

建物の内から炎が膨れ上がった。爆発音。

光と轟音が、復興の最中にある貧民街を反響した。

「罠……！」

読まれていた。それは想定の内だとしても、ここまで明確な攻撃を仕掛けるということは。

「……ロスクレイ！」

◆

「ハーディ将軍！　第十試合が延期されました！　エルプコーザ行商組合、ギルド〝葉陰《はかげ》の蛇《へび》〟、メルプ六の月協定、インサ・モゼオ商会、レクザード一家へと、ほぼ同時に黄都《こうと》議会からの通達が入っております！」

「そうか。予定通りだ」

ハーディは、椅子に深くもたれながら銃を磨いている。

司令室に駆け込んだ伝令の報告にも、振り返ることはない。

「その動きが来たってことは、敵は既にどこかに部隊を展開しはじめているはずだ。各所からの通信を統合して不審な地点を洗い出せ」

「了解しました！」

遠ざかっていく兵士の足音を聞きながら、ハーディは呟く。

「よく訓練しているな。イリオルデ」

「……なに。優秀な人材は何も黄都軍《こうと》の下《もと》だけに集うものではなかろう。私は……そうした者を慎重に見定め、必要な環境を与えてきただけに過ぎない。それに、これはハーディ。君の功績でもある」

「なんだ。どういう意味だ？」

「戦争は、将が始めるものではないというが……君ほどの求心力と力のある将が手を貸してくれたからこそ、体制に立ち向かう者も、一つになれたということだ。それは日陰で動き続けるしかない私にはない力だ……」

「戦争は将が始めるものではない、か」

ハーディは、口の端で僅かに笑みを浮かべる。

今手入れしている銃は近年流通しはじめた小型銃には程遠い初期型のものだが、長い間戦争をともにしてきた相棒だった。〝本物の魔王〟の時代から握りしめてきた銃把は、血と硝煙が染み込んで、まるで吸いつくように彼の手に馴染《なじ》んでいる。

「イリオルデ。あんたは孫がいたか？」

「……いいや。私は家族を作るのには、あまり向かなかった。……ある意味で、同志こそが私の子のようなものだ。たまに君達が羨ましくなる」

「そうか。まあ、あんたが相手だから遠慮なく続けさせてもらうが。俺の孫も最近、立って歩くようになってな……色んなものを構わず手に取って遊ぶもんだから、息子夫婦も手がかかるってぼやいてたよ。クハハハハ……」

弾火源《だんかげん》のハーディは、一度黄都《こうと》二十九官を退いたことがある。

第二十七将という席次の大きさは、彼が一度引退した上で出戻った者だからだ。

戦場で武功を立て、危険に身を晒す必要のない穏やかな日常を手に入れてなお、〝本物の魔王〟の時代が終わってなお、争乱という弾火源《だんかげん》に身を投じたくて仕方がない。

「それで、つい最近の話だ……その孫が、木彫りの銃で遊んでたんだよ。あれだ、イリオルデ。どこかの商店が子供用に彫ってるやつがあるだろ。その時にな……心底思い知ったのさ。俺は、どうしようもなく戦争が好きなんだってな――」

その時、建物のすぐ外から爆発音が響いた。

ヒドウが真っ先に飛《と》び退《の》いて、窓から離れて伏せた。

「……ッ、敵襲かよ!?」

「ビビるな、ヒドウ」

ハーディは落ち着き払って答えた。

「……ロスクレイ達がここを嗅ぎつけたとは思えんが、直接確認した方がいいな。イリオルデ、状況を見に行かせろ。ただの事故ならいいがな」

イリオルデは泰然と笑った。

「く、く。やれやれ……ここに来て君が出し抜かれるとは思わんが。全てが上手くはいかないものだな、ハーディ」

「それが戦場だ。そうそう都合のいいことは起こらねえさ」

イリオルデは指先を上げて、ゆるりと指示を下す。森人《エルフ》で構成された四人の護衛の内、二人が音もなく退室した。

「爆発物なら、ケイテの仕掛けって線もあるぞ、ハーディ」

「第六試合でやってた小細工のことか？　……ま、心配はいらねえさ。落ち着けヒドウ」

「……おい。マジに大丈夫なのか？」

「話の続きだがな。イリオルデ」

ヒドウの懸念を一蹴して、ハーディは首を鳴らした。

「孫の遊びを見て……その時に思ったわけだ。俺は……自分でも信じられねえくらい、戦争が好きだ。人間《ミニア》が殺されたり死んだりするザマが、俺以上に好きな奴は……まあ、ソウジロウくらいしかいないんじゃねえか」

「知っているとも。その破綻を理解してやることなど、ロスクレイのような男にはできん。あの男は、真っ当すぎるのだ。……私が許す。君は、君の望むように戦っていい。魔王や勇者など……人の抱える業と比ぶれば、遥かに些末なことだろう」

「ク、クク……俺が今したいのは、そういう話じゃなくてな……」

ハーディは、こらえきれずに笑っていた。

期待と好奇が際限なく高まり、溢れているような笑みだった。

「俺の孫が……銃の玩具で遊んでるのを見てな。俺は、本当に羨ましいって思ったんだよ。あんな……クハハッ、小さくて、無邪気なガキに……本気で嫉妬したんだ。なあ。どう思う？　俺が、この後、老いぼれて死んだ後でも……あいつは戦争ができるんだよ！　こんなに楽しいことを！」

穏やかな笑みで独白を受け止めていたイリオルデは、ついに言葉を止めた。

席を立っていた片割月《かたわれづき》のクエワイは、気迫に後退《あとずさ》りした。

ヒドウは口を開けて、ハーディの形相を眺めていた。

「だから、俺は思ったのさ」

イリオルデの護衛の森人《エルフ》が真っ先に動いた。

彼女が刺突剣を抜くより先に頭蓋が銃弾で爆ぜた。

銃声が聞こえた。

「戦争は俺のものだ――こんな楽しいことは、この俺で最後にしてやろうってな！」

誰が撃ったのか。

卓を囲み、銃を手にしており、イリオルデの護衛を上回る早撃ちを浴びせられる者など、一名しかいない。

「……ハーディ！」

イリオルデは初めて激高した。

人生で初めて声を荒らげたのかもしれなかった。

怒声を続けるよりも早く、銃弾がその喉を貫通した。

「グ、ウウ、オッ、あ」

銃声。銃声。銃声。銃声。

弾丸の雨が、残った一名の護衛もろともイリオルデを椅子に釘付《くぎづ》けにして、立ち上がらせることすらなかった。嵐の中で、血と脳漿《のうしょう》が破裂した。

黄都《こうと》の暗部を支配した黒幕は、椅子と混じり合った肉塊と化して果てた。

「ク、クク」

凄絶な返り血を浴びて、ハーディは笑った。

撃ち尽くした銃を両手から落とすと、それは粘性の水音を立てて床に落ちた。

楽しい。だから笑っているのだ。

「クハッ、クハハハハハハハハハハ！」

銃声。

部屋の入口を護衛していた兵を、新たに抜いた銃で後ろ手に射撃している。

長い外套の中には、最新型の小型銃が満載されていた。

全て実弾が込められていた。最初から。

二名の兵士が抜剣しようとしたが、別の方向から斬撃で斬り伏せられた。ハーディ直下の兵の攻撃であった。斬り捨てられ、倒れるよりも早く、さらに頭蓋を銃弾が撃ち抜いた。

「ハッハッハッハッハッハッハ……！」

銃声。銃声。銃声。銃声。

火薬の風圧で、外套が翻る。

長い戦術卓の卓上を悠然と歩きながら、狂えるハーディは歌うように弾火を踊らせた。

左。前方。下。左。右。

周辺視野のみで目標を捉え、恐ろしい速さでイリオルデの兵を射殺していく。

暴力が、悪意が、死が、全てが飛び散り、広がって、満ちる。

ヒドウは恐怖した。

「な、なに……何やってる、ハーディッ!?」

「ああ……クハハハハハハハ！　最高だ……戦争ッてのは！」

「ハーディ……」

ヒドウは、言葉の途中で息を呑んだ。

ハーディの後方で、クエワイが戦術卓に突っ伏しているのが見える。

眠っているわけではない。頭の下から血がとめどなく広がって、流れ落ちている。

咄嗟の判断で攻撃に移ろうとしたクエワイを、ハーディは自動的に、無造作に殺していた。

戦術卓の上で、悪魔の歩みが、コツコツと靴音を鳴らす。

生存者は六名。ヒドウと、ハーディ直属の僅かな兵だけだ。

残りは全て死んだ。

「いつ、からだ……」

ヒドウは呟いた。何が起こっていたのかを悟った。

今……彼が真に恐れている相手は、悪夢めいて狂気を発露させた弾《だん》火《か》源《げん》のハーディなどではない。

これは今起こった出来事ではなく、遥かに前から起こり続けていた。

彼と手を組んでいた者こそが、恐ろしい。

誰も気付くことができなかった。そんな発想が頭に過りすらしなかった。

ハーディは戦術卓を端まで歩み終えて、机の端へと腰掛けている。

その後姿に向かって叫んだ。

「いつからだったんだ!?　ハーディ!」

懐から取り出しているのは、小さなラヂオだ。ハーディは報告している。

戦火の熱を冷え切らせるかのような、低く無慈悲な声であった。


「待ち切れなかったぜ……ロスクレイ。〝大脳〟から〝脳幹〟へ」

あらゆる反逆は無意味だった。

たった一人の勝者を定める六合上覧《りくごうじょうらん》。

勝利という必然を最初から定めることのできた者が、そこにいたのだとすれば。

「――〝末端切除〟を完了した」

◆

黄都《こうと》の中枢議事堂へとその一報が届いたのは、イリオルデ陣営の司令室壊滅より遥かに遅れてのことである。

報告を受けたのは、中立の立場で運営事務を担当する第一卿、基図《きず》のグラス。そして第八卿、文《あや》伝《つ》てシェイネク。彼らは急遽中止を通達された第十試合への対応に追われ、その同時刻に勃発していたさらなる争乱について、知る由もなかった。

報せを聞くや否や、グラスは手当たり次第に書類を広げ、シェイネクがその中から組み合わせ決定時の議事録を瞬時に抜き出した。

「ね、念のため聞くが、シェイネク……気付いてたか」

「……まさか。グラス卿だって想像してなかったでしょう」

「ロスクレイとハーディは……最初から手を組んで、この六合上覧《りくごうじょうらん》に参加していた……全て、ひっくり返ることになるぞ」

決定した対戦組み合わせについて、かつてシェイネクと共に議論したことを覚えている。

確実に勝ち進める組み合わせを作る権利を有しながら、絶対《ぜったい》なるロスクレイは、その構築に失敗した――と、試合を俯瞰するこの二人すら思い込んでいた。

シェイネクは、慌ただしく組み合わせ表を開いた。

「ロスクレイが戦いを勝ち進むためにはむしろ、勝てないように見える組み合わせに見せる必要があったということになります。明らかに優勝が確定している一人は、他の十五人全員から警戒されることになる……開催前、全員が万全の状態ならば、最大の脅威を排除しようとするはずです。現にあのカヨンも……ケイテも、エヌも、誰もが、目の前の相手への仕掛けを優先した！　本当に手段を選ばず戦ったなら……勝つのはロスクレイなのに！」

「……いや。ロスクレイを下そうって連中はいたんだろう。だが……ロスクレイに歯向かうつもりなら……現実的にそうしようとする奴は、ハーディだ……こっちの陣営につく……！　その可能性すら、始まる前から刈り取られてやがった……」

強大なる勢力に逆らう者こそ、匹敵する別の強大なる勢力を求める。

自身の対立勢力としてハーディを擁立したロスクレイの策は、そうした反逆者の心理すら掌中へと収める、致命的な罠だった。

軍部の長という肩書きが、黄都《こうと》の手から逃れ暗躍を続けてきた元第五卿、異相《いそう》の冊《ふみ》のイリオルデすらをも引きずり出した――都合よく用意された偽りの勝算に、彼は陰謀家として蓄えてきた全てを投じてしまった。

「この……この前提を置いて対戦組み合わせを見ると、どうなります？」

「……第一回戦、灰境《かいきょう》ジヴラート。これは変わらん。あのロスクレイが、第一回戦から勝てない相手を選んでいたなら、さすがに何かがおかしいって訝しむ輩が出たはずだろう」

「実際には予想以上の苦戦を強いられたものの、世界詞《せかいし》のキアが例外だった――と」

「そりゃ、あんな化物を予想できる奴はいないよ。それこそロスクレイでもだ」

第一回戦にして最悪の想定外という脅威に晒されながらも、彼は勝った。

そしてロスクレイの第二回戦の敵となる出場者を決める、第三試合。

「移《うつ》り気《ぎ》なオゾネズマ、対、柳《やなぎ》の剣《つるぎ》のソウジロウ……」

「確か、あれだ。第三試合の最中……ハーディがダントの奴に接触したって噂があったよな。もしもソウジロウが負けた場合は、オゾネズマの側に一枚噛もう……って話だと思ったが。あれも今にして思えばだ」

移《うつ》り気《ぎ》なオゾネズマに対して、ハーディはなりふり構わぬ大規模な兵力の投入によって、遅延工作を講じた。その横合いからロスクレイ陣営が介入することすら考慮していないかのような。

無名の、正体不明の候補に一度勝つためにしては、明らかに異常な勝利への執着だった。だが、その疑惑に辿り着ける者はいなかった。

「第二回戦。これは、第二回戦の、この戦いが狙いです。ハーディは……オゾネズマが勝ったとしても、内側からオゾネズマを妨害するつもりだった……違いますか!? 彼は最初から、自分の擁立候補を勝たせるつもりなどなかった！　ロスクレイと同じ……どのような手段を取っても、第一回戦の勝者側にいればよかったということです！」

「つまり……第三試合を勝ち上がったのがどちらであろうと、ロスクレイの対戦相手は、第二回戦で勝てなかった。ハーディが……黄都《こうと》最大の軍閥が擁立者として全力で妨害を行ったとしたら……そりゃ、勝てないだろう……！」

ましてハーディの擁立候補は、謀略の力を持たず、政治的な後ろ盾が一切存在しないソウジロウだ。むしろそのような者を見定めて、ハーディは勇者候補として表に立てたのだ。

第二回戦で、ロスクレイに負けさせるための候補として。

——第三回戦をどのように戦うつもりでいますか？

かつて逆理《ぎやくり》のヒロトが投げかけた問いは、ハーディにとって都合の悪い質問だった。

彼には、最初から第三回戦を戦う予定などなかったから。

「……第三回戦。これは」

「そこは……とっくに答えは出ているだろうシェイネク。ロスクレイはそもそも戦うつもりがなかったんだよ……！　常識的に考えれば、確実にアルスかルクノカが勝ち上がってくるところだ……！　第八試合のように――魔王自称者認定で、試合前に消すつもりでいたってことだろう！　第三回戦までを全勝。不戦勝はこの一回だけで……誰も、不審に思わない。アルスに、ルクノカ……竜族《りゅうぞく》は人族《じんぞく》の脅威だからだ……！」

「……だとしても」

シェイネクは呟く。こうして彼の計略を改めて追い直せば分かる。

この地平において最強の修羅が集う中で編まれた謀略の糸である。世界詞《せかいし》のキア。冬《ふゆ》のルクノカ。ロスクレイの計画を打ち崩す要素はいくつも存在した。

計画が長期間の、緻密《ちみつ》なものとなるほど、たった一つの前提が覆されるだけで、全ての修正を余儀なくされる。

「全て、修正した……ということになりますよ。それも、ルクノカの一件に関してはイリオルデ陣営の戦力を削り、彼らを動かすための旗印にさえしてみせた。蠟花《ろうか》のクウェルの行方不明も、ロスクレイにとって都合が良すぎる――何より……謀略の面で六合上覧《りくごうじょうらん》で最も脅威だったオカフ自由都市や〝見えない軍〟の目からも、この……もはや覆せない局面が来るまで、真の実力を隠し通してみせた……」

「こんな真似が……ロスクレイ……！」

見る。何度見たところで、対戦組み合わせの事実は動かない。

それはこの六合上覧《りくごうじょうらん》が始まった時点で、既に決まっている。

ロスクレイの属する組を確認する。


無尽無流《むじんむりゅう》のサイアノプ。擁立者死亡により脱落。

おぞましきトロア。第一試合敗退により脱落。

星馳《ほしは》せアルス。第二試合敗退および魔王自称者認定により脱落。

冬《ふゆ》のルクノカ。大規模軍事作戦および第九試合敗退により脱落。

移《うつ》り気《ぎ》なオゾネズマ。第三試合敗退により脱落。

世界詞《せかいし》のキア。第四試合敗退により脱落。

柳《やなぎ》の剣《つるぎ》のソウジロウ。擁立者離反により脱落が確定。


「——全滅だ！」

絶対《ぜったい》なるロスクレイは、決勝にまで勝ち上がる。

後から見れば、全てが彼を勝たせるための作戦であったと理解できる。

ソウジロウを勝利に導くためと見えたハーディの陰謀は、その実彼と当たって勝ち上がるロスクレイを先に進ませる戦略だった。故の、勝ち抜き戦。

だが、それを知らない者では、決して気付くことはできない。

「さ、最初から……」

誰がどのように動き、勝利への策を弄したところで、何もかもが、それよりもさらに上の次元で仕組まれていた。

六合上覧《りくごうじょうらん》。ただ一人の勇者を定めるための、真業《しんごう》の戦い。

「この組の中に……ロスクレイに勝てる奴なんか、誰も入っていなかった！」

あとがき

お世話になっております。珪素《けいそ》です。このシリーズを刊行の最初の頃から追っていた奇特な読者の皆様は、もしかしたら第一巻の最後にあった予告ページを覚えていらっしゃるかもしれません。ようやく異修羅が冬に出ました。

そして本編の内容も刊行時期に合わせたわけではないですが、冬《ふゆ》のルクノカです。一つ前の巻に勝るとも劣らない勢いで総力戦しまくり人死にまくりの巻ですが、六合上覧《りくごうじょうらん》の第二回戦までこうしてシリーズを続けさせていただけたのは、毎回素晴らしいイラストを手掛け凄《すご》い数のキャラデザまでこなしてしまうクレタ様と、こんなダメ人間を宥《なだ》めすかして進捗を管理してくださる担当の佐《さ》藤《とう》様、出版や宣伝に関わる全ての方々、そして読者の皆様の応援と手助けあってのことです。今回も本当にありがとうございます。あとがきを書くたび感謝を噛《か》み締《し》めております。

感謝の気持ちを込めて、そして初心に戻る意味合いも込めて、美味《おい》しいジェノベーゼのレシピを皆様にご提供したいと思います。

なぜ初心に戻るのかというと、第一巻のあとがきレシピで使った硬いチーズ、パルミジャーノ・レッジャーノをここでまた使うことになるからです。保存も効き色々な場面で使える便利な食材なのでここで改めて常備をおすすめしたいのですが、今回はもう一つ用意していただかなければいけない、とても高価な物品があります。ミキサーです。

私も結構長いことミキサーを持っておらず、どうしても必要な時はネットで買った変なハンドブレンダーを使う程度だったのですが、やはりしっかりしたミキサーはとにかく使いやすく、耐久性や洗いやすさの点でも一線を画すものがあります。1万円くらいの価格帯でも十分いいものが買えるので、おすすめです。本当に何もなかったらすりこぎとすり鉢などを使ってください。

今回はミキサーにこのチーズを30g程度投入し、続けてオリーブオイルを大さじ2程度投入します。バジルの葉は香りがつけばいいので、実はそこまでたくさん使う必要はありません。正確に計ったことはないのですが、2〜3枝分くらいの葉を水洗いして入れておけばいいのではないかと思います。そして、スーパーなどで買ってきたミックスナッツを一掴《ひとつか》みくらい投入します。これはあくまで私の考えなのですが、ジェノベーゼの味にとってはナッツとチーズの方が重要です。普通のレシピでは松の実などどこで売ってるのかいまいちよく分からない代物を要求されがちですが、ミックスナッツなら基本的にどこでも安価で手に入りますし、仕上がりの風味も非常によくなるので、おすすめのアレンジです。

ここまで使用している機材はミキサーと大さじだけですが、以上の材料をそこそこ粗挽《び》きになるようにミキサーで混ぜ、パスタを絡めれば完成です。こうして作ったジェノベーゼはチーズの香りとミックスナッツの風味が存分に味わえる、冬にぴったりのパスタです。

なぜ今になって何度も第一巻の話をしはじめたのかというと、つい最近になって何度も第一巻を読み返す機会があったためです。異修羅がアニメ化します。私も含めてたくさんの大人達が、凄い労力をかけて作っているアニメです。必ず素晴らしい作品が出来上がると確信しています。改めて、全ての関係者と読者の皆様に、深く感謝いたします。

電撃の新文芸

異《い》修《しゅ》羅《ら》VII
決《けっ》凍《とう》終極点《しゅうきょくてん》

著者／珪《けい》素《そ》

イラスト／クレタ

2023年 2 月17日　初版発行
2023年12月10日　再版発行

発行者／山下直久
発行／株式会社ＫＡＤＯＫＡＷＡ
〒102-8177　東京都千代田区富士見2-13-3
0570-002-301（ナビダイヤル）
印刷／図書印刷株式会社
製本／図書印刷株式会社

【初出】
本書は、カクヨムに掲載された『異修羅』を加筆、訂正したものです。

ISBN978-4-04-914864-0　C0093　Printed in Japan

●お問い合わせ
https://www.kadokawa.co.jp/（「お問い合わせ」へお進みください）
※内容によっては、お答えできない場合があります。
※サポートは日本国内のみとさせていただきます。
※Japanese text only

ファンレターあて先

〒102-8177
東京都千代田区富士見2-13-3
電撃の新文芸編集部

「珪素先生」係
「クレタ先生」係

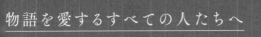